Hans Weber (Uhlendorf)

MENSCHEN IM AUFBRUCH

Roman

Schicksal Hunsrücker Auswanderer nach und in Brasilien

Kirchberg 4. 10. 01

Hans Weber

Hans Weber (Uhlendorf)

Menschen im Aufbruch

Roman

Schicksale Hunsrücker Auswanderer nach und in Brasilien

Die Deutsche Bibliothek – CIP Einheitsaufnahme

Hans Weber (Uhlendorf):

Menschen im Aufbruch, Roman, Hans Weber (Uhlendorf). – 3. Aufl. –

Simmern: Böhmer Druckerei GmbH, 1998

ISBN 3-00-003281-9

Satz, Druck und Verarbeitung: Böhmer Druckerei GmbH

Umschlaggestaltung: MjM Communication, 56288 Kastellaun, Tel. 06762-4334

Lektorat: Hajo Knebel, Simmern/Hunsrück

Bildrechte: Die Fotos des alten Hunsrücker Hirtenhauses, erbaut im frühen 19. Jahrhundert, und der alten Hunsrücker Bauernmühle im Bachtal stammen von Hans Weber (Uhler), die Zeichnung des Dreimastseglers „Piet van Daig“ fertigte Martin Fickinger (Uhler); alle übrigen Zeichnungen und Illustrationen stammen von Aleksej Kuhn (Uhler). Den Illustratoren ist dafür herzlich zu danken.

* * *

Die in dem Buch vorkommenden Menschen und ihre in diesem Roman geschilderten Schicksale sind nicht identisch mit denen real existierender Persönlichkeiten der Vergangenheit oder Gegenwart. Sie sind frei erfunden.

Eventuelle Namensgleichheiten oder Ähnlichkeiten der Schicksale wären daher rein zufällig und sind vom Autor des Romans keineswegs beabsichtigt.

* * *

Printed in Germany

ISBN 3-00-003281-9

INHALT

ÜBER DEN AUTOR

Hans Weber (Uhlendorf) wurde 1932 in der Stadt Luxemburg geboren und wuchs später in dem Hunsrückdorf Uhler bei Kastellaun auf, in dem er heute noch lebt.

Nach dem Besuch der Volksschule in Uhler übte er verschiedene Tätigkeiten, u. a. auch im Ruhrgebiet, aus.

1962 nahm er ein Arbeitsverhältnis bei der Bundeswehr auf und war hier zuletzt als Schichtführer und stellvertretender Abteilungsleiter einer Diensthundestaffel eingesetzt.

Hans Weber (Uhlendorf), unser Autor, hat sich während seines bisherigen Lebens stets für menschliche Schicksale und geschichtliche Zeitabläufe interessiert. So verwundert es nicht, daß er nach seinem Eintritt in den Ruhestand im Jahre 1991 in seinen Büchern vor allem schicksalhafte Lebenswege von Menschen niederschrieb. Erzählungen und Romane, in denen er sowohl ihren Alltag als auch das Erleben von Extremsituationen aufzeichnete.

Inzwischen sind drei Bücher von ihm veröffentlicht worden:

1993 „Sie nannte ihn Wolf", Verlag „The World of books", London

1994 „Verirrungen", Erlenverlag, Gelsenkirchen

1995 „Zum Untergang verdammt", Verlag Frieling & Partner, Berlin

Einleitung

Sie sangen

„Brasilien ist nicht weit von hier . . .”

oder

„Ihr Freunde all und wohlbekannt,
reicht mir zum letzten Mal die Hand.
Ihr Freunde, weinet nicht so sehr,
wir sehn einander nimmermehr.
Und kommen wir aufs hohe Meer,
da sehn wir keine Deutsche mehr,
wir fürchten keinen Wasserfall
und denken: Gott ist überall
und rufen laut: Viktoria! . . .
Jetzt sind wir in Brasilia!
Und gehn wir in die Stadt hinein,
im ersten Wirtshaus kehr'n wir ein,
wir trinken da ein gut' Glas Wein
und lassen Deutschland Deutschland sein!”

(* siehe dazu S. 11)

Seit dem 25. Juli 1824, dem Tag der Ankunft der ersten Hunsrücker Auswanderer – mancher nur schlicht als „Pfälzer“ bezeichneter Leute – in Sao Leopoldo ergoß sich, vor allem in der ersten Hälfte des 19. Jahrhunderts, ein unaufhörlicher, stetig wachsender Strom von Auswanderern in förmlichen Wellen in die Region Rio des Bundesstaates Rio Grande do Sul, der südlichsten Provinz des brasilianischen Landes.

Am 18. Juli 1824 war der Zweimaster „Protector" in Porto Alegre, dem „fröhlichen Hafen", vor Anker gegangen, der deutsche Einwanderer – Männer, Frauen, Kinder – von Rio de Janeiro brachte. Von dort ging es über den Rio dos Santos weiter bis zum „Paß", einer Furt des Flusses, wo sie am 24. Juli 1824 ankerten und am 25. Juli 1824 an Land stiegen: Ein einfacher Rancho stand am Ufer, sonst Kamp umher, und in der Ferne Wälder, Wälder, Wälder . . . Ihr Bestimmungsort war ein kaiserliches Krongut . . . Die Regierung wies den Einwanderern Land zu, stellte Vieh und half ihnen auch mit Geld über die ersten schweren Anfänge. Am 21. September 1824 benannte der Kaiser Dom Pedro I. die Kolonie („der weißen und fleißigen Leute aus Deutschland") nach seiner österreichischen Gemahlin Leopoldina offiziell „Colonia aleman de Sao Leopoldo" (zitiert nach ‚brasilnachrichten', Düsseldorf, 40/1974).

Schon 1824 folgten mit einem zweiten Schiff 81 weitere Einwanderer, besonders aus dem Hunsrück, dem Mosel- und dem oberen Nahetal, der Pfalz und dem Westrich. Weitere 908 Einwanderer folgten 1825 . . .

Zwischen 1824 und 1829 kamen so allein nach Rio Grande do Sul etwa 850 neue Siedler; zwischen 1824 und 1853 wird die Zahl der Neusiedler auf weitere 2.000 Deutsche geschätzt, darunter viele „Pfälzer", d.h. vor allem auch Hunsrücker.

Von 1824 bis 1874 wurden ca. 20.000 bis 25.000 deutschstämmige, d.h. deutschsprachige Siedler in Rio Grande do Sul, dem südlichsten brasilianischen Bundesstaat, geschätzt.

Für 1865 rechnet Dr. Borchardt bei rund 150.000 Bewohnern in dieser Region mit ca. 50.000 Deutschen, für Ende des 19. Jahrhunderts gar mit ca. 80.000 Deutschen.

1970 – so schätzt Reinhart Müller – seien gar 20 % der Bevölkerung deutscher Abstammung, 80 % davon seien der portugiesischen Landessprache nur unvollkommen mächtig und des portugiesischen Lesens und Schreibens nahezu unkundig.

Von den rund 8 Millionen Einwohnern des Staates Rio Grande do Sul seien heute etwa 2 Millionen Einwohner deutscher Abstammung und/

oder Nachfahren, Enkel, Urenkel deutscher Einwanderer, gut die Hälfte der deutschen (deutschsprachigen) Einwohner stamme aus der Hunsrück-, der Nahe- oder der Moselregion, der Pfalz; die meisten seien evangelisch-lutherisch und stolz darauf, „hundsbuckeliger" Herkunft zu sein und „hundsbuckelig zu schwätze".

Der Volkskundler Karl Lengler aus Birkenfeld hat im Vorwort zur 13. Auflage von Rottmanns „Gedichten in Hunsrücker Mundart" darauf hingewiesen, daß der Band mit Rottmanns Gedichten bei den dortigen Ansiedlern neben der deutschen Bibel das verbreitetste Buch, vielleicht sogar neben Bibel und Gesangbuch das einzige Buch überhaupt im Haushalt der Kolonisten war.

Zu Recht schreibt Lengler: „Wenn es im Gebiet von Rio Grande do Sul weite Bezirke gibt, in denen die sonst übliche Landessprache fast ganz durch die Hunsrücker Mundart verdrängt wird, dann hat an diesem Tatbestand unser Rottmann mit seinem bekannten Buch sein wesentliches Verdienst." (Die Hunsrücker Mundart, die die Nachkommen in Rio Grande do Sul heute sprechen, ist unverfälschtes Hunsrükker Platt der Rottmann'schen Zeiten - Rottmann wurde 1799 geboren und starb 1881).

Lengler fragt: „Und warum die Liebe gerade zu den Rottmann'schen Dichtungen bei denen, die einst *vor*, vielleicht auch *mit* und in großer Zahl auch *nach* dem „Hannes" „noh Bresilje" gegangen sind?

Er gibt die Antwort: „In diesen Dichtungen sahen sich die Ausgewanderten – und ihre Heimat – selbst . . ."

Nicht Abenteuerlust oder Fernweh trieb die Hunsrücker Auswanderer damals aus der Heimat in die Ferne, sondern die bittere Armut und Not, die Hoffnung auf ein besseres Leben „drüben über'm großen Wasser".

„Wannet so viel Annerleit broweere,
kann *eich't* aag, eich honn Neist se verleere,
wie't em Ann're geht, so geht meer't grad!",
tröstet der Hannes im Rottmann-Gedicht „Abschied" seine Liesekett' und sich selbst:

„Sei sefriere! Wann eich brav Karline (Karoline = Geld)
loorde in dem naue Lann verdiene,
kumm eich wierer . . ."
(Das freilich blieb ein frommer Traum für viele, den Weg zurück fanden nur noch wenige . . .)

Die Auswanderung glich mitunter einer wahren Odyssee. J. Heip, ein heute nahezu vergessener Hunsrücker Schriftsteller aus Uhler (Laubach), hat in der „Hunsrücker Chronik" vom November 1866 aus eigener Kenntnis über die Schwierigkeiten der mehrmonatigen Reise und über die Schwierigkeiten des Anfangs drüben, über die Verhältnisse im neuen Land, „wo die Axt des Colonisten sich jeden Fußbreit des Landes eröffnen mußte", wo das "Leben von Mangel und mordgierigen Wilden bedroht war", anhand von Briefen berichtet, aber auch davon, daß „die Saaten ganz vorzügliche Ernten gaben . . ."

Die neuen Siedler kamen in Rio Grande do Sul – runde 1.800 Kilometer südlich von Rio de Janeiro – in ein Land, wo nicht gerade Milch und Honig floß (wie ihnen manche Werber weiszumachen bemüht gewesen waren), aber doch in ein Land, wo harte Arbeit ihnen eine neue Heimat schuf, wo im weiten Tiefland Gold-, Silber-, Wasserbananen wuchsen, an den Bergflanken im Urwald Akazien-, Zedern- und Eukalyptusbäume gediehen, die Farinha-Wurzel geerntet werden konnte, wo Orangen, Feigen, Pfirsiche, Apfel- Birnenbäume wuchsen, wo man Wein anbauen und süße Trauben ernten konnte, wo Kaffee, Reis, Bohnen, Mais, Kartoffeln, die süße Kartoffel (Maniok), Tabak, das Zuckerrohr, Brotgetreide, Weizen vor allem und Hafer angebaut werden konnte, auf den Weideflächen Zucht- und Milchtiere, Maultiere und Pferde, Schafe und Ziegen gehalten werden konnten, wo – wichtiger als jeder Pflug – die Hacke des Kolonisten war . . ., wo – neben den zähen, fleißigen, biederen Bauern – vor allem auch tüchtige Handwerker wie Schuhmacher, Sattler, Zimmerleute, Schmiede und Schneider, Mehl- und Sägemüller gesucht waren . . .

Politische, religiöse, wirtschaftliche Gründe, der Landhunger, die Notjahre (wie etwa 1816/1817), die häufigen Hungersnöte infolge

Mißernten, der Preisanstieg, der Hungertyphus, der zwischen 1832 und 1849 immer wieder die Pfalz, besonders den Westrich, heimsuchte, die rigorosen „Aushebungen" der wehrpflichtigen jungen Männer, die hin- und herwogenden Kriegshändel, die Kartoffelfäule, die in jener Zeit verheerend wütete, die lang anhaltende Arbeitslosigkeit weiter Bevölkerungskreise infolge des „Strukturwandels" der Zeit, nicht zuletzt aber auch die "guten Nachrichten", die frühere Auswanderer in ihren Briefen aus dem neuen Land an die Angehörigen, die Daheim- und Zurückgebliebenen, zu berichten wußten, die verlokkenden Angebote und Versprechungen, die die Werber im Namen des brasilianischen Kaisers den Auswanderungswilligen in der fortwährenden Misere ihres karrgen Daseins machten: All das bewog Tausende und Abertausende, „fast panikartig", die arme Hunsrücker Heimat, das keine Zukunft für eine menschenwürdige Existenz bietende Pfälzer Land, des linksrheinischen Rheinhessen, aber auch Baden, Württemberg, Schwaben, das Saarland, die Eifel, zu verlassen, das Wagnis einer Fahrt ins Unbekannte und Ungewisse auf sich zu nehmen und den Staub der Heimat abzuschütteln: „Es gibt 'was Bess'res auf der Welt . . .", (ohne doch die aufgegebene Heimat je in ihrem Leben zu vergessen: Noch in ihren Träumen waren sie dort daheim . . .)

Davon erzählt Hans Weber (Uhlendorf) überaus anschaulich, lebendig und spannend in seinem neuen Roman, dem er nicht zu Unrecht den treffenden Titel „Menschen im Aufbruch" gegeben hat.

Am 25. Juli 1998 *Hajo Knebel*

* Die zitierten Lieder Hunsrücker Auswanderer aus dem 19. Jahrhundert liegen in verschiedenen Variationen vor, je nachdem, ob die Fahrt übers Meer aus der Heimat nach Brasilien, Pennsylvanien oder Mittelamerika führte. Hier ist eine textliche Mischform gewählt worden.

Altes Hunsrücker Hirtenhaus, erbaut im frühen 19. Jahrhundert

Erstes Kapitel

Dunkle, schmutziggraue Schneewolken hingen an diesem trüben und trostlos wirkenden Novembertag des Jahres 1825 über dem kleinen Hunsrückdörfchen. Die Luft war naßkalt, und man spürte den nahenden Winter. Das Dorf war in Wälder und Hügel eingebettet und fast wie zum Schutz an einen Berghang geduckt. Trotz seiner schützenden Lage war es aber nicht davor gefeit, von den recht kalten und rauhen Höhenwinden gebeutelt und attackiert zu werden, auch an diesem Tag, als wieder einmal ein rauher Nordwind das kleine Dörfchen in seinen Grundfesten erzittern ließ.

Durch den nahen Auwald, ein nördlich vom Ort gelegenes Waldstück, blies ein starker, eiskalter Wind von der darüberliegenden Galgenhöhe herunter ins Dorf hinein. Wenn der Wind aus dieser Richtung und von jener Höhe herunterblies, empfand man das im Dorf als äußerst unangenehm, ja sogar als etwas Bedrohliches und Furchterregendes: Wind von einem Ort her, auf dessen Höhe sich, furchterregend und weithin sichtbar, schaurige schwarze Galgen erhoben. Galgen an einem Bezirksgerichtsplatz, an denen vor nicht langer Zeit noch Mörder, Räuber und mancherlei Tunichtgute gehenkt worden waren, wie zum Beispiel der den Bewohnern der Region bekannte, zu seiner Zeit gefürchtete und schon zu Lebzeiten fast legendäre „Schwarze Johannes", ein rauher, wilder, den Menschen dieser Gegend schon seit langem Furcht einflößender Geselle. Auch jetzt, Jahre nach seinem Tode, lief den Leuten, wenn sie an ihn dachten und abends Schauergeschichten von ihm hörten und erzählten, noch immer eine Gänsehaut über den Rücken.

An jenem trüben, kalten Novembermorgen des Jahres 1825, unter dem recht tief herabhängenden Wetterdach seines Häuschens Schutz vor Wind und Wetter suchend, verharrte Hannespeter eine Zeitlang gedankenverloren, vertieft in Gedanken über das, was ihm gerade

Hunsrücker Hirte bei seiner Herde

jetzt wieder durch den Kopf ging; an Dinge, über die er an diesem recht unfreundlichen Vorwintermorgen einfach nachdenken mußte. Hierbei waren es vor allem Befürchtungen über die sich jetzt schon abzeichnende winterliche Notzeit, eine Zeit, die für ihn und seine große Familie sicher wieder hart und entbehrungsreich werden würde, wie in all den Jahren zuvor: Im Winter gab es keine Arbeit für ihn in den Dörfern ringsum, was bedeutete, noch weniger Brot für sich und seine Familie zu haben, noch mehr Hunger und Armut leiden zu müssen.

Schon vor ein paar Tagen hatte er seine Arbeit als Dorfhirte einstellen müssen. Zum letzten Mal für dieses Jahr war er mit seiner Herde über die Heideflächen und Felder, durch Täler und den nahen Wald gezogen. Vor allem in den Buchen- und Eichenwäldern wollte er zum Schluß der diesjährigen Weidezeit noch einmal von dem natürlichen und besten Futter, der Bucheckern- und Eichelmast, profitieren, für seine Weidetiere sicher etwas Gutes und von großem Nutzen. Für ihn dagegen war die reiche Ausbeute dieses Jahres kein allzu gutes Vorzeichen; denn ein üppiges Bucheckern- und Eicheljahr bedeutete stets einen darauffolgenden strengen und eisigen Winter.

Nach dem Abweiden all der guten Weidegründe trieb Hannespeter am besagten letzten Abend der Saison seine Herde dem Dorfe entgegen, wie immer eskortiert von seinen getreuen Hütehunden Barri und Tell.

Zu später Stunde endlich im Dorf angekommen, vertraute er von Hof zu Hof die Tiere ihren rechtmäßigen Besitzern wieder an. Hier wurden die Tiere in warmen Winterstallungen aufgenommen, gut gegen Wind und Wetter geschützt, bis sie dann zur nächsten Weidesaison wieder mit Hannespeter über die Felder und durch die Wälder ziehen würden.

Zum Unglück für Hannespeter hatte sich aber nach der diesjährigen Schlußzählung herausgestellt, daß zwei Läufer (halbwüchsige Schweine) in seiner Herde fehlten. Auf dem Heimtrieb zum Dorf hatten sich die beiden Ausreißer trotz größter Aufmerksamkeit von Hannespeter und seinen Hunden scheinbar selbständig gemacht. Irgendwo hatten sie sich seitlich in die Büsche geschlagen und waren dort verschwunden. Zum Ende des Weidetriebs war dies ein schwerer Schlag für Hannespeter: Denn die verlorenen Tiere mußte er jetzt entweder ersetzen oder sie wieder herbeischaffen, gleich, was es kosten oder wieviel Mühe und Arbeit es auch machen würde. Fände er die Tiere nicht wieder, würde er Schadenersatz leisten müssen. Für ihn als armen Hirten bliebe dann von seinem Jahreslohn sicher nicht mehr viel übrig, und seine Familie müßte in dem bevorstehenden Winter noch mehr Hunger und größere Not erleiden als in den Wintern zuvor.

Schwer beladen mit Sorgen und versunken in schlimme Gedanken betrat Hannespeter später als sonst sein ärmliches Hirtenhäuschen. Gut gelaunt, empfing ihn seine Frau Regina. Sie hatte ein fröhliches und immer freundliches Wesen und verlor trotz der vielen Arbeit und der großen Not selten den Mut und die gute Laune. Nun wollte sie mit ihrem Mann noch einige freundliche Worte wechseln, merkte aber bald, daß Hannespeter bedrückt war und nicht wie sonst auf ihre aufmunternden Worte einging. So wandte sie sich wieder ihrer Arbeit zu: Sie war gerade dabei, auf dem großen, mit groben Steinen gemauerten Herd mitten in der Wohnküche das Abendessen zu bereiten. Heute sollte es eine kräftige Bohnensuppe mit einem großen Stück Speck darin geben. In einem großen gußeisernen Topf, an drei Ketten über dem offenen Feuer hängend, verbreitete die langsam vor sich hin brutzelnde Suppe schon einen guten, appetitanregenden Duft im ganzen Raum. Zwar, wie an fast allen Tagen des Jahres, war dies nur ein „Arme-Leute-Essen", dennoch eine immer kräftigende Mahlzeit für alle und gut geeignet, um fünf hungrige Kindermäuler zu stopfen, ehe die Kleinen in ihre Betten gingen.

Jetzt, in der gemütlichen, anheimelnden Atmosphäre vor dem offenen Feuer und der dadurch mollig warmen Küche, besserte sich auch Hannespeters etwas angeknackster Gemütszustand ein wenig. Nun konnte er mit Regina über seine momentanen Sorgen und über sein Mißgeschick beim letzten Weidegang reden. In diesem Gespräch äußerte er die Hoffnung, die Tiere vielleicht doch noch zu finden. Gleich morgen, wenn die zwei Jungen aus der Dorfschule kämen und sie zu Mittag gegessen hätten, wollte er sich mit ihnen auf die Suche nach den verschwundenen Läuferschweinen machen.

Wie besprochen, machte sich Hannespeter am nächsten Tag tatsächlich in der frühen Nachmittagszeit mit seinem Gefolge auf den Weg zum Wald. Trotz des widrigen Wetters mit Sturm und Regen ließen sie sich von ihrem Vorhaben nicht abbringen. Man konnte sich eh keinen Aufschub mehr leisten, wollte man die beiden Ausreißer wirklich noch einmal finden. Sogar die beiden Hütehunde waren mit Feuereifer bei der Nachsuche dabei. In freudiger Erregung und in Erwartung, was alles auf sie zukommen würde, sprangen die Hunde an Hannespeter und den Jungen immer wieder hoch, gerade so, als ob auch sie wüßten, wieviel von diesem Unternehmen für alle abhängen würde.

Auf dem Weg durchs Dorf kamen sie an dem windschiefen Haus des alten Dorfschusters Hanarem vorbei. Neugierig, wie der alte Mann meistens war, machte er sein kleines, vom vielen Öffnen bereits etwas ramponiertes Kippfensterchen zur Straße hin auf. Er streckte den Kopf heraus, schaute interessiert über seine Brille hinweg und fragte dann, wo es denn mit Kind und Kegel hinginge, dazu noch bei diesem Sauwetter, bei dem man normalerweise doch keinen Hund vor die Türe jage. Nachdem Hannespeter dem Schuster alles erklärt hatte, meinte der alte Mann, seine faltige Stirn noch ein bißchen mehr in Falten legend, daß er in diesem Fall aber nicht mehr viel Hoffnung für sie hege. Seiner Meinung nach hätten sich die Tiere seit ihrem Verschwinden schon so weit verlaufen, daß sie kaum noch aufzufinden wären. Vielleicht seien sie schon bis in die nahen Moselberge entkommen, wo dann ein Auffinden wohl unmöglich sei. Trotz dieser gewiß nicht allzu positiven Ansicht des alten Hanarem ließ sich Hannespeter von seinem vorgefaßten Plan, die Tiere zu suchen, nicht abbringen. Fest entschlossen setzte die kleine Gruppe ihren Weg fort. Er führte sie zunächst über offenes Feld zu einer kleinen Anhöhe in Dorfnähe, um von hier aus wieder bergab ins nahe Bachtal zu laufen. Von Regen und Sturm bereits arg zerzaust und gebeutelt, erreichten sie aber bald den schützenden Waldrand. Nach einer kleinen Verschnaufpause und einer kurzen Lagebesprechung einigten sich die drei dann auf folgendes Vorgehen: Von hier aus wollten sie die einzelnen Walddistrikte in Dreierreihe durchkämmen. Jeweils am oberen und unteren Rand sowie in der Mitte sollte einer von ihnen gehen; dazwischen sollten die beiden Hunde zum Suchen und Aufstöbern laufen.

Über Stock und Stein durchstreiften sie so ein Waldstück nach dem anderen. Sie hatten schon fast die Hälfte des Waldes durchstöbert und immer noch keine Spur von den verlorenen Tieren gefunden. Außer ein paar Rehen und Hasen, von den Hunden aufgestöbert, war nichts zu finden gewesen. Doch immer weiter ging ihre Suche, durch Waldstücke, über Heideflächen und durch Täler.

Als es bereits langsam zu dämmern begann und der Tag sich dem Abend entgegenneigte, hatten sie eine unweit vom Dorf liegende Heide- und

Heckenfläche erreicht. Hier angekommen, wollte Hannespeter schon enttäuscht und mutlos die Suchaktion aufgeben und den Rückweg antreten. Doch in diesem Moment passierte etwas völlig Unverhofftes: Die zwei Hunde blieben plötzlich wie auf Kommando vor einem großen, dichten Brombeer- und Ginstergebüsch stehen. Anscheinend hatten sie hier eine Witterung aufgenommen. Von Hannespeter noch zusätzlich angefeuert, drangen beide hechelnd in das Gestrüpp ein. Mit Hilfe seiner scharfen „Heb", die er immer bei sich führte, versuchte nun auch Hannespeter, sich Zutritt in das fast mannshohe, dichte Heckengewirr zu verschaffen. Mit großer Mühe arbeitete er sich langsam vor. Seine Hände und Unterarme von den scharfen Dornen bereits blutig, vernahm er plötzlich kurz vor sich ein starkes forderndes Gebell, so, als hätten die Hunde im letzten Moment tatsächlich die gesuchten Läufertiere noch gefunden. So schnell er konnte, arbeitete sich Hannespeter durchs Gestrüpp Stück für Stück weiter vor und kam zum Glück bald an eine weniger dicht bewachsene Stelle. Von hier aus konnte er sehen, daß seine Hunde fast in der Mitte des Dickichts tatsächlich fündig geworden waren und dort die beiden Läufer gestellt hatten. Sie würden sie nicht mehr aus den Augen lassen und dort festhalten, bis er bei ihnen war. Nach weiterer großer Anstrengung endlich am Ort des Geschehens angelangt, gab es jedoch neue Probleme: Die durchs Gebell der Hunde verängstigten und störrischen Tiere versuchten immer wieder, statt aus dem Dickicht herauszukommen, weiter in dichteres Gestrüpp einzudringen.

Nach längerer Zeit und viel Mühe war es endlich geschafft, die Tiere heraus auf freies Feld zu treiben. Gerade noch rechtzeitig, bevor es richtig dunkel wurde, hatten sie dieses schwere Stück Arbeit geschafft. Jetzt konnten alle ruhig und erleichtert den Weg ins nahe Dorf antreten: Im allerletzten Moment war also doch noch eine große Last und tiefe Sorge von Hannespeters Schultern und von der ganzen Familie genommen worden.

Zuhause, im ärmlichen Hirtenhäuschen, warteten Regina und die „Kleinen" bereits ungeduldig auf den Vater und die zwei Jungen, zumal es mittlerweile schon stockdunkel geworden war.

Als dann endlich die Haustüre des Hirtenhäuschens von Hannespeters Hirtenstock aufgestoßen wurde und er mit den Söhnen eintrat, war natürlich die Freude bei Regina und den „Kleinen" riesengroß. Durchnäßt und ziemlich durchfroren waren die drei nach einem anstrengenden und strapaziösen Nachmittag heimgekehrt. Noch größer wurde die Freude der Zurückgebliebenen, als alle erfuhren, daß wider Erwarten auch noch die beiden Ausreißer im letzten Moment gefunden worden waren.

Nachdem sich alle auf der vom prasselnden, offenen Feuer gemütlich warmen Ofenbank niedergelassen hatten, mußte, noch ehe es etwas zu essen gab, von der Nachsuche und ihren Abenteuern erzählt werden. Ganz genau wollten die daheimgebliebene Mutter und die Geschwister wissen, wie alles an dem Tag verlaufen war und wie sie endlich doch noch die verlaufenen Tiere gefunden hatten.

Hiernach schmeckte das von Regina liebevoll hergerichtete, wenn auch einfache Essen an diesem Abend besonders gut. Vor allem der dazu gereichte kräftige, heiße Tee tat seine Wirkung. Er war genau das richtige, um den drei steifgefrorenen Männern wieder auf die Beine zu helfen. Alsbald waren dann auch die Strapazen und Mühen dieses aufregenden Tages vergessen und zum Glück auch zum größten Teil überwunden. Etwas müder als sonst, aber glücklich und zufrieden schlief man in den mollig warmen Betten, die nach der Ernte frisch mit Haferspreu gefüllt waren, tief und fest; in dieser Nacht bestimmt genau so gut wie andere, etwas begütertere Leute in ihren mit weichen Daunen gefüllten Himmelbetten.

Von der Mutter am nächsten Morgen - ihrer Meinung nach - viel zu früh aus tiefstem Schlaf geweckt, begann für alle wieder ein neuer Tag, ein Tag mit neuen Anforderungen und auch neuen Sorgen, die immer wieder von allen gemeinsam gemeistert werden mußten.

Wettermäßig zeigte sich der neue Tag von seiner freundlichsten Seite, hell und klar, ganz anders, als das diesige, unfreundliche, einen frühen Winter ankündigende Novemberwetter der letzten Tage und Wochen. Schon in aller Frühe, während Hannespeter noch seinen

Viehstall ausmistete, blinzelte die Sonne bereits ab und zu durch die leichte Wolkendecke, zunächst noch – so schien es - etwas scheu und versteckt, nach und nach aber immer öfter und stärker.

Im Gespräch mit seinem Nachbarn Adam Wenz, der auch mit der Stallarbeit beschäftigt war, meinte dieser, zu Hannespeter gewandt: „Wir haben junges Licht (zunehmenden Mond) und somit Aussichten auf schöneres trockeneres Wetter in den nächsten Tagen." Weiter meinte er dazu noch, daß bei diesem schönen, offenen Wetter aber auch die Gefahr von ersten Nachtfrösten bestehe. Hannespeter antwortete ihm, daß dieses Wetter sicher besser sei als das naßkalte Sauwetter der letzten Tage und Wochen.

Vorgewarnt durch das Gespräch mit seinem Nachbarn, beschloß Hannespeter schließlich, die ihm nötig erscheinenden Vorbereitungen gegen den drohenden Nachtfrost, der hier auf den rauhen Hunsrückhöhen schon immer, öfter ganz unangemeldet und tückisch, über Nacht herankam, zu treffen. Er wollte dagegen gewappnet sein.

Mit seiner Schubkarre, hoch voll mit Mist beladen, fuhr er über den Hof zu den Kellerfenstern an seinem Häuschen. Dort setzte er vor jedes Fenster dicke wärmende Misthaufen. In seinem Keller, in dem alle seine Wintervorräte gelagert waren, sollte und durfte der herannahende Winter mit seinen starken Frösten keinen Schaden anrichten. Auch Regina, die sich vor dem Haus zu schaffen gemacht hatte, brachte noch verschiedene Sachen, die man vor Frost schützen mußte, in den jetzt gut isolierten Keller. Hierzu gehörten Blumenstauden sowie einige Kürbisse, die sie bis jetzt noch zum Trocknen im luftigen Schuppen neben dem Stall aufbewahrt hatte. Zum Schluß trug Hannespeter noch ein paar Säcke mit Äpfeln und Birnen, die nach dem Pflücken noch im Freien standen, an einen frostsicheren Ort im Vorkeller. Nichts sollte verkommen, was man im Winter bitternötig zum Überleben brauchen würde.

Nachdem nun alles in Haus und Hof gemeinsam mit Regina für den kommenden Winter gerichtet und vor der bald kommenden Kälte in Sicherheit gebracht worden war, wollte sich Hannespeter am Nachmittag einer anderen Arbeit zuwenden: Wie jedes Jahr um diese Zeit wollte er sich in einer Ecke des Stalles, wo gerade kein Vieh untergebracht war, eine Werkstatt zum Körbeflechten einrichten. Hier, im warmen Stall, mitten unter seinen Tieren, den Schafen, Ziegen, Schweinen und ein paar Hühnern mit dem dazugehörigen Hahn, wollte er den Winter über seiner seit Jahren gewohnten Beschäftigung nachgehen, dem einzigen kargen Broterwerb, den es für ihn in dieser Jahreszeit gab.

Nach dem Mittagessen begann er mit seinem Vorhaben. Er richtete seine Arbeitsecke, nachdem er alles aufgeräumt und gesäubert hatte, so ein, daß er von jetzt an gut und ungestört arbeiten konnte. Alles mußte dazu an seinem Platz sein. Zuerst stellte er die Weidenbank und den zugehörigen Schemel an die richtige Stelle. Anschließend suchte er im Schuppen nebenan sein Werkzeug zusammen. Wenn nötig, müßte er einiges davon noch auf dem großen Schleifstein, der ebenfalls schon im Stall stand, schärfen. Denn die Messer und Scheren mußten scharf sein und gut funktionieren, wenn ihm seine Arbeit leicht von der Hand gehen und gut gelingen sollte.

Nach all diesen Vorbereitungen zog Hannespeter dann seine große schützende Lederschürze an, ehe er mit der eigentlichen Arbeit, dem Flechten, begann.

Zuerst mußten dafür Weiden- und Haselnußruten aus dem Schuppen, wo sie bis jetzt gelagert waren, in den Stall an seinen Arbeitsplatz gebracht werden: Arbeitsmaterial, das er sich im Spätsommer und im Herbst, noch während seiner Hütezeit, nebenbei geschnitten hatte. Je nach Art und Verwendung der Körbe, die er anfertigen wollte, mußte das Material ausgewählt werden. In diesem Winter hatte sich Hannespeter entschlossen, mit großen Kartoffelkörben anzufangen. Hierfür benötigte er starke, unentrindete Haselnußruten. Die hieraus entstehenden großen, geflochtenen Körbe konnte er erfahrungsgemäß am besten auf dem Markt im nahen Kastellaun verkaufen. Die robusten Körbe wurden hier auf dem Hunsrück in erster Linie als Hilfsmittel bei der Kartoffelernte benutzt. Da sie durch den vielen Gebrauch schnell und stark verschlissen und bald durch neue ersetzt werden mußten, stellten diese Art Körbe für einen Korbflechter das beste und sicherste Geschäft dar.

Für Hannespeter war seine kleine, im Stall eingerichtete Werkstatt genau der richtige Ort: Hier im Warmen konnte er ungestört arbeiten und behinderte dabei niemanden. Schon allein die Enge seines kleinen armseligen Häuschens hätte ein Arbeiten in der Wohnküche nicht zugelassen, so wie das winterliche Flechten in etwas größeren Häusern mit mehr Raum und Platz, auf der warmen Ofenbank sitzend, von anderen Männern im Dorf praktiziert wurde. Aber auch in seinem Stall, bei etwas bescheideneren Verhältnissen, war Hannespeter mit seinem Los ganz zufrieden und blieb auch hier bei seiner Arbeit selten alleine.

Scheinbar fanden die Nachbarn und andere Bekannte, daß es gerade bei ihm in der Winterszeit am allergemütlichsten war. Auf Holzklötzen und Melkschemeln saßen sie hier bei ihm zusammen in einer Runde, gesellig und ungezwungen und sich dabei allerlei erzählend. Man berichtete über das Neueste aus dem Dorf und über vieles andere mehr. Interessantes - und manchmal auch weniger Interessantes – kam dabei zur Sprache. Am allerliebsten wurden Erfahrungen und Erlebnisse aus der Militärzeit ausgetauscht, einer Zeit für die jungen Männer aus dem Dorf, die ihnen Abwechslung und viel Neues gebracht hatte. Bis zum Jahre 1815 hatte der Militärdienst im Hunsrück noch bei der französischen Armee abgeleistet werden müssen; meist sehr weit von der Heimat und den einzelnen Heimatdörfchen der Soldaten entfernt. Einige von ihnen waren dabei mit etwas Glück in nicht allzu ferne Standorte, wie z.B. Trier, Straßburg oder Metz, gekommen. Andere dagegen hatten ihren Dienst aber auch in sehr viel entlegeneren Garnisonsstädten wie Marseilles oder Toulouse ableisten müssen oder waren als Soldaten in Napoleons Feldzügen eingesetzt worden. Von daher gab es immer genügend spannenden und fesselnden Gesprächsstoff, so spannend, daß es manchmal vorkam, daß einige darüber ihr Nachtessen und das Nachhausegehen vergaßen. Oftmals bemerkte man erst, wie spät es schon war, wenn Regina das kleine Fensterchen zum Stall aufmachte und Hannespeter zum Nachtmahl rief.

Die Tagesproduktion an Körben belief sich, je nach Art und Größe, auf zwei bis drei Stück pro Tag; das aber nur, wenn Hannespeter die Arbeit gut von der Hand ging und er nicht allzusehr von spannenden Anekdoten seiner Freunde und Nachbarn abgelenkt wurde. Die fertigen Körbe wurden nach Feierabend aus dem Stall in den dafür besser geeigneten, trockenen und luftigen Schuppen getragen. Hier wurden sie, nach Art und Umfang sortiert, in einer Ecke aufgestapelt, solange, bis Hannespeter eines Tages schließlich genügend Ware geflochten hatte, um sie zum Markt nach Kastellaun zu transportieren und dort feilzubieten. Auf diesem, in der damaligen Zeit weit und breit im Land bekannten und größten Vieh- und Krammarkt der ganzen Gegend, der immer mittwochs abgehalten wurde, konnte er seine Körbe meistens gut verkaufen. Wenn die Konkurrenz dort nicht allzu groß war, brachte er mit etwas Glück seine Ware zu einem anständigen und recht guten Preis an den Mann. Je nach Größe und Art der Beschaffenheit brachten die Körbe dort durchschnittlich zwei bis drei, manchmal sogar auch vier oder gar fünf Groschen für besonders schöne und gefragte Stücke ein.

Wenn Hannespeter seine zehn bis fünfzehn Körbe, die er mit einem leichten „Stangenkeetz" (Tragekorb) auf seinen Schultern zum Markt trug, alle verkaufen konnte, war das schon ein gutes Geschäft für ihn, eines jedenfalls, das ihm immer gerade so viel an bitter nötigem Geld einbrachte, um mit seiner Familie in dieser winterlichen Notzeit wenigstens halbwegs existieren zu können. Doch auch dieser kleine Zuverdienst reichte oft nicht aus, um die Not, die Armut und den Hunger vergessen zu lassen.

So blieben Verzweiflung und Hoffnungslosigkeit weiterhin ständige Begleiter vieler Hunsrücker Menschen. Trotz allen Rackerns und Schuftens war es für viele Leute in der damaligen Zeit einfach nicht möglich, das schwere Joch der Armut dauerhaft abzuschütteln und dem Elend zu entkommen.

Nach dem Wechsel von der französischen zur preußischen Herrschaft war es etwa ab 1816 in gewisser Weise für die Hunsrücker Bevölkerung etwas leichter geworden. Von Amts wegen hatte sich einiges gebessert; denn ohne weitere Sprachschwierigkeiten versuchten die neuen Herren aus Preußen, die Lage der Bewohner im Linksrheinischen etwas zu erleichtern und zu verbessern. Im großen und ganzen blieb aber dennoch fast alles beim alten. Der Hunsrück war und blieb weiterhin eine arme, notleidende Region. Da war es scheinbar gleich, welche Herren gerade das Sagen und das Regiment im Land hatten.

Die Tatsache, daß die Hunsrücker Burschen von nun an ihren Militärdienst nicht mehr in Frankreich, sondern im eigenen Land ableisten konnten, konnte man freilich schon als kleine Verbesserung ansehen. So, wie vorher bei den „Franzmännern", durften sie jetzt bei den „Preußen" ihre Pflicht und Schuldigkeit tun.

Der größte Teil der Bevölkerung aber, der in den kleinen, armen Dörfern bleiben und leben mußte, hatte weiterhin keine andere Alternative als Rackern und Darben und geduldig die Armut und Not zu ertragen.

So wie Hannespeter mit Korbflechten versuchte, die Lage halbwegs im Lot zu halten und sein Los einigermaßen erträglich zu gestalten, trugen die Frauen und Mädchen auch das ihre dazu bei, damit man einigermaßen leben und existieren konnte. Hierzu gehörte vor allem das Spinnen, Weben und Stricken: Aus der Wolle, die im Sommer beim Scheren der vier eigenen Schafe abfiel, fertigten Regina und die Mädchen, die von ihr schon früh gut angelernt wurden, fast alles, was man in der Familie zum Anziehen brauchte, angefangen von warmen Jacken und Westen über dicke, kratzige Strümpfe bis hin zu Schals, Pudelmützen und Handschuhen, alles Dinge aber, die hier im Winter auf den rauhen und kalten Hunsrückhöhen bitternötig gebraucht wurden, um überhaupt bestehen zu können.

Am Anfang all dieser Arbeiten wurde zuerst die verklumpte und verschmutzte, frisch geschorene Wolle gereinigt und anschließend spinnfähig locker gezupft. Danach begann die Arbeit am Spinnrad. Auf diesem wurden dann verschiedene Sorten Garne gesponnen, dickes, grobes für Pullover und Strümpfe, feines, weiches für Leibchen von Regina und den Mädchen.

Die beiden Söhne, Peter und Fritz, elf und zwölf Jahre alt, waren ebenfalls vom Vater angelernt worden und halfen schon tüchtig in Haus und Hof sowie auf den Weiden und Feldern mit. Als Ausgleich für ihre Mitarbeit trugen sie dem Vater aber auch ab und zu eine kleine Bitte vor.

Jetzt, in der vorwinterlichen Zeit, traten sie an ihn heran und baten, er möchte ihnen doch einen Schlitten bauen, mit dem sie dann, genau wie die anderen Kinder, beim ersten Schnee auf der wunderschönen Schlittenbahn fahren konnten. Dort, auf der Rutschbahn unweit ihres Häuschens, mit einem eigenen Schlitten rodeln zu können, wäre für die armen Hirtenkinder im Moment das allergrößte und schönste gewesen. Auf dieser langen, steilen und gut angelegten Bahn bot sich den Kindern des Dorfes jedes Jahr immer wieder ein schönes Wintervergnügen. Die sonst mit erfreulichen Ereignissen nicht gerade verwöhnten Bauernkinder genossen die Schlittenpartien, für die der Hunsrück mit seinen steilen Hängen und Tälern gegenüber anderen rheinischen Regionen geradezu geschaffen schien.

Um seinen Kindern ihre kleine Bitte zu erfüllen und ihnen die Chance zu geben, auch an diesen Winterfreuden teilhaben zu können, wollte Hannespeter alles ihm Mögliche tun. So versprach er ihnen, wenn er seine ersten Körbe für dieses Jahr auf dem Markt in Kastellaun verkauft hätte und von dem Geld etwas übrig wäre, dieses Geld für die Erfüllung ihrer Bitte zu verwenden: Dann wolle er beim Dorfschmied um zwei Kufeneisen nachfragen, auf denen er einen schönen, stabilen Schlitten für sie aufbauen könnte. Mit diesem Versprechen des Vaters gaben sich die Kinder vorerst zufrieden. Von nun an warteten sie natürlich sehnsüchtig darauf, daß der Vater eines Tages wirklich einmal gute Geschäfte machen würde, damit ihre kleinen Wünsche auch in Erfüllung gehen konnten. Dann brauchte der Winter nur noch mit viel Schnee zu kommen und sie würden - genau wie die anderen Kinder im Dorf - beim fröhlichen Schlittenfahren viel Freude und Spaß haben.

An manchen langen Abenden, wenn die Kinder bereits im Bett waren und auch sonst Ruhe eingekehrt war, sprachen Regina und Hannespeter noch über dies und jenes, vor allem natürlich auch, teilweise bis spät in die Nacht hinein, über ihre momentane Notlage und über ihr trauriges Los als arme Hirtenleute. Angefangen bei den kleinen Wünschen der Kinder, die leider viel zu selten erfüllt werden konnten, bis hin zu ihren drückenden Schulden, die in letzter Zeit immer schwerer auf ihren Schultern lasteten, gab es viele Sorgen und Probleme zu erörtern. Besonders die Mietschulden, von der Gemeinde großzügig gestundet, machten ihnen ständig Sorgen. Sie waren im vergangenen Jahr erstmals nicht gezahlt worden. Um wenigstens diese Schuld endlich einlösen zu können, mußten sie sich schon etwas Besonderes einfallen lassen. Nach langem Beraten faßten sie schließlich den Entschluß, eines der beiden, den Sommer über auf den Weiden großgezogenen Schweine zu verkaufen. Für den eigenen Bedarf stünde dann nur noch ein Schwein zum Schlachten zur Verfügung. Sie mußten so handeln, auch auf die Gefahr hin, den Gürtel noch einmal ein ganzes Stück enger schnallen zu müssen, als man es ohnehin schon getan hatte.

Nach diesem nächtlichen Entschluß, zu dem die Eltern sich schweren Herzens durchgerungen hatten, dauerte es auch nicht lange, bis Hannespeter einen Käufer für das Schwein gefunden hatte. Für fünf neue Silbertaler wechselte das Tier seinen Besitzer. Das war so viel, daß sie zu diesem guten Erlös nur noch einen Taler hinzulegen mußten, um die gesamten Mietschulden für zwei Jahre nachzahlen zu können. Bei einer Mietschuld von drei Talern pro Jahr könnten sie so am Stichtag, der immer auf den dritten Januar des neuen Jahres fiel, glücklich ihre ganze Schuld begleichen. So waren sie wenigstens eine Zeitlang von ihrer größten Sorge befreit und konnten nun auch wieder etwas ruhiger und sorgenfreier schlafen.

Nachdem das Wetter vergangene Woche zum Guten umgeschlagen war, sich von naßkaltem Schauerwetter in einen freundlichen Spätherbst gewandelt hatte, verflogen auch die düsteren Gedanken um die nahe Zukunft wieder etwas. Neuer Mut und Unternehmungsgeist flackerte auf. Deshalb beschloß Hannespeter, diesmal etwas früher als in den Jahren zuvor, den Markt in Kastellaun zu besuchen, um dort schon einmal einen Teil seiner diesjährigen Produktion an Körben anzubieten und mit etwas Glück auch zu verkaufen. Nach Absprache mit Regina waren sie sich einig, diese Gelegenheit zu nutzen und gemeinsam auf den Markt zu gehen, bevor der Winter in nächster Zeit sicherlich richtig mit Schnee und Eis übers Land hereinbrechen würde. So wie Hannespeter seine Körbe, so wollte Regina verschiedene andere Sachen dort anbieten: Einige Hühner, altersschwach und mit blassen welken Kämmen, die nicht so aussahen, als würden sie im nächsten Jahr noch viele Eier legen, wollte sie als Suppenhühner verkaufen, dazu auch noch etwas frisch geerntetes Obst und Gemüse.

Beide waren schwer bepackt, Hannespeter mit seinem mit Körben vollgeladenen „Stangenkeetz" und Regina mit ihrem großen verschließbaren Korb, vollgeladen mit lebenden Hühnern und verschiedenen anderen Dingen. So wie Hannespeter seinen Keetz, trug auch Regina ihren Korb auf dem Rücken.

So über und über beladen, machten die beiden sich an einem strahlend schönen Mittwochmorgen auf den Weg zum nicht weit entfernten Markt. An der Hauptstraße vom Dorf zur kleinen Marktstadt angekommen, sahen sie, daß an diesem schönen Herbsttag noch viele andere Leute von nah und fern, genau wie sie, zum Markt in Kastellaun unterwegs waren, viele zu Fuß, andere wiederum mit Ochsen- und Kuhgespannen. Alle Gefährte waren randvoll beladen mit aller Art von Waren, dazwischen saßen mitfahrende Frauen und Kinder. Zusätzlich war an den meisten Wagen hinten noch Vieh angebunden, das so nicht von Hand geführt werden mußte. Es war alles dabei, bunt gemischt: Rinder, Kälber, Schafe und Ziegen, manchmal auch Hunde, die, aufgeregt kläffend, um sich bissen. Eine richtig bunte Karawane aus Menschen, kleinen Viehherden, einzelnen Tieren und Wagen war da unterwegs, die sich langsam durch das Dorf in Richtung Kastellaun zu bewegte. Alle waren sie unterwegs, um dort etwas zu verkaufen, zu verhandeln oder aber selbst etwas zu kaufen, bevor ein strenger Winter den Weg zum Markt immer beschwerlicher oder - im allerschlimmsten Fall - gar für eine Zeitlang unmöglich machen würde.

Endlich auf dem Markt in Kastellaun angekommen, begann sofort das Handeln und Feilschen um alles, was hier angeboten wurde und zum Kauf und Verkauf stand. Verhandelt wurde meistens im hiesigen Hunsrücker Dialekt, oft aber auch, besonders im Viehhandel, in einer nicht für jedermann verständlichen Handelssprache. Viele Viehhändler, aber auch einige Bauersleute, bedienten sich hierbei der jiddischen Sprache, vielleicht, weil es in dieser Zeit die landesübliche und gebräuchliche Handelssprache war, oder aber auch, um den einen oder anderen kleinen Bauern, der dieser Sprache nicht mächtig war, leichter übers Ohr hauen zu können. Wie es auch war, oft genug ist es damals passiert, daß nach so einem Handel und nach anschließendem „Zuschlag" manch kleinem, nicht so gescheiten Bäuerchen die Tränen in den Augen standen. Die Leutchen waren zornig und wütend darüber, wie einige Käufer es wieder einmal fertiggebracht hatten, ohne daß sie es richtig verstanden, ihnen ein Stück Vieh weit unter Preis abzuhandeln. In dieser niedergeschlagenen Stimmung passierte es dann nicht selten, daß so ein geprellter Bauersmann geradewegs ins nächste Gasthaus ging, um dort seinen ganzen Kummer und Frust mit einem Gläschen Hochprozentigen herunterzuspülen, wobei es durchaus vorkam, daß es nicht bei einem Gläschen allein blieb. Aus dem einen wurden mehrere, oft sogar so viele, daß zum Schluß von dem Erlös für das verkaufte Stück Vieh nichts mehr übrig blieb. In der damaligen, allgemein recht armen Zeit war dies sicher eine schlimme Sache für den Betroffenen und seine ganze Familie: Die Leute mußten dann wegen des kurzen Moments ihres Leichtsinns noch länger in größter Not und in Elend leben, als sie es ohnehin schon taten.

Von solchen Dingen an diesem Tag nicht berührt und mit etwas mehr Glück und Erfolg als andere gesegnet, waren dagegen Regina und Hannespeter. Kaum hatte Regina an ihrem Standplatz ihr Federvieh zum Verkauf angeboten, fanden sich auch schon einige interessierte

Stadtmenschen als Käufer ein. Es dauerte an diesem Morgen jedenfalls gar nicht lange, bis sie ihre fünf mitgebrachten alten Suppenhühner an den Mann bzw. die Frau gebracht hatte, dazu auch noch zu einem recht anständigen, guten Preis, das Stück für zwei Groschen. Bei fünf Hühnern waren das also zehn Groschen, die Regina bitternötig in ihrer Haushaltskasse gebrauchen konnte.

Hannespeter dagegen tat sich an diesem Morgen mit seinen feilgebotenen Körben etwas schwerer. In der Mittagszeit hatte er erst sechs seiner zehn mitgebrachten Körbe verkauft. Das war für ihn, in Anbetracht seiner guten Ware und des schönen Marktwetters, etwas ungewohnt. Normalerweise war es so, daß er seine, von vielen Marktbesuchern begehrten Körbe bei Marktende auch verkauft hatte. Vielleicht waren trotz des schönen Wetters einige Stammkunden nicht zum Kastellauner Markttag gekommen. Viele neue Kunden drehten und wendeten seine Ware hin und her, ohne richtig zum Kauf zu kommen. Entweder wollten sie durch langes Feilschen den Preis drücken, oder aber sie waren skeptisch, weil sie seine Ware einfach nicht so gut kannten.

Bei seinem schon an der untersten Preisgrenze bemessenen Angebot war Hannespeter natürlich zu keinem weiteren Preisnachlaß bereit. Lieber wollte er den Rest der unverkauften Ware, so beschwerlich es auch für ihn war, wieder mit nach Hause nehmen, um sie zu einem späteren Zeitpunkt mit etwas mehr Glück vielleicht doch noch loszuwerden. Wie vorherzusehen, blieb es an diesem Morgen dabei – zwei Körbe konnte er zwar noch verkaufen, aber zwei weitere mußte er wieder aufschultern, ehe er mit Regina wieder den Heimweg antrat.

Als sie auf der Marktstraße unterwegs auf dem Heimweg waren, beschloß Regina, trotz des nicht allzu befriedigenden Verkaufsergebnisses von Hannespeter, den Kindern noch etwas zu kaufen und vom Markttag mitzubringen. Kurz entschlossen betrat sie daher die Metzgerei Simon, um hier für einen Groschen einen großen Ringel Fleischwurst zu erstehen. Für sie war das sicherlich eine Sonderausgabe, die sie sich nicht immer erlauben und leisten konnte. Doch dieses Mal wollte Regina ihren wartenden und gewiß hungrigen Kindern zu Haus einmal eine kleine Freude machen. Vielleicht geschah das auch in dem Überschwang, daß sie am Morgen ihre alten Suppenhühner schneller und besser verkauft hatte, als sie es sich erhoffen konnte.

Wie Regina es ahnte, warteten die Kinder zu Hause seit Schluß des Winterschulunterrichts tatsächlich schon sehnsüchtig auf die Rückkehr der Eltern vom Markt in Kastellaun. Heimlich hofften sie natürlich, daß die Eltern ihnen vielleicht etwas mitbringen würden. Das Schönste für sie wäre es gewesen, wenn der Vater so gute Geschäfte gemacht hätte, daß er sogar sein Versprechen bei ihnen einlösen könnte. Dann würde sich ihr allergrößter Wunsch, vor Winter einen eigenen schönen Rodelschlitten zu bekommen, doch noch erfüllen.

Um sich die Wartezeit bis zum Eintreffen der Eltern etwas zu verkürzen, begannen die größeren Kinder mit dem Erledigen ihrer Schulaufgaben auf der Schiefertafel. Die kleine Lisa und ihre etwas ältere Schwester Maria drückten sich dagegen in steter Erwartung der Eltern an dem Küchenfenster ihre Näschen platt. Sie wollten das Eintreffen der Eltern unbedingt als erste erleben, ein für alle erwartungsvolles frohes Ereignis, das kurze Zeit später auch lauthals von Lisa verkündet wurde. Ganz aufgeregt rief sie auf einmal: „Sie kommen! Sie kommen – dort über die Bitz (kleine Streuobstwiese) kommen sie aufs Haus zu!" Sofort rannten alle anderen auch zum Fenster, um sich zu überzeugen, ob es auch stimmte, was ihnen die kleine Schwester so freudig mitteilte. Ein kurzer Blick durchs Fenster bestätigte es ihnen. Doch in die Freude über das Heimkommen der Eltern mischte sich sogleich auch ein kleiner Wermutstropfen der Enttäuschung mit ein: Auf den ersten Blick schon hatten sie erkannt, daß der Vater noch einige Körbe auf seinem Rücken wieder mit nach Hause brachte. Das war ganz sicher kein gutes Zeichen für ein erfolgreiches Geschäft, das sie sich gerade heute so sehr gewünscht hatten.

Als die Eltern das Haus betraten und Regina mit ihrem großen Tragekorb in die Küche kam, fragte die kleine vorwitzige Lisa sofort, ob man ihnen vom Markt in Kastellaun auch etwas mitgebracht habe. Dies bejahte Regina und stellte den großen Korb auf dem Tisch ab.

Sie öffnete ihn und entnahm zur Freude aller den schönen großen Ringel Fleischwurst. Dieser wurde von der Mutter in sieben Stücke geschnitten und ergab so, mit einem Stück Brot dabei, für alle eine schöne Mahlzeit, einen richtigen Leckerbissen, wie es ihn nicht alle Tage bei diesen armen Leuten gab.

Nach dem guten Mittagsmahl blieben die Blicke der Kinder weiterhin unverwandt auf den Vater gerichtet. Zu gerne hätten sie jetzt noch von ihm erfahren, ob er sein Versprechen einhalten konnte oder ob, wie schon so oft, wieder einmal für sie nichts herausspringen würde. Hannespeter merkte, was seine Kinder von ihm erwarteten, und so sagte er zu ihnen, daß er trotz der schlechten Geschäfte auf dem Markt heute eine gute Nachricht für sie habe. Er wolle einhalten, was er ihnen versprochen habe. Jetzt gleich wolle er zum Dorfschmied gehen, um nach zwei Schlittenkufeneisen für sie nachzufragen. Riesengroß war jetzt natürlich die Freude der Kinder über die Gutherzigkeit ihres Vaters, der trotz der geringen Verkaufserlöse am Morgen sein Versprechen tatsächlich einlösen wollte.

Zusammen mit dem Vater gingen die beiden Jungen Peter und Fritz den kurzen Weg zur Dorfschmiede. Unbedingt wollten sie dabei sein und sehen, ob der Vater vom Schmied zwei passende Eisen bekommen würde. Als sie, am alten Dorfbrunnen vorbei, ein Stück weiter unten im Dorf an der Schmiede ankamen, herrschte dort, wie an fast allen Tagen in der Woche, reger Betrieb: Hier in der alten, vom hellen flackernden Feuer der Esse erwärmten Schmiede standen mehrere Männer in angeregtem Gespräch beieinander. Wie in jedem Winter, bei weniger Arbeit, konnten die Bauern hier beim alten Schmied Hannikel immer das Neueste erfahren und sich austauschen, ähnlich wie bei Hannespeter im Stall, nur nicht so bequem auf gemütlichen Schemeln sitzend. Dafür war es aber auch etwas informativer und vor allem aktueller und interessanter in der Werkstatt des Hannikel, gab es hier doch die allerneuesten Neuigkeiten, weil immer viele Leute zusammenkamen und weil der Alte ein sehr guter Unterhalter und Erzähler war. Nirgends im ganzen Dorf konnte man bessere und genauere Informationen bekommen, als gerade hier in der alten Dorfschmiede. Noch nicht einmal in der alten Posthalter- und Dorfgaststätte oder in der Bauernmühle war es informativer als hier.

In der hintersten Ecke seiner Schmiede an der Esse stehend, mit der einen Hand am Blasebalg ziehend, sah man den alten Hannikel vor lauter Rauch und Rußschwaden kaum noch. Doch um so mehr vernahm man von hinten her seine rauhe, aber freundliche Baßstimme; so laut und polternd, daß jeder sofort wußte, wo er zu finden war. Auch Hannespeter und die beiden Jungen sahen ihn vor lauter Qualm und Rauchschwaden kaum, doch er mußte sie erspäht haben, denn aus der Ecke erscholl seine laute Stimme: „Hannespeter, was suchst Du mit Deinen Jungen denn hier bei mir in der Schmiede?"

Hannespeter antwortete: „Kufeneisen für einen Schlitten!"

„So, so, Kufeneisen für einen Schlitten", gab der alte Hannikel zurück, "da müssen wir einmal sehen, ob wir hier bei mir in der Werkstatt so etwas finden." Daraufhin durchsuchte er seine Alteisenecke, hatte auf einmal zwei Eisen in der Hand und meinte dazu: „Hieraus müßte so etwas zu machen sein." Hannikel legte die gefundenen Eisen sogleich in die Glut seiner Esse, wobei er abermals seinen Blasebalg kräftig bediente. Nach einer Weile nahm er die rotglühenden Eisen heraus, um sie auf seinem Amboß so lange zu bearbeiten, bis unter seinen Hammerschlägen richtig schöne Schlittenkufen entstanden waren. Danach tauchte Hannikel die beiden fertigen Teile in einen großen Wassertrog zum Abkühlen. Dann drückte er die Kufen Hannespeter mit den Worten in die Hand: „Hier hast Du die Kufeneisen für Deine Kinder."

Auf Hannespeter's Frage, was er ihm schuldig sei, meinte er nur gutmütig, daß ihm die alten Eisen sowieso schon lange nur im Weg herumgelegen hätten. Außerdem, brummte er, könne man Kindern ja auch einmal eine Freude machen, ohne dafür immer gleich etwas zu verlangen.

Überrascht und gerührt von der Güte des alten Schmiedes bedankte sich Hannespeter recht herzlich und verließ mit seinen zwei Jungen

Alte Hunsrücker Bauernmühle im Bachtal

die Schmiede. Freudestrahlend und stolz trug jedes der Kinder eines der Schlitteneisen zurück durchs Dorf zum Hirtenhaus.

Hier angekommen, zeigten sie der Mutter und den Geschwistern ganz stolz, was sie soeben erstanden hatten: schöne neue Schlittenkufen, und das allerschönste daran war, daß sie sie bekommen hatten, ohne etwas dafür bezahlen zu müssen, vom guten alten Hannikel geschenkt. Das war ein schönes, erfreuliches Erlebnis für die armen Hirtenkinder, wie sie es in ihrem armseligen Leben bisher nur selten erfahren hatten. Ganz ohne Kosten für die Eltern war ihnen jetzt etwas in Erfüllung gegangen, auf das sie schon so lange gewartet und gehofft hatten. Nun lag es am Vater, den neuen Schlitten, noch bevor der Winter richtig hereinbrechen würde, fertig zu bauen, damit das neue Gefährt auch beim ersten Schnee sofort ausprobiert werden konnte.

Wie von seinen Kindern erwartet, verwandte Hannespeter in nächster Zeit jede freie Minute, um an dem Schlitten weiter zu bauen. Daher stand, früher als erwartet, an dem darauffolgenden Sonntagmorgen der nagelneue Schlitten im Schuppen für die Kinder bereit, sogar schon mit einem neuen Hanfseil ausgestattet, fertig zur ersten Schlittenfahrt. Für die Kinder war es fast zu schön, um wahr zu sein, als sie am Sonntagmorgen aus dem Fenster schauten und ihr Blick in die nahe Scheune auf den wunderschönen neuen Schlitten fiel. Dankbar und überglücklich gingen sie heute viel lieber mit den Eltern zum Kirchgang, als sie das unter normalen Umständen getan hätten. Denn nicht immer war es nach ihrem Geschmack, fromm und brav in der Kirche zu sitzen und der oft langen, unverstandenen Predigt auf den harten Holzbänken zu lauschen.

Wettermäßig wurde es zu dieser späten Jahreszeit immer diesiger und dunkler. So schien es auch, als ob das kleine Dörfchen selbst immer mehr in den Winterschlaf verfallen würde. Nur noch wenige Menschen sah man auf der Straße. Die meisten hielten sich in ihren Häusern auf, um aus der mollig warmen Stube heraus diesem trostlosen Novemberwetter zuzuschauen.

Als dann in den nächsten Nächten der erste Schnee über das Dorf hereinbrach, verstärkte sich der Eindruck eines schlafenden Dorfes noch mehr, gerade so, als wolle die Natur mit einem schönen weißen Tuch alles gnädig zudecken: alle Armut, allen Hunger und alle Not, all jene Gegebenheiten, die hier in strengen harten Wintern von jeher am stärksten und schmerzhaftesten empfunden wurden, obwohl sie zu allen Jahreszeiten im linksrheinischen Gebirgsland vorherrschend und dominierend waren. Die Natur brachte oft viel Schnee und damit neue zusätzliche Probleme hier auf den rauhen Hunsrückhöhen.

Nicht selten schneiten Straßen und Wege über Nacht so zu, daß sie unpassierbar wurden. In so einer Notsituation mußten alle im Dorf zusammenstehen, um der schwierigen Lage Herr zu werden. Vom Gemeindediener mit seiner Schelle und durch sein lautes Ausrufen wurde den Bürgern dann bekanntgemacht, an welchen Stellen in der Gemarkung Schnee und Eis geräumt werden mußten. Vor allem die Hauptstraße bis zu den Ortsgrenzen mußte befahrbar bleiben, aber auch alle wichtigen Seitenwege wie zum Beispiel die Mühlenwege zum Tal und zu den Genossenschaftsmühlen dort. Diese Mühlen wurden auch in der Winterzeit fast täglich genutzt. Hier wurde reihum Mehl von den Bauern für das tägliche Brot gemahlen und Schrot für das Vieh geschrotet. Auf den Hauptstraßen mußte vor allem darauf geachtet werden, daß zumindest der Postkutschenverkehr aufrechterhalten werden konnte. Zweimal in der Woche wurde die Strecke von Kastellaun nach Treis an der Mosel von der Postkutsche hin und zurück befahren. In besonders harten Wintern kam es jedoch vor, daß die Postkutsche, die immer vierspännig gefahren wurde, an gefährdeten Stellen steckenblieb, um erst Stunden oder gar auch Tage später im nächsten Ort anzukommen, mit verspäteten Postsachen und halberfrorenen Passagieren. Hier im Ort, in der gemütlichen warmen Posthalter- und Dorfgaststätte, konnten sie sich dann bei einem Glas starken Grogs soweit wieder regenerieren, daß anschließend die Fahrt fortgesetzt werden konnte. Ab und zu bestand danach aber auch die Gefahr, daß einer der Postillione, wenn er dem wärmenden Getränk zu sehr zugesprochen hatte, auf der Weiterfahrt von seinem Bock vielleicht herunterfiel.

Uneingeschränkte Freude über frühe harte Winter mit viel Schnee und Eis hatten natürlich die Kinder im Dorf. Von morgens bis abends konnten sie sich dann auf der schönen und sehr langen Schlittenbahn bis ins Tal hinein austoben und vergnügen. Besonders Hannespeters Kindern gefiel das dieses Jahr natürlich noch besser mit ihrem neuen, eigenen Schlitten. Anders als in den Jahren zuvor waren sie jetzt nicht mehr darauf angewiesen, aus Gnade und Barmherzigkeit von den anderen Kindern auf deren Schlitten mitgenommen zu werden. Jetzt konnten sie genau wie ihre Altersgenossen auf ihrem eigenen Schlitten zu Tal sausen, immer und immer wieder den schönen Hang hinunter, so oft und so lange, wie sie wollten.

Zuerst ging die Fahrt durch ein kleines Seitentälchen unterhalb des Dorfes, dann weiter am nahen Wald vorbei bis hinunter ins Bachtal. Auf dieser schönen, mit Wellen und kleinen Schanzen ausgestatteten Bahn machte es den Kindern so viel Spaß, daß sie manchmal abends sogar das Heimgehen vergaßen. Erst am langsam aufgehenden Mond überm Dorf merkten sie, wie spät es eigentlich schon war. Meistens von oben bis unten durchnäßt und in steifgefrorenen Kleidern, aber mit schönen roten Backen schickte man sich dann doch langsam und fast widerwillig an, den Heimweg anzutreten.

Nach dem Abendessen träumten die Kinder in ihren mollig warmen Haferspreubetten oft noch vom fröhlichen Schlittenfahren - und schliefen dabei so fest, daß sie, anders als sonst, die nächtlichen Rufe des Nachtwächters auf der Dorfstraße vorm Haus nicht wahrnahmen, eine nächtliche Erscheinung, die den Kindern sonst schon etwas Angst einflößen konnte.

Allein das Aussehen dieses Mannes rief nicht nur bei den kleinen, sondern auch bei manchem großen Dorfbewohner Angst und ein gewisses Unbehagen hervor. Er war ein hagerer großer Mann mit langem schwarzen Zottelbart und mit einem großen breitkrempigen Hut, der fast das ganze Gesicht bedeckte. In der einen Hand eine große Lanze haltend und in der anderen Hand seine Laterne tragend, war er schon eine Art Schreckgespenst, nicht nur für viele Dorfbewohner.

Abgesehen von seiner den Menschen in der Nacht etwas furchtmachenden Erscheinung war seine Tätigkeit aber ein Segen für das Dörfchen und seine Einwohner. Denn dieser Mann wachte in der Nacht über alles, über Haus und Hof, Hab und Gut, Stall, Scheune und Schuppen, die Feld- und Obstfrüchte in der warmen Jahreszeit, die Tiere auf der Weide, und war somit eigentlich ein wirklicher Garant für den ruhigen und festen Schlaf der Leute im Dorf. Auf seiner nächtlichen Runde durch den Ort rief er zu jeder vollen Stunde die Uhrzeit aus. Mit seiner monotonen Stimme sagte er laut und verständlich von Mitternacht an die Zeit bis zum frühen Morgen an: „Leute hört, hört, die Uhr hat zwölf geschlagen. ..." Über alles, was seiner Meinung nach nicht in Ordnung war, verständigte er die Leute. Mit seiner langen Lanze klopfte er hoch oben an den Schlafzimmerfenstern, die meistens im zweiten Stock unterm Dach der Bauernhäuser lagen, so lange, bis die betreffenden Bewohner das Fenster öffneten und er ihnen seine Beobachtungen mitteilen konnte. Manchmal handelte es sich dabei um Vieh, das sich im Stall unruhig verhielt, um aufgeregt krakeelende Hühner, wenn sie den schnürenden, blutgierigen Fuchs spürten, aber auch um andere Dinge, wie ein aus Versehen brennendes Licht im Haus oder eine offengelassene Tür. Er wachte nicht nur über allem, sondern sprang auch, wenn Not am Mann war, hilfreich ein, zum Beispiel etwa, wenn eine Kuh kalbte und der Bauer mit der Situation nicht allein fertig wurde.

Zusammen mit dem über Tag wachhabenden Flur- und Feldschütz, der von Sonnenauf- bis Sonnenuntergang darüber wachte, daß nichts Unrechtes in der Gemeinde und ihrer Gemarkung geschah, waren diese beiden Männer als eine Art „Kontrollorgan" ein wahrer Segen für die armen Hunsrückdörfer. Denn gerade in dieser rückständigen Gegend und Zeit gab es sehr viel lichtscheues Gesindel, das sich darauf verlegt hatte, sich mit Betteln, Stehlen und Rauben durchs Leben zu schlagen, arbeitsscheues Lumpenpack, das sich tagsüber am Rande der Ortschaften in den dichten dunklen Hunsrückwäldern versteckte, um nachts von hier aus auf Raub, Einbruch und Diebstahl auszugehen. Ganz abgesehen von den vielen verarmten Zigeunern, die sippenweise durch die Dörfer zogen, bildeten sie alle eine wahre Landplage. Manchmal verkauften die Hausierer auch, von Haus zu Haus gehend, Kleinigkeiten, aber meistens bettelten sie und wurden mitunter recht unverschämt und aufdringlich, wenn man ihnen nichts abnahm und ihnen gar die Türe wies. Auch bei ihnen kam es vor, daß sie aus Not und Hunger und ohne moralische Skrupel einfach etwas mitnahmen, das ihnen nicht gehörte. Auf der anderen Seite waren aber auch gerade diese fremdartigen Menschen in den Hunsrückdörfern, wo es sonst ja nicht viel Neues und Abwechslungsreiches gab, immer wieder eine Attraktion: Wenn etwa die Zigeuner mit ihren bunten Wagen ins Dorf einfuhren, sprach es sich schnell herum, und im Nu waren ihre mit kleinen zotteligen Pferdchen bespannten Wagen von den Dorfkindern umlagert, um sie bis zu ihrem Rastplatz am Dorfbrunnen unter der uralten riesigen Linde zu begleiten. Hier gab es für alle – Einheimische und Fremde, Menschen und Tiere - frisches Wasser, und der mächtige Baum mit seinem dichten Blätterdach lud fremde Ankömmlinge geradezu ein, hier zu verweilen und Rast zu machen. Hier, auf dem Rathaus- und Backesvorplatz boten sie dann auch ihre Vorführungen und Darbietungen an: Musik, Theater, Tanz, ja sogar den Tanz mit dem Bären, und allerlei Allotria. Alles wurde geboten, was die Dorfbewohner sehen und hören wollten und wofür sie auch bereit waren, von ihrem wenigen Geld ein paar Fünfer oder Pfennige in den Hut dieser gewiß noch ärmeren Menschen zu werfen. Das fahrende Volk freute sich über jede Gabe und war dankbar dafür. Die Fremden wünschten den Dorfbewohnern dafür zum Abschluß alles Gute, Gesundheit und viel Glück im Stall bei ihrem Vieh.

Wenn die Zigeuner ihre Zelte abbrachen und sich zur Weiterfahrt zum nächsten Ort entschlossen hatten, war das für die Dorfkinder meist ein etwas trauriger Abschied, wenn nicht sogar ein wehmütiger Anlaß. Am liebsten hätten sie diese fremdartigen Menschen mit ihrem Frohsinn, ihrem Hokuspokus und ihrer damit verbundenen Zauberwelt für immer im Dorf behalten. Das alles wirkte auf sie wie ein heilendes, helles Lebenselexier, das sie ein paar Tage ihre Armut, ihre Not und ihren Hunger vergessen ließ, war es doch eine schöne Abwechslung gegenüber dem tristen dörflichen Einerlei und dem harten Überlebenskampf, den sie mit ihren Eltern zusammen jahrein, jahraus bestehen mußten.

Um diesen harten Kampf halbwegs zu überstehen, arbeitete auch Hannespeter von morgens früh bis abends spät wintersüber in seinem Stall an seinen Körben. Oft war er mit seiner Tätigkeit so überlastet, daß er an manchen Abenden seinen Rücken und sein Kreuz kaum noch spürte. Nach dem Abendessen taumelte er dann todmüde in sein Bett. Er hatte sich vorgenommen, vor Weihnachten noch so viele Körbe zu produzieren und zu verkaufen, wie er nur irgend herstellen konnte, um wenigstens über die Feiertage genügend Brot im Hause zu haben, damit er und seine Lieben in dieser friedlichen, festlichen Zeit etwas weniger darben und hungern mußten, als sonst das ganze Jahr über.

Bei dem anhaltenden strengen Winterwetter und dem vielen Schnee, mit dem in diesem Jahr die Hunsrückhöhen wieder einmal reichlich gesegnet waren, wurde es für Hannespeter immer schwieriger, seine Ware zum Markt in Kastellaun zu transportieren. Eines Tages kam er auf den Einfall, es einmal mit dem neuen stabilen Schlitten der Kinder zu versuchen. Da könnte er gewiß die doppelte Menge aufladen, als er bisher immer mit seiner Keetz auf dem Rücken dorthin transportiert hatte. So war es für ihn sicher ein etwas leichterer Weg bei diesen widrigen Wetterverhältnissen. Dadurch könnte er auch sein Angebot vergrößern, und bei reger Nachfrage und etwas Glück dazu würde er auch einen besseren Verkaufserlös erzielen können.

Im Dorfgeschehen gab es für die Bürger bei der letzten Ratssitzung auch einen kleinen Lichtblick und etwas Hoffnung für die Zukunft. Bürgermeister Peter Gewehr verkündete im über dem Backhaus gelegenen und von den zwei darunterliegenden Backöfen stets gut temperierten Gemeindesaal endlich einmal etwas Gutes: Die bisher als unantastbar geltende Domäne Wald sollte endlich angetastet und - wie in anderen Gemeinden bereits geschehen - gerodet werden und dem Ackerland weichen. Das war ein Durchbruch, der bis dahin undenkbar gewesen war. Der Wald war bisher als größter Reichtum der Hunsrücker Gemeinden angesehen worden und war daher für jeden Eingriff unantastbar. Jetzt sollte es endlich mehr Ackerland für die Bürger und somit vielleicht in Zukunft auch etwas mehr Brot für die Menschen im Dorf geben.

Lange hatte es gedauert, bis man auch von behördlicher Seite zu der Erkenntnis gekommen war, daß der Wald unbedingt zusätzlichem Ackerland weichen mußte, um in Zukunft größeren Hungersnöten und weiterem Elend etwas vorbeugen zu können. Die übergroße Not in den armen Hunsrückgemeinden machte auch damals schon erfinderisch und führte in jenen Jahren endlich zu einer großen Umwälzung, zu einer Urbarmachung größeren Stils, wie es vorher undenkbar gewesen wäre. Natürlich mußte auch so ein großes Vorhaben, wie fast alles hier in den Dörfern, durch kostenlose Fronarbeit der Dörfler verwirklicht werden. Vom Frondienst ausgenommen waren nur ganz wenige Bewohner, etwa die, die das Fällen und Aufarbeiten des Holzes übernahmen. Sie allein wurden von der Gemeinde für ihre schwere Arbeit bezahlt.

Hieraus ergab sich jetzt auch für Hannespeter eine Chance: Eventuell konnte er so den ganzen Winter über, vielleicht sogar bis ins nächste Frühjahr hinein bis zum Beginn der neuen Weidesaison, als Holzfäller zusätzliches Geld verdienen.

Anfang des Jahres rückte man, wie geplant und genehmigt, den mächtigen Buchen-, Eichen-, und auch den Kiefernstämmen in dem dazu freigegebenen Waldstück zu Leibe. Mit großen Trummsägen sägten die Holzfäller die vorher mit scharfen Äxten angehauenen Bäume um, Stück für Stück, bis schließlich eine Kahlfläche von ungefähr achtzig Morgen entstanden war. Das anfallende Holz wurde als willkommene Einnahmequelle für die Gemeinde als Stamm- oder Meterholz an Händler aus Kastellaun und an Privatleute verkauft. Nachdem das Holz abgefahren war, begannen die eigentlichen Rodungsarbeiten: Zuerst wurden große Feuer angelegt, die alles verzehrten, was brennbar war, Heckenreisig, Gras, Wurzelwerk und sogar Teile der Baumstümpfe. Was dann noch im Boden steckte, mußte in mühseliger Handarbeit gerodet werden. Hierzu mußte jeder einzelne Baumstumpf so tief freigegraben werden, daß man mit starken Hebeln unter die Wurzelarme greifen konnte, um sie mit vereinten Kräften herauszuziehen: Eine schwere, mühsame Arbeit, eine Heidenarbeit, bei der die damit beschäftigten Männer aufs äußerste gefordert wurden, eine Arbeit, die nur mit wahrem Pioniergeist und eisernem Willen geleistet werden konnte und auch nur, um dadurch etwas Zusätzliches für sich zu erobern und so weiter existieren zu können.

So gingen die Männer allabendlich, müde und abgekämpft nach einem harten Rodungstag, dem Dorf zu, aber doch mit einem guten zufriedenen Gefühl und der Gewißheit, mit ihrer Arbeit sich und ihren Familien, dem Dorfe und den Menschen dort etwas Gutes getan zu haben, zum Wohle aller für eine vielleicht bessere Zukunft geschafft zu haben. Wenn in einigen Jahren aus diesem jetzt noch rohen und unkultivierten Waldboden fruchtbares Ackerland entstehen würde, wäre das sicher ein Segen für alle daheim, für jeden ein Stück Brot mehr und dazu ein neues Stückchen Lebensraum für die Zukunft, im ewigen Kampf gegen Hunger, Armut und Elend.

Anfang Mai, wie in jedem Jahr, begann dann für Hannespeter wieder die neue Weidesaison: Von jetzt an war er wieder täglich mit seiner Herde unterwegs. Er trieb seine Tiere, eskortiert von seinen Hütehunden, wie von jeher über Heideflächen und Brachland, durch Täler und Wälder, immer auf der Suche nach etwas Freßbarem für seine Tiere.

Bei seiner Arbeit hatte Hannespeter viel Zeit und Muße, um über sich und sein Leben, über sein hartes Los als Schweinehirt und somit als einer der Ärmsten im Dorf, nachzudenken, auch darüber, ob es ihm in Zukunft überhaupt gelingen würde, seine große Familie mit ihren fünf Kindern immer halbwegs satt zu bekommen. Auf der einen Seite konnte er trotz seiner großen Armut mit seinem ihm zugeteilten Los immer noch einigermaßen zufrieden sein. Wenn er auch mit weltlichen Gütern anderen im Dorf gegenüber weniger gesegnet war, so war er auf der anderen Seite aber eigentlich doch reich: Er war jung und gesund, dazu ein bärenstarker Hüne, der vor keiner Arbeit zurückschreckte. Darüber hinaus hatte er eine fleißige, fröhliche Frau, der nichts zuviel wurde, und fünf gesunde Kinder. Dies alles wäre also sehr lebenswert gewesen und hätte zufrieden machen können, wenn nur nicht der ewige Hunger und die ständige Not im armen Hirtenhaus seine dauernden Begleiter gewesen wären.

Über all diesen mitunter – trotz allem – trüben Gedanken und Zukunftssorgen kamen Hannespeter ganz unbewußt in letzter Zeit immer wieder die fremden Männer in den Sinn, fremdartig feine Herren, die ihm am letzten Markttag in Kastellaun aufgefallen waren und seine Aufmerksamkeit und sein Interesse geweckt hatten: In schönen feinen Kleidern, stolz auf ihren Pferden sitzend, oder sich in vornehmen Kutschen präsentierend, versuchten sie, die Aufmerksamkeit der Marktbesucher auf sich zu lenken. Nach einem lauten Trommelwirbel, den niemand überhören konnte und sollte, verkündeten sie wahre Wunderdinge von einem fernen fremden Land über dem großen Wasser; einem Land, in dem es sich gut leben ließe, in dem es immer warm sei und wo die schönsten und süßesten Früchte wild auf den Bäumen wachsen würden.

So, wie die Männer das vorbrachten, waren es wunderschöne Neuigkeiten, die auf viele der armen Marktbesucher Eindruck machten. Es waren Prophezeiungen von einem besseren Leben in einem gelobten Land, die viele der Menschen - und Hannespeter darin eingeschlossen - seither nicht mehr richtig losließen.

Seinen Gedanken weiter nachhängend, mußte sich Hannespeter dann auch eingestehen, daß, wenn das alles wahr wäre, so ein Leben in der Ferne sicherlich ein großer Gegensatz zu der Armut wäre, die im Hunsrück vorherrschte, zu Armut und Elend, die sicher hier nie ein Ende haben würden.

Diese ihn in letzter Zeit so bewegenden Nachrichten und Neuigkeiten hatte er bis jetzt noch für sich behalten. Bei nächster, sich bietender Gelegenheit wollte er sich hierüber aber einmal noch genauer informieren und sich kundig machen, noch ehe er vielleicht mit seiner Frau und seiner ganzen Familie darüber reden und diskutieren wollte.

In der vergangenen Winterzeit wäre es sicher kein allzu großes Problem gewesen, über dieses fremde Land Brasilia etwas mehr in Erfahrung zu bringen, da ja in seinem Stall täglich über alles Neue und Interessante geredet und diskutiert wurde; aber in der jetzigen arbeitsreichen Frühjahrszeit war das natürlich ganz anders. Zum stundenlangen Tratschen hatte im Dorf ohnedies jetzt niemand mehr Zeit und Gelegenheit. Alle gingen von morgens früh bis abends spät ihrer Arbeit auf den Feldern nach, so wie Regina, die schon wochenlang damit beschäftigt war, ihren Garten in Ordnung zu bringen. Sie jätete Unkraut aus, säte und pflanzte. Alles Mögliche wurde von ihr voll Fleiß in die Erde gebracht: Gemüsesamen, Knollen und anderes mehr, alles Dinge, die sie in der Winterzeit dringend für ihre große Familie benötigen würde; aber auch Blumen und Sträucher, die im Keller überwintert hatten, wurden wieder an ihren Platz im Garten gebracht und neu angepflanzt. Hier sollten sie den Sommer über bis in den Herbst hinein schön blühen: Angefangen mit den bunten Frühlings- und Sommerblumen bis hin zu den wunderschön blau-lila blühenden Herbstblümchen, einer dankbaren Blumenart, die hier auf den rauhen Hunsrückhöhen besonders schön bis in den späten Herbst hinein blühte, bis die ersten Nachtfröste dann auch dieser Blütenpracht ein Ende bereiten würden.

Hannespeter wäre zu gerne noch einmal zum Markt nach Kastellaun gegangen, um über die mysteriösen Dinge, von denen er gehört hatte, mehr zu erfahren. Leider aber ließ ihm seine jetzige Hirtentätigkeit hierfür bis zum Ende der Weidesaison keine Möglichkeit mehr. Daher bat er seinen Freund und Schulkameraden Jakob Adrat, der im Gegensatz zu ihm keinen Markt im Nachbarort ausließ, sich für ihn in dieser Beziehung einmal kundig zu machen, vor allem auch, ob es sich bei den Versprechungen vielleicht nur um Gaukeleien, um Schwindel handeln würde, oder ob an der Sache tatsächlich etwas dran sei.

Es gingen aber mehrere Wochen ins Land, ehe von den fremden Leuten noch einmal im Hunsrück etwas zu sehen und zu hören war, so viel Zeit, daß Hannespeter durch seine Arbeit bei der Herde, die ihn im Frühjahr immer am meisten beanspruchte, dies alles schon fast vergessen hätte.

In der schönen warmen Vorsommerzeit hatte er von morgens bis abends alle Hände voll zu tun.

Denn dies war eine Zeit, in der sich bei seiner Herde der Nachwuchs einstellte. Die meisten Muttersauen warfen jetzt ihre Jungen, früh genug also, um vor der harten Winterzeit einen kräftigen und widerstandsfähigen Nachwuchs herangezogen zu haben.

In dieser arbeitsreichen Zeit mußte er hinten und vorne anpacken: Er mußte bei den Geburten der Tiere helfen, vor allem aber auch aufpassen, daß ihm von den neugeborenen kleinen Ferkeln keines verloren ging. Mitunter passierte es, daß ein Muttertier noch kurz vor dem Heimtrieb am Abend jungte, so daß die kleinen, gerade auf die Welt gekommenen Ferkelchen noch nicht in der Lage waren, ihrer Mutter auf dem Heimweg zu folgen. In diesem Fall mußte Hannespeter den ganzen Wurf, zehn bis zwölf und manchmal auch noch mehr Kleine, in der Keetz auf dem Rücken nach Hause transportieren, um sie später im Gatter nahe des Dorfes mit viel Mühe ihrer Mutter wieder zuzuführen. Das war allerdings keine so leichte Aufgabe, wie man glauben mochte. Wehe, wenn die kleinen Ferkel dabei an die falsche Mutter gerieten und diese dann sofort auf die kleinen Tierchen losging und sie totbiß! Das kam bei Schweinen immer wieder vor und führte immer zu großem Schaden für den Besitzer der Herde oder für den Hirten. Hannespeter versuchte also, stets alles zu tun, was in seiner Macht stand, um solch große Verluste und Schäden zu vermeiden.

Mitten in der Hauptarbeitszeit kam eines Abends sein Freund Adrat zu ihm ans Hirtenhaus. Während sie gemeinsam auf der gemütlichen Gartenbank in der angenehmen Abendkühle saßen, erzählte Jakob Adrat Hannespeter von seinen Erlebnissen an diesem Morgen auf dem Markt in Kastellaun. Heute nämlich wären seit längerer Zeit, wie er betonte, wieder diese Fremdlinge auf dem Markt aufgetaucht. Dabei hatte er, wie von Hannespeter gebeten, alles genauestens verfolgt und hierbei gut zugehört, was die Männer den umstehenden Leuten gesagt und versprochen hätten. Soweit er es herausbekommen und verstanden hatte, waren diese ausländischen Leute Werber im Auftrag der fernen brasilianischen Regierung, ihres Kaisers, den sie Dom Pedro nannten. Sie wollten im Namen ihres Kaisers für ihr riesiges, aber auch noch sehr unterentwickeltes südamerikanisches Land "Brasilia" Einwanderer anwerben, deutsche Menschen, die bereit seien, in diesem sehr weit entfernten, großen Land überm Meer als Kolonisten einen neuen Anfang zu wagen und sich dort als Siedler seßhaft zu machen, zu ihrem eigenen Nutzen, aber auch zum Nutzen Brasilias: Das Land habe einen großen Bedarf an Bauern, an Siedlern, und vor allem auch an Handwerkern, um es aufzubauen und zu kultivieren.

Weiter erzählte Jakob Adrat, daß die Werber im Hof des Gasthauses Reuter allen Interessierten ihre Fragen bereitwillig beantwortet und sie über alles Weitere aufgeklärt hätten. Sogar Handzettel zur besseren Information hätten sie herumgereicht, von denen er einige zum Verteilen im Dorf und einen für Hannespeter mitgebracht habe. Weiter meinte Jakob Adrat in diesem Zusammenhang noch, daß er den Eindruck gewonnen habe, daß viele Leute hier aus der Gegend den fremden Werbern und Agenten nicht nur aus purer Neugierde ihre Aufmerksamkeit geschenkt hätten, sondern vielmehr aus ernsthaftem Interesse an einer Auswanderung ins „gelobte Land Brasilien". Vielleicht wäre es doch für den einen oder anderen überlegenswert, auf der anderen Seite der Erde noch einmal einen Neuanfang zu wagen, in einem fremden warmen Land, in dem im Jahr mehrere Ernten möglich seien und in dem vor allem auch Handwerker Mangelware wären.

Alle diese gut klingenden Versprechungen und Prophezeiungen und die gebotene Aussicht auf ein vielleicht doch etwas besseres und sorgenfreieres Leben, als es zur Zeit hier in der Heimat möglich war, wurden mit einem Schlag für arme Hunsrücker zu einer echten Versuchung, zu einer Verlockung, der viele von ihnen nur sehr schwer widerstehen konnten.

Aufgewühlt vom Gehörten und auch sehr nachdenklich ging Hannespeter nach diesem Gespräch mit seinem Freund an jenem Abend schlafen, aber nicht, ehe er mit Regina, nachdem er jetzt genau Bescheid wußte, darüber geredet hatte. Das war eine Sache, die auch für sie einerseits interessant und überlegenswert klang, ihr aber andererseits auch sofort große Angst machte. Sollten sie wirklich hier alles aufgeben und mit den Kindern in ein weit entferntes, fremdes, unbekanntes und vielleicht sogar gefährliches Land ziehen? Ohne ganz genau zu wissen, was sie dort erwartete und in welche Situationen sie dort geraten könnten?

Ganz sicher gehörte dazu für jeden, der sich zu so etwas entschließen würde, eine ganze Menge Mut und Courage. Vor allem mit fünf kleinen Kindern erschien das Ganze doch als ein zu großes Wagnis, wenn nicht sogar als etwas ganz und gar Abenteuerliches und Aberwitziges.

Das alles wollten sie sich in aller Ruhe in der nächsten Zeit noch einmal durch den Kopf gehen lassen und reiflich überlegen. Vorerst wollten sie daher auch keine voreiligen Schritte in dieser Angelegenheit unternehmen, sondern in Ruhe abwarten, ob sich eventuell noch andere Leute aus dem Dorf oder aus Nachbardörfern zu so einem Schritt entschließen könnten. Wenn dies der Fall wäre, könnte man sich ja einmal mit diesen Leuten zusammentun, um sich auszusprechen und sich gemeinsam Gedanken über alles zu machen. Allzuviel zu riskieren, abgesehen von dem großen Risiko, die Kinder mit in diese Sache einzubeziehen, hatte man in Anbetracht der hiesigen Verhältnisse ja ohnehin nicht: Man war jung und gesund und hatte überdies schon lange das Bedürfnis, irgendwie aus der Armut zu entfliehen. Bis zum jetzigen Zeitpunkt hatte sich dafür aber noch keine geeignete Gelegenheit gefunden. Sollte also jetzt wirklich der Zeitpunkt gekommen sein, tatsächlich etwas ändern zu können? Sie könnten die Chance zu einem besseren Leben einfach beim Schopfe packen und hier alles zurücklassen. Das wäre schon etwas Außergewöhnliches und Wagemutiges. Es blieb allerdings die Gefahr, noch mehr zu verlieren und eventuell dabei ganz unterzugehen, womöglich sogar umzukommen in jenem fremden, für sie ganz und gar unberechenbaren Land, ohne die Heimat und das Dorf jemals wiederzusehen.

Dies waren Fragen, die sich alle stellen mußten, die sich mit dem Gedanken der Auswanderung befaßten.

Über längere Zeit hörte man im Dorf zu diesem Plan nicht mehr sehr viel, bis zu Anfang des Winters dann im Dorf zu hören war, daß sich tatsächlich einige Leute aus Kastellaun, aus Buch und auch aus Bell zu so einem Schritt entschlossen und einen Kontrakt bei den Werbern unterschrieben hätten. Das bedeutete, daß sie vermutlich schon bald, gewiß in naher Zukunft, die große Reise übers weite Wasser antreten würden. Hiervon animiert, wollte jetzt auch, wie weiter erzählt wurde, sogar ein Mann aus dem eigenen Dorf diesen Schritt wagen. Es handele sich um den Junggesellen und gelernten Zimmermann Friedrich Gewehr, der ein guter Bekannter und Freund von Hannespeter war, ein junger Mann, der, immer fröhlich und gut gelaunt, bei allen im Dorf beliebt war. Auch im Winter bei Hannespeter im Stall, wenn man dort in fröhlicher Runde zusammensaß, war gerade er immer für einen Spaß und einen Witz zu haben.

Nachdem Hannespeter diese Neuigkeit zu Ohren gekommen war, hielt es ihn nicht länger, und er nahm sich vor, mit Friedrich Gewehr einmal zu reden und ihn nach den Gründen für seinen Entschluß, bald seine Heimat zu verlassen, zu fragen.

Viel schneller, als er sich das vorgestellt hatte, bekam er hierzu die Gelegenheit: Schon am nächsten Tag hatten sich wieder einmal, wie immer in der Winterszeit, einige Nachbarn bei ihm im Stall eingefunden, um ihm bei seiner Korbflechterei Gesellschaft zu leisten, ihn zu unterhalten und Neuigkeiten auszutauschen. Hierzu gesellte sich bald auch Friedrich Gewehr. In geselliger Runde zusammensitzend, gab es an diesem Tag dann auch nur einen einzigen Gesprächsstoff: Brasilien, die Auswanderung ... Das war in diesen Tagen gewiß das aktuellste und meist diskutierte Thema im ganzen Dorf und auch in vielen anderen Hunsrückorten.

Natürlich war Friedrich Gewehr an diesem Morgen der Hauptansprechpartner für alle in der Runde. Jeder wollte von ihm wissen, wie er zu dem schnellen Entschluß gekommen, was für ihn ausschlaggebend gewesen sei, um bei den Werbern so schnell einen Kontrakt zu unterschreiben, einen Kontrakt, der ihn verpflichtete, sein Dorf, seine Heimat, einfach alles, was ihn bisher hier gehalten hatte, zu verlassen und in ein fremdes Land auszuwandern. Warum gerade er auf das Werben dieser brasilianischen „Bauernfänger" hereingefallen sei, wollte man wissen.

Sich eine Weile in Ruhe alles anhörend, meinte er dann ganz lustig, wie es ja immer seine Art war, daß ihn das Ganze einfach gereizt hätte. Er sei noch jung, habe einen guten, geeigneten Beruf und wolle endlich etwas mehr als bisher von der Welt sehen. Bestimmt könne er in seinem Beruf überall existieren und auch Geld verdienen, ganz sicher auch in diesem fernen aufstrebenden Land Brasilien, in dem junge Handwerker wie er gesucht und bitternötig gebraucht würden.

Insoweit pflichtete man ihm auch bei, gab jedoch zu bedenken, daß es in so einem zum Teil noch sehr unkultivierten Land gewiß auch Gefahren gäbe, von denen man hier nichts wisse und die von hier aus noch nicht einmal zu erahnen seien. Unter anderem zählten dazu schlimme Krankheiten, die Bedrohung durch wilde Tiere und Schlangen, nicht zuletzt durch wilde Indianer und vieles andere mehr. Nicht umsonst ginge hier in den Dörfern in letzter Zeit der Spruch des Stadtbürgermeisters Rottmann von Simmern um: „Willst Dau, Hannes, noh Brasilje ziehe, wo Deich die Schlange un die Affe krieje?" Ganz zu schweigen wäre von den zum Teil noch existierenden wilden Ureinwohnern, die es ganz bestimmt nicht allzu gerne sähen, wenn sie neuerdings von immer mehr europäischen Siedlern aus ihren angestammten Jagdgründen vertrieben würden, von Neuankömmlingen, die ihnen von Jahr zu Jahr immer mehr „auf die Pelle" rückten und ihnen in ihren eigenen Revieren ihren Besitz streitig machen wollten.

Das wiederum akzeptierte Friedrich Gewehr dann auch. Er meinte aber abschätzig dazu, daß es überall auf der Welt Gefahren gebe, Dinge also, denen man eben begegnen und wogegen man sich halt wehren müsse. Was aber wären solche gelegentlichen Gefahren gegen den schlimmen Hunger und die große Not jahrein, jahraus, denen die Menschen hier in dieser Region ausgesetzt seien, ohne sich dagegen wehren zu können! Auch wenn sich einer von ihnen noch so sehr auf die Hinterbeine stelle, abstrampele und Tag und Nacht schuften würde, käme er doch nie auf einen grünen Zweig und würde es bei vielen immer noch nicht ausreichen, die Existenz zu sichern. Ein ganz gutes Beispiel dafür wäre ja Hannespeter. Er, der von morgens bis abends, im Sommer wie im Winter, nur rackere und zackere, hätte es trotzdem immer schwer, trotz allen Fleißes mit seiner großen Familie der immerwährenden Not und dem Hunger zu widerstehen.

Aber trotz aller Diskussionen über das Für und Wider kam man an diesem Tage in Hannespeters Stall doch zu keinem Ergebnis: Die Meinungen blieben unterschiedlich, ob man für oder gegen eine Auswanderung war.

Bei Hannespeter hatte sich der Gedanke einer Auswanderung fast wie ein Dorn in der Haut, doch sehr viel fester eingenistet, als er es zeitweise sich selbst eingestehen wollte.

Vor allen Dingen hatte das, was sein Freund Friedrich bei der heutigen Diskussion in die Waagschale geworfen hatte, großen Eindruck auf ihn gemacht. Wichtig war für ihn jetzt, wie sich Regina zu dem Entschluß stellte. Ob sie auch diesmal, wie fast immer, mit ihm an einem Strang ziehen würde, wie er es eigentlich gewohnt war? Auf jeden Fall wollte er das mit seiner Frau so schnell wie möglich klären.

Am Abend dann, als die Kinder zu Bett gebracht waren, redete Hannespeter mit Regina über das ihn bewegende Thema, das ihm Tag und Nacht keine Ruhe mehr ließ, noch einmal unter vier Augen. Doch dieses Mal, ganz anders, als er sie sonst kannte, war Regina nicht optimistisch; im Gegenteil, sie reagierte erschrocken und ängstlich, vor allem, nachdem sie jetzt festgestellt hatte, daß Hannespeter in dieser Beziehung wirklich Ernst machen wollte. Jetzt hatte Regina das erste Mal in ihrem Leben richtige Angst, Angst vor einer Sache, die ihr im Augenblick noch unausführbar und unrealisierbar, ja sogar lebensbedrohend erschien. Schon alleine ihrer Kinder wegen wollte sie an so etwas wie Auswanderung überhaupt nicht denken. Viele ungelöste und, wie es ihr schien, auch fast unlösbare Fragen standen in ihr auf und ließen sehr große Zweifel aufkommen, ob das, was Hannespeter da vorhatte, auch für sie und die Kinder überhaupt machbar war. Wenn man alle Risiken, Gefahren und vor allem auch die Kosten einer solchen Sache richtig einschätzte, sah die Verwirklichung des Planes fast unmöglich aus.

Allein der finanzielle Teil müßte von vornherein gut ausgelotet und abgesichert sein. Nach allerersten Erkundungen, die Hannespeter in dieser Richtung angestellt hatte, wußten sie jetzt, daß es in ihrem Fall, einer Familie mit fünf Kindern, schon einen sehr hohen Geldbetrag erfordern würde. Allein für die Schiffspassage und für weitere zusätzliche Nebenkosten bei der Überfahrt, natürlich im Zwischendeck, mußte man schon pro Kopf mit einem Betrag von sechzig bis siebzig Talern rechnen. So einen Betrag konnte Hannespeter alleine unmöglich aufbringen, selbst dann nicht, wenn er seinen ganzen Hausstand verkaufte, womit er eigentlich die meisten anderen Kosten abdecken wollte. Aber auch, wenn er sein ganzes Hab und Gut verkaufte, würde der Erlös immer noch nicht ausreichen, um die Unkosten abzudekken. Wer so arm war wie er, hatte anscheinend überhaupt keine Chance, aus der Armut, in der man steckte, jemals herauszukommen oder sein Dasein zum Besseren zu verändern. Fast schon wie ein Fluch lag die Armut schwer und drückend über den Menschen hier in den abgelegenen Hunsrückdörfern des Gebirgslandes.

Doch dieses Mal gab es, recht überlegt, bei aller Finsternis doch noch einen kleinen Hoffnungsschimmer und einen Lichtblick: Wenn Regina es übers Herz bringen und mit Hannespeter an einem Strang ziehen würde, könnte sie vielleicht ihr schon lange fälliges Erbteil bei ihren Eltern und Geschwistern einfordern und dieses in die Sache mit einbringen. Hiermit könnte die finanzielle Seite sicher eher gelöst werden.

Nach ein paar Wochen zähen Ringens konnte Hannespeter Regina halbwegs davon überzeugen, daß es hier gewiß keine Zukunft mehr für sie und die Kinder gebe und ein neuer Anfang irgendwo anders doch vielleicht der bessere Weg sei, dem elenden Dasein zu entkommen. So schwer es ihr auch jetzt immer noch fiel, wollte sie seiner Idee doch nicht mehr länger im Wege stehen und willigte schweren Herzens ein, die Fahrt in die Fremde zu wagen und alle Brücken hier hinter sich abzubrechen.

Ehe sie nun aber weitere Schritte in dieser Angelegenheit tun wollten, waren sie sich einig, erst einmal die finanzielle Seite des Problems zu regeln. Wohl oder übel mußten sie dazu in nächster Zeit den Canossa-Gang zu Reginas Eltern und Miterben antreten, vorerst nur, um überhaupt herauszufinden, ob die Eltern und Geschwister ihrem Entschluß beipflichteten, und weiter, ob eventuelle Hilfe in klingender Münze von ihnen zu erwarten sei. Von Hannespeters Seite war leider in dieser Hinsicht nichts zu holen. Seine Eltern waren beide früh verstorben und hatten drei kleine Waisenkinder hilflos zurückgelassen. Hannespeter und seine zwei kleinen Schwestern waren von mitleidigen Nachbarsleuten aufgenommen und großgezogen worden. Hierfür war das kleine Vermögen der drei Waisen aufgebraucht worden.

So blieb als einzige Hoffnung nur noch Reginas Erbteil. Gleich am nächsten Sonntag, nach dem Kirchgang, wollten sie bei Reginas Eltern anklopfen und sie in ihre Pläne einweihen. Sie wollten es den nichtsahnenden Eltern jedoch schonend beibringen, was sie vorhatten, daß sie entschlossen seien, mit mehreren anderen Leuten aus der näheren Umgebung das Dorf und das Land zu verlassen, um nach dem fernen großen Brasilien auszuwandern, in ein Land, in dem sie, auf Dauer gesehen, vielleicht etwas bessere Lebenschancen zu erwarten hatten, als das hier in ewiger Armut, in Hunger und Not der Fall wäre. Das bedeutete aber zugleich, daß sie die Eltern für immer verlassen müßten und daß sie vielleicht auch nie mehr hierhin zu ihnen zurückkehren würden. Von daher war es sicher kein allzu leichter Weg für Regina und Hannespeter, mit den Eltern zu sprechen.

Schwer mit Sorgen und Ängsten beladen, betraten sie an diesem Sonntag, ganz anders als sonst bei fröhlicheren Anlässen, das Haus von Reginas Eltern.

Wie schon erwartet und vorauszusehen, waren die Eltern zuallererst einmal sehr darüber aufgebracht, erschrocken und schockiert, daß ihre Tochter mit fünf Kindern überhaupt so etwas Risikoreiches und Abenteuerliches unternehmen wollte: „Bleibe im Land und nähre Dich redlich!" hielten sie der Tochter und dem Schwiegersohn immer wieder vor. Daß Regina und ihr Mann ihre Heimat und ihr Dorf verlassen und in einem fernen fremden Land ihr Glück versuchen wollten, war den Eltern fast unvorstellbar. Sich dort in eine ungewisse und ihrer Ansicht nach auch gefährliche Zukunft zu begeben, lag außerhalb ihrer Vorstellungswelt.

Nachdem die Eltern aber gemerkt hatten, daß es die beiden sehr ernst meinten und von ihrem vorgefaßten Entschluß nicht mehr abzubringen waren, lenkten sie in dieser Beziehung doch etwas ein und wurden zugänglicher.

Doch bei dem hohen Geldbetrag, den sie für ihr Vorhaben benötigten und den sie von den Eltern erhofften, um den Plan überhaupt zu verwirklichen, winkte Reginas Vater gleich ab: Noch etwas nervöser, als bei dem Gesprächsthema vorher, an seiner schönen irdenen Sonntagspfeife ziehend, meinte er, daß sie sich das ganz und gar aus dem Kopf schlagen könnten. Einen Betrag in dieser Höhe könne er nie und nimmer für sie aufbringen, selbst dann nicht, wenn er sich dafür übermäßig hoch verschuldete.

Nach einigem Überlegen meinte er dann aber, gutmütig und hilfsbereit, wie er immer war, daß es doch vielleicht eine Lösung geben könnte, um ihnen zu helfen, dann nämlich, wenn man auf etwas Außergewöhnliches zurückgreifen und für diesen Zweck ein Stück Ackerland veräußern würde. Man könnte eventuell den großen Acker vor dem Wald zum Versteigern anbieten, einen Acker, den er als Reginas Erbteil sowieso schon für sie ausgesucht hatte, der ihr, wenn sie ja doch weggehen wollte, später nichts mehr nützen würde; er wäre darum bereit, ihn schon jetzt zur Versteigerung anzubieten.

Bei diesem wohlwollenden, großzügigen Angebot des Vaters, das sie eigentlich in dieser Form überhaupt nicht erwartet hatten, fiel Regina und Hannespeter ein zentnerschwerer Stein vom Herzen. Hiermit hatte der Vater jetzt eine Möglichkeit eröffnet, die noch alles zum Guten wenden könnte. Weil es aber in der Zeit drängte und es schnell gehen mußte, wenn man noch mit Friedrich Gewehr zusammen die große Reise antreten wollte, sollte in dieser Beziehung recht bald gehandelt werden und etwas passieren. So versprach der Vater, die Feldversteigerung so bald wie möglich in die Wege zu leiten.

Überglücklich über das, was die Eltern ihnen in ihrer großen Güte gewährt hatten, gingen Regina und Hannespeter dann ganz beruhigt und zufrieden über Land heim ins ärmliche Hirtenhäuschen im Nachbardorf.

Daheim versuchten sie jetzt an diesem Sonntagnachmittag, ganz vorsichtig und so behutsam wie möglich, die Kinder in alles einzuweihen. Mit den Kindern hatten sie bisher ja noch nicht darüber gesprochen, was sie vorhatten. Ganz ruhig, und so einfühlsam wie möglich, versuchten sie, den Kindern zu erklären, warum sie die Heimat verlassen und mit ihnen fortgehen wollten, auswandern in das ferne große Land überm Meer Brasilien, in ein Land, in dem es immer schön und warm sei, sehr viel besser als hier auf dem Hunsrück, wo es im Winter ja manchmal sehr kalt und ungemütlich werden konnte. Hinzu käme noch, daß dort die allerschönsten Früchte gedeihen würden. Früchte, die süßer und wohlschmeckender seien als alles, was es hier zu kaufen gab. Diese Kostbarkeiten würden dort sogar so wachsen wie hier die Äpfel, so daß man sie nur von den Bäumen zu pflücken brauche.

Weiterhin erklärten sie den Kindern, daß die Eltern auch in diesem fernen Land ganz sicher schwer arbeiten müßten, um dort leben und bestehen zu können, am Anfang sogar noch mehr und härter als hier. Auf Dauer gesehen, gebe es dort für sie aber mehr Möglichkeiten als in der Enge des kleinen Dorfes hier, und von daher gesehen könnte es dort mit der Zeit ihnen allen immer besser gehen und hoffentlich auch erfolgreicher für sie werden.

In Brasilien würde ihnen so viel Land zur Verfügung gestellt, wie sie imstande seien, es zu bebauen. Wenn sie das Land dort einmal gerodet und kultiviert hätten, wären bei dem milden Klima, anders als hier, auf den sehr fruchtbaren Böden zwei oder gar drei Ernten in jedem Jahr möglich. Jede Auswandererfamilie bekomme von der dortigen Regierung sofort nach der Ankunft ein riesengroßes Stück Land zugewiesen, das für immer ihr Eigentum bleiben würde; sehr viel größer sei das geschenkte Land dort, als es hier die größten und reichsten Bauern besäßen. Man könnte dann entweder eine große Farm mit Rindern und Pferden aufbauen oder es als Ackerland nutzen, um dort Getreide, Kartoffeln und andere Dinge anzubauen.

Dies alles klang in den Ohren der Kinder sehr gut. Doch einiges gab ihnen auch zu denken.

Die erste Gegenfrage hierzu kam dann, wie fast schon zu erwarten, von der aufgeweckten kleinen Lisa. Sie fragte ganz aufgeregt, ob man dort, wo sie hinwollten, auch den schönen neuen Schlitten mit hinnehmen könnte. Ob es dort genau so eine schöne Schlittenbahn geben würde und auch genau so viel Schnee im Winter wie hier.

Als man das aber verneinen mußte, war nicht nur die kleine Lisa, sondern waren auch alle anderen Geschwister sehr enttäuscht. Jetzt, wo sie endlich nach so langem Warten vom Vater einen so schönen neuen Schlitten bekommen hatten, sollten sie ihn im nächsten Winter schon nicht mehr gebrauchen können! Sicher schon gleich am Anfang war dies für alle eine große und herbe Enttäuschung, wenn nicht sogar ein regelrechter Alptraum für die armen Kinder. Dinge, an die Regina und Hannespeter noch am allerwenigsten gedacht hatten, hatten aber für die Kinder jetzt am Beginn des Gesprächs schon einen hohen Stellenwert und sorgten sogleich für Ablehnung der Pläne und den inneren Widerstand gegen die Auswanderung.

Um die Kinder etwas zu beruhigen, versuchten Regina und Hannespeter, ihnen weitere Vorteile des neuen Landes gegenüber ihrer Hunsrücker Heimat in leuchtendsten Farben zu schildern: Zum Beispiel könnten die Mädchen mit ihren schönen geflochtenen Puppenwagen, die sie ja gewiß mitnehmen wollten, das ganze Jahr über bei immer schönem Wetter ihre Puppen ausfahren, ganz anders als hier im Winter, wenn die Korbwagen bis zum nächsten Frühjahr immer auf den Speicher mußten.

Auch für die beiden Jungen gäbe es dort so viel Abwechslung und Neues, daß sie darüber ganz bestimmt das Schlittenfahren im Winter vergessen würden. Unter anderem gäbe es dort viele schöne Tiere, die sie hier überhaupt noch nicht kennengelernt hätten, wunderschöne bunte Papageien und viele Sorten Affen, alles Tiere, die man einfangen und zähmen könnte. Das wäre doch bestimmt auch eine schöne Beschäftigung und Aufgabe für sie, Erlebnisse und Erfahrungen, für die ganz sicher die meisten Jungen Interesse zeigen würden. Abenteuer, die den meisten Menschen, die hier in ihren Dörfern hockten, für immer und ewig verschlossen blieben.

Trotz aller Schönmalerei der Eltern und allen Versuchen, die Kinder zu überzeugen, blieben sie vorläufig weiter mißtrauisch, ja sogar regelrecht abweisend gegen das, was die Eltern ihnen an diesem Nachmittag eröffnet hatten. Gefühlsmäßig empfanden sie es als nichts Gutes, was sie da gehört hatten. Daher war es auch im Augenblick noch sehr schwer, ihnen begreiflich zu machen, daß der Entschluß der Eltern unumstößlich feststand. Von allem anderen einmal abgesehen, war es für die Kinder schon ein schrecklicher Gedanke, all ihre Freunde und Freundinnen hier zurücklassen zu müssen, alle ihre Spielkameraden, die sie in dem fremden Land sicher vermissen würden.

Die beiden älteren Söhne Fritz und Peter äußerten sich zu all dem Neuen so, daß es doch vielleicht besser wäre, hier weiter in Armut und Not zu leben, als in ein fremdes Land zu gehen, in dem es noch nicht einmal Schnee und somit überhaupt keinen Winter gäbe, etwas, was man trotz Armut wenigstens noch gehabt hätte; das fröhliche

Schlittenfahren, an dem sie gerade jetzt mit dem eigenen Schlitten so viel Freude gehabt hätten, wäre damit ja für immer für sie vorbei.

Dagegen sahen die beiden größeren Mädchen schon einen Vorteil darin, bei immer schönem Wetter das ganze Jahr über mit ihren Puppen spazierenfahren zu können.

So gingen die Meinungen noch sehr weit auseinander. Alles in allem war das Ganze aber noch neu und unverhofft für sie und damit im Moment noch schwer zu verstehen und zu begreifen. Die Hoffnung von Hannespeter und Regina bestand jetzt darin, daß sich die Kinder bis zur endgültigen Abreise in ein paar Wochen langsam an die neue Situation gewöhnen würden, daß sie auch vielleicht das Abenteuerliche an so einer großen Weltreise mit der Zeit etwas locken und interessieren würde.

Viel erfreulicher war nach ein paar Tagen die Nachricht von Reginas Vater, daß schon in der nächsten Woche die Feldversteigerung stattfinden sollte. Im Dorfgasthaus sollte der große schöne Acker meistbietend versteigert werden, selbstverständlich, wie bei allen Versteigerungen dieser Art, mit Wein und Freibier soviel jeder trinken konnte und mochte. Von daher gesehen, war solch eine Veranstaltung in den kleinen Dörfern hier schon immer ein großes Ereignis, bei dem es lustig und laut zuging. Damit jeder im Dorf hierüber Bescheid wußte, schickte der Vater von Regina den Gemeindediener mit seiner Schelle durchs Dorf, um allen bekanntzumachen, was anstand.

So gut bekanntgemacht, war dann am Versteigerungstag das Gasthaus wieder einmal gerammelt voll; wie immer bei allen Veranstaltungen, bei denen es etwas umsonst gab.

Versammelt hatte sich wieder einmal eine bunt durcheinander gewürfelte Männergesellschaft von zum Teil "echten", aber auch von „unechten" Steigerern, die einen mit dem gutem Vorsatz und den allerbesten Absichten, wirklich an der Versteigerung teilzunehmen und mitzubieten, in der Hoffnung, möglichst schnell den Zuschlag zu bekommen, um zum Schluß mit etwas Glück einen neuen zusätzlichen Acker ihr eigen nennen zu dürfen als ein weiteres gutes Pfand gegen

Armut und Hunger, die anderen der „Steigerer", um auf anderer Leute Kosten zu saufen, so lange, bis es ihnen oben am Kragenknöpfchen wieder herauslief, um zum Schluß einer solchen Veranstaltung, manchmal volltrunken, auf allen Vieren den Heimweg anzutreten, natürlich zum Spott der Dorfbewohner und zum Gelächter vieler Schaulustiger.

Doch bei dieser Versteigerung von Reginas Vater hatte es im Gegensatz zu anderen Veranstaltungen dieser Art viele echte Steigerer gegeben, die großes Interesse an dem schönen großen Acker in Dorfnähe zeigten. Dies führte am Ende auch dazu, daß für dieses schöne Stück Land ein achtbarer Preis erzielt werden konnte. Für einhundertundacht Taler bekam der Meistbietende schließlich den Zuschlag. Das war ein guter Betrag, der hier für Regina und Hannespeter erzielt wurde. Jetzt konnten sie, finanziell besser abgesichert, mit Ruhe und Gelassenheit dem entgegensehen, was in nächster Zeit auf sie zukommen würde. (Den fehlenden Betrag würde der Kaiser Dom Pedro den Aussiedlern vorstrecken.) Nun konnte Hannespeter mit mehr Mut und einem besseren Gewissen bei nächster Gelegenheit auf dem Markt in Kastellaun auf die fremden Werber zugehen und bei den brasilianischen Agenten einen Vertrag oder „Kontrakt" zur Auswanderung, wie sie es nannten, unterschreiben. Dabei brauchte er nicht mehr so große Angst und Bedenken zu haben, eines Tages durch sein Vorgehen mit seiner Familie mittellos in große Gefahr zu geraten.

Nachdem die Werber, sehnsüchtig von den Auswanderungswilligen erwartet, endlich wieder einmal auf dem Markt in Kastellaun erschienen waren, nahm Hannespeter die Sache so schnell wie möglich beim Schopf und unterschrieb, so wie er es sich vorgenommen hatte, im Hof des Gasthauses Reuter seinen gültigen Kontrakt. Er wollte versuchen, noch mit demselben Transport wie Friedrich Gewehr, der schon seit längerem unterschrieben hatte, mitzukommen. Zum Glück ergab es sich tatsächlich auch so, daß zeitlich zu demselben Termin wie bei Friedrich, für ihn und seine Familie auf dem Schiff Plätze frei waren. Das war ein Trost und zugleich eine Beruhigung für die ganze Familie Teis, nicht ganz alleine aus dem Ort auf diese große Reise gehen zu müssen. Mit Friedrich Gewehr zusammen, den man ja gut kannte und der sehr hilfsbereit war, würde sicher vieles besser zu bewerkstelligen sein, als ganz allein auf sich gestellt die weite Fahrt zu wagen; auf der langen Überfahrt ebenso wie auch am Anfang im fremden Land, wo alle aufeinander angewiesen sein würden, um dort richtig Fuß fassen zu können.

Ungefähr zwanzig weitere Personen aus der näheren Umgebung aus verschiedenen Dörfern sollten am Abfahrtstag, am Montag, dem 1. April 1827, ihre Hunsrücker Heimat und ihr Dorf verlassen, um in einem fernen fremden Land eine neue Existenz aufzubauen.

Für alle von ihnen hatte es hier in ihrem Hunsrücker Land nicht gereicht: Sie mußten in die weite Welt hinaus, um dort auf einem Fleckchen fremder Erde ihr Glück ein neues Mal zu versuchen. Sie würden dort allen Gefahren und Unbilden trotzen, um in Gottes Namen einen neuen, vielleicht tatsächlich besseren Anfang und Neubeginn zu wagen und zu bestehen. Als deutsche Kolonisten wollten sie sich im fernen Brasilien mit Fleiß und Ausdauer eine neue Existenz aufbauen und eine neue Heimat schaffen.

Die nächsten Wochen bis zum endgültigen Verlassen des Dorfes und ihrer Heimat nutzten sie zum Regeln aller Angelegenheiten und Pflichten, die man hier in der alten Heimat, bevor man endgültig wegging, noch hatte. Man mußte den gesamten Hausstand auflösen und alle Dinge verkaufen, die man nicht mitnehmen konnte. Auf den nächsten Märkten in Kastellaun wurde alles angeboten und zum Verkauf gestellt, von den Möbeln im Haus angefangen bis zu allen möglichen Dingen aus Stall und Scheune. Alles sollte möglichst zu Geld gemacht werden, um die allerhärteste Anfangszeit in der Fremde halbwegs gut überstehen zu können, um dem Hunger und der Not wenigstens so lange trotzen zu können, bis man ein eigenes Dach über dem Kopf hatte und mit ein wenig Glück dann vielleicht in viel kürzerer Zeit, als das hier im heimischen rauhen Land möglich und machbar gewesen wäre, in dem tropischen, warmen und fruchtbaren Land die erste kleine Ernte einbringen zu können, auch wenn es am Anfang nur eine Handvoll Mais oder ein paar Kartoffeln wären, die sie dort an einem dafür geeigneten, vielleicht noch nicht gerodeten freien Plätzchen in die Erde einbringen konnten. – Wichtig war auch, die behördliche Auswanderungserlaubnis zu erhalten und die strengen Formalitäten des preußischen Staates zu erledigen.

Im Dorf war es natürlich seit Wochen Tagesgespräch, was sich da ein paar Leutchen aus ihrer Mitte und aus den Nachbarorten ausgedacht und was sie geplant hatten: Am Dorfbrunnen beim täglichen Wasserholen der Frauen schwatzten und diskutierten alle über die Neuigkeiten. Das war für viele im Ort, die es sich nicht ausmalen und ausdenken konnten, in so ein fremdes, fernes, urwaldbewachsenes wildes Land zu ziehen, schon fast eine Sensation.

Über dies alles schwatzten die Frauen manchmal so intensiv und gemütsbetont, daß manche von ihnen gar nicht merkten, wann ihre Gefäße vollgelaufen waren und daß sie schon lange überliefen. So spannend und aufregend war das alles für viele der Frauen, für manche von ihnen fast nicht vorstellbar, in so eine Wildnis auszuwandern, mit allen Gefahren und Risiken, die ihrer Ansicht nach niemand abschätzen konnte. Ihrer Ansicht nach wäre es sicher besser und richtiger gewesen, hier im Land zu bleiben und Hunger und Not weiter in Kauf zu nehmen und, wie gewohnt, schlecht und recht damit zu leben. Andere wiederum würdigten den Mut und die Entschlossenheit der Auswanderungsbereiten, endlich der Not und der Armut den Rükken zu kehren, den Staub der Heimat von den Füßen zu schütteln, um auf der anderen Seite dieser Erde, wenn auch unter größten Risiken, einen Neuanfang zu wagen.

Unterdessen rückte langsam für die dazu Entschlossenen der Tag des Abschiednehmens immer näher: Seit Tagen beschäftigten sich Hannespeter und sein Freund Friedrich Gewehr in dessen kleiner Werkstatt damit, Kisten und Kästen zu zimmern, Säcke und Bündel zu schnüren, um das Allernötigste für die große Reise darin zu verstauen und zu verpacken, angefangen von Küchengeschirr über Bettzeug bis hin zu dem sicher wichtigen Saatgut für den Anfang in der neuen Heimat.

Bei all den Vorbereitungen der Eltern und der allgemeinen Aufbruchstimmung, die jetzt im Hirtenhaus herrschte, waren langsam auch die Kinder bereit, das Abenteuer der großen Reise mitzumachen und wurden vom Reisefieber der Eltern angesteckt. Wenn auch nicht leichten Herzens, war man jetzt endlich doch so weit, sich in das scheinbar Unvermeidliche und das von den Eltern so Gewollte zu fügen. Gehorsam, ganz stark und mutig, wollten sie es jetzt zusammen mit ihren Eltern wagen, von hier wegzugehen, um irgendwoanders auf der weiten Welt eine neue Heimat zu suchen und mit etwas Glück und der Hilfe der Eltern vielleicht auch zu finden. Dafür waren sie nun sogar bereit, hier sehr viel aufzugeben und zu opfern, ihre Freunde, ihre Spielsachen und vieles andere mehr, das ihnen hier in ihrem kleinen Heimatdörfchen trotz aller Armut und manchmal großen Not ans Herz gewachsen war und das sie lieb gewonnen hatten. Besonders traurig und verunsichert waren sie, als der Vater eines Tages ihre bisher besten Freunde, die beiden Hirtenhunde Barri und Tell, in gute Hände weggeben mußte. Weil man sie ja nicht mitnehmen konnte, hatte er sie an einen Hirten im Nachbardorf verkauft. Dort sollten sie weiterleben und eine neue Herde bewachen, so wie sie es hier bei ihnen auch getan hatten. Für die Kinder war es natürlich ein herber Verlust, sich von diesen treuen Freunden und Spielkameraden für immer zu trennen.

Ganz schwer fiel es ihnen auch, auf andere, hier so vertraute und liebgewonnene Dinge zu verzichten. Sehr schwer war es hierbei für die Mädchen, sich von ihrem schönen, großen, vom Vater aus Weiden geflochtenen Puppenwagen zu trennen, den man aus Platzmangel – wie eigentlich geplant – nun doch nicht mitnehmen konnte. Ihn wollten sie ihren besten Freundinnen im Dorf schenken. Vielleicht würden diese sich in vielen Jahren noch beim Spielen und Anschauen des Geschenks an die Mädchen und lieben Freundinnen aus dem Hirtenhaus erinnern und das Geschenk als kleines Pfand der Liebe und Freundschaft in Erinnerung behalten, als Erinnerung an drei kleine arme Mädchen, die aus Hunger und Not mit ihren Eltern ihr Dorf und ihre Heimat für immer hatten verlassen müssen. Fast brach ihnen das

Herz ..., aber der Vater versprach ihnen, „drüben" einen neuen, noch schöneren und viel größeren Puppenwagen zu flechten. Das tröstete sie ein wenig über den Trennungsschmerz hinweg.

Genau so schwer, wie es für die Mädchen war, sich von ihrem seit Jahren liebgewonnenen Puppenwagen zu trennen, war es für die beiden Jungen, jetzt ihren neuen Schlitten, der ihnen so viel bedeutet hatte, zurückzulassen, etwas aufzugeben, auf das sie jahrelang so sehnsüchtig gewartet hatten. Aber das Gefährt war auf einmal über Nacht völlig wertlos für sie geworden. Auch wenn sie ihren geliebten Schlitten hätten mitnehmen können, hätte er ihnen in dem Land, in das sie jetzt gehen würden, ja nichts mehr genützt. In einem Land, in dem es keinen Schnee und keinen richtigen Winter mehr gab, brauchten sie keinen Schlitten mehr. Jetzt blieb ihnen nichts anderes mehr übrig, als ihren Schlitten an jemand anderen zu schenken. Dabei dachten sie sofort an den armen Nachbarsjungen, der mit seiner Mutter allein in armen Verhältnissen lebte, in so großer Armut, daß es für ihn für einen Schlitten nie reichen würde. Daher sollte er ihren schönen neuen Schlitten bekommen und sich damit freuen, wie sie es getan hatten, als sie ihn nach langem Warten endlich vom Vater bekommen hatten. Mit dem geschenkten Schlitten sollte er im nächsten Winter, mit genau so viel Spaß und Schwung wie sie, über die schöne Schlittenbahn bis hinunter ins Tal sausen, wobei er dann vielleicht ebenfalls an die zwei Jungen zurückdenken würde, die ihm dieses schöne Geschenk gemacht hatten, die aber selbst in dem fremden Land nie mehr das Vergnügen einer solch schönen und abenteuerlichen Schlittenfahrt haben durften.

Nachdem in den allerletzten Tagen ihres Hierseins von den Eltern wie auch von den Kindern alles geregelt und in Ordnung gebracht war und auch die Ausreisepapiere für die ganze Familie von den Behörden, die solche Auswanderungen ihrer Untertanen nicht gerne sahen, abgestempelt und gesiegelt waren, näherte sich der endgültige Zeitpunkt des Abschiedes.

Am letzten Sonntag vor ihrem Weggehen war das kleine Dorfkirchlein fast bis auf den letzten Platz besetzt. Alle wollten dabeisein, wenn die paar Menschen aus ihrer Mitte von dem alten Pfarrer noch einmal gesegnet und in seine Gebete eingeschlossen wurden: Ein paar Menschen, die sich aus Armut und Not entschlossen hatten, aus ihrem Dorf wegzugehen und woanders auf der Welt ihr Glück neu versuchen wollten, die sich ganz sicher aber auch in eine ungewisse, wenn nicht sogar gefährliche Zukunft flüchteten, erhofften an diesem letzten Sonntag im Dorf den Segen und den Beistand ihres alten Pfarrers. Sie brauchten Gebet und Fürbitte ganz sicher sehr viel nötiger als alle anderen in der Kirche, die hier in ihrer Heimat und in ihrem Dorf bleiben konnten, Menschen, die davon verschont blieben, aus Armut und Not ein solches Wagnis auf sich zu nehmen.

Nach dem Gottesdienst blieben viele Leute noch auf dem Kirchenvorplatz stehen und verabschiedeten sich traurig und wehmütig von ihren Mitbürgern, die sie für immer verlassen wollten. Viel Glück und Segen wünschte man ihnen bei der bevorstehenden Überfahrt über das große Wasser, aber auch in ihrer zukünftigen neuen Heimat Brasilien. Viel bittere Tränen flossen beim Abschiednehmen ...

Danach ging Hannespeter zum allerletzten Mal mit seiner Familie den Weg von der Kirche durchs Dorf zum Hirtenhaus. Für alle von ihnen war dies ganz sicher ein schwerer und sehr nachdenklich stimmender letzter Weg durch ihr geliebtes Heimatdörfchen; ein Dörfchen, mit dem sie von Kindheit und frühester Jugend an verwachsen waren, in dem sie bisher viel Freud', aber auch Leid erlebt hatten, in dem es letztendlich aber für sie alle nicht zum Leben reichte, so daß sie zum Verlassen ihrer geliebten Heimat förmlich gezwungen waren.

Zweites Kapitel

„Nun ist die Zeit und Stunde da,
wir ziehen nach Brasilia.
Die Wagen stehn schon vor der Tür,
mit Weib und Kind, so reisen wir . . .“

Am nächsten Morgen, am Montag, dem 1. April 1827, war es dann soweit: Reginas Vater war schon in aller Herrgottsfrühe mit seinem Ochsengespann vor dem Hirtenhaus vorgefahren. Jetzt hieß es: Aufladen, alles hinter sich lassen und Abschied nehmen! Vollbepackte Kisten und Kästen, pralle Bündel und Säcke trug man aus dem Häuschen und lud sie auf den Ackerwagen des Vaters, alles, was sie von ihrer Habe verstauen und mitnehmen konnten.

Nachdem alles aufgeladen war, nahm auch Regina mit den Kindern auf dem Wagen zwischen den Gepäckstücken Platz; die kleine Lisa auf ihrem Schoß, mit tränenfeuchten Augen einen letzten Blick aufs Hirtenhäuschen und auf ihre alte Mutter werfend, die ihnen traurig zuwinkte. Gemeinsam mit Hannespeter, der beim Vater vorne auf der Sitzbank saß, fuhren sie vom Hirtenhaus zur Dorfstraße.

Hier angekommen, läuteten plötzlich alle Glocken vom Turm des kleinen Kirchleins, als letzter Gruß an die Menschen, die gerade im Begriff standen, ihre geliebte Heimat und ihr Dörflein für immer zu verlassen.

Durch das Dorf, an vielen winkenden Menschen vorbei, ging die Fahrt weiter über die Straße nach Kastellaun. Dort angekommen, lenkte Adam Ev sein Kuhgespann in die Marktstraße, durch die man weiterfuhr bis zum bäuerlichen Anwesen Maull am Marktplatz. Hier war der Sammelplatz, von dem aus es anschließend mit mehreren anderen Aussiedlern aus der näheren Umgebung gemeinsam weitergehen sollte. Hier, im großen Innenhof des Maull'schen Anwesens, herrschte an diesem Montagmorgen ein geschäftiges Treiben. Einige der Auswanderer waren schon dabei, den großen Leiterwagen eines Kastellauner Fuhrmanns zu beladen, mit dem es anschließend vierspännig über die Oberweseler Landstraße bis an den Rhein gehen sollte. Mit diesem Pferdegespann verließen dann, nachdem alles fest verstaut war, noch in der Vormittagszeit die Auswanderer Kastellaun, um über die Nachbardörfer Gödenroth und Laudert hinunter ins Rheintal nach Oberwesel zu gelangen. Von hier aus sollte am späten Nachmittag dieses Tages die Fahrt mit dem Schiff rheinabwärts bis Köln weitergehen.

Auf der jetzt begonnenen Fahrt und der ersten Etappe bis zum Rhein über die Hunsrückhöhen, durch Dörfer, Wälder und Felder, begegnete den Auswanderern schon vieles von den meisten vorher noch nie Gesehenes. Zum ersten Mal sahen viele von den doch etwas verängstigten und verunsicherten Menschen auf dem Leiterwagen hinter dem Dorf Wiebelsheim die Rheinberge. Die meisten von ihnen waren in ihrem ganzen Leben noch nicht viel weiter als bis auf den Markt in Kastellaun gekommen, oder allerhöchstens einmal bis in die Kreisstadt, nach Simmern.

Aber noch viel schöner und erlebnisreicher wurde es beim Erreichen der Stadt Oberwesel. In vorher von einigen noch nie gesehene, grüne Weinberge eingebettet, lag das alte schöne Rheinstädtchen mit seinen reich verzierten Giebel- und Fachwerkhäusern vor ihnen. Dazu ragte, hoch über den Häusern, auf einem der Rheinberge, die riesige alte Ritterburg auf, die über dem Rheintal und über allem thronte, als wolle sie von oben herab über die Stadt und die Menschen, die darin wohnten, wachen und sie vor allem Bösen bewahren. Beim Einfahren in den Ort wie auch beim weiteren Durchfahren der Stadt winkten die Menschen am Straßenrand dem kleinen Häufchen Hunsrücker Auswanderer freundlich zu, so, als wollten sie sie damit ermutigen und ihnen Hoffnung auf ein vielleicht besseres Leben in ihrer zukünftigen Heimat mitgeben.

Nach der Fahrt durch das romantische Rheinstädtchen mit den winkenden Menschen am Rand der engen Gassen erreichte der Wagen mit den Hunsrückern bald das Rheinufer. Dort angekommen, lenkte der Kastellauner Fuhrmann, der sich hier von früheren Fahrten her gut auskannte, sein Fuhrwerk zu der Stelle, an der das angekündigte Schiff später anlegen sollte. Nun wurde sofort mit dem Entladen des Wagens begonnen. Sämtliches Gepäck, auch die großen Kisten und Kästen, die Truhen und Säcke, die man für die große Reise mitgenommen hatte, wurde an der Anlegestelle am Hafenrand aufgestapelt, bereitgestellt zum Aufladen auf das zu erwartende Schiff, das sie von hier rheinabwärts weitertransportieren sollte. Auf ihren sieben Sachen sitzend, warteten dann alle auf das, was an diesem Tage noch weiter auf sie zukommen sollte: Ein kleines, verlorenes und etwas verschüchtert wirkendes Häuflein Hunsrücker Menschen auf dem Weg in eine ungewisse und vielleicht sogar gefahrvolle Zukunft. Man konnte ihnen für ihre Zukunft und ihren Neubeginn im fremden Land, dem sie mit großen Mut entgegengingen, nur das allerbeste wünschen.

Fast alle waren in ihre schöne Hunsrücker Tracht gekleidet. Die Mädchen und Frauen trugen ihre grün-schwarz gestreiften Tartanröcke und ihre bunten Tuchmieder, dazu ein dunkelgrünes oder schwarzes Halstuch, über die Schultern geschlagen, und auf dem Kopf ein wunderschönes, echtes Hunsrücker Spitzenhäubchen. Alles sah sehr feierlich und adrett aus. Die Männer, so auch Hannespeter, sahen in ihren schwarzen Gehröcken und dazu breitkrempigen schwarzen Hüten zwar auch elegant, aber dennoch eher etwas abenteuerlich und verwegen aus; sie trugen vielleicht aber genau die richtige Kleidung für das Abenteuer, in das sie sich jetzt begeben wollten und das in diesem Moment für sie gerade begonnen hatte.

Friedrich Gewehr dagegen hatte für die große Reise, anders als die anderen Hunsrücker Teilnehmer, seine Zimmermannskluft angezogen, genau, wie er es früher getan hatte, wenn er als Handwerksbursche auf die Walz gegangen war, von der er aber immer wieder auf den Hunsrück und in sein Heimatdorf zurückgekehrt war, also etwas, was ihm jetzt bei dieser bevorstehenden „Tour" übers große Wasser und um die halbe Welt gewiß, wie allen anderen wohl, nicht mehr in Erfüllung gehen würde.

Während der Wartezeit auf ihr Schiff hier am Rheinufer in Oberwesel entwickelten sich nach und nach schon erste Gespräche und Kontakte zu anderen, bisher noch nicht näherbekannten Reisegefährten. Hierbei interessierte man sich in erster Linie natürlich dafür, wo dieser oder jener der Mitgefährten herkam und was ihn bewogen hatte, diesen großen Schritt zu tun, einen Schritt, der sicher keinem von den hier Anwesenden sehr leicht gefallen war, außer einigen wenigen jüngeren und ungebundenen Menschen vielleicht, die so ein Abenteuer einfach gesucht hatten.

Bei diesen ersten abtastenden Gesprächen hier im Hafen von Oberwesel kamen auch schon ganz nützliche und brauchbare Kontakte zustande, noch ehe die Reise richtig begonnen hatte. Teilweise entstanden sogar schon erste kleine Freundschaften, sicher von vornherein für all diese Menschen, die hier warteten und einer ungewissen Zukunft entgegensahen, etwas sehr Beruhigendes und Positives. Denn nur durch Freundschaft und einen guten Zusammenhalt war das, was sie vorhatten, von Beginn an zu meistern und zu bestehen. Von jetzt ab mußte man zusammenstehen und sich gegenseitig helfen, so gut es ging. Fast wie eine verschworene Gemeinschaft, in der jeder für jeden dasein mußte, in guten wie auch in schlechten Tagen, in jeder Notlage und in jeder Bedrängnis, mochte dem Außenstehenden die kleine Gruppe der Hunsrücker Auswanderer erscheinen.

So hatte sich Regina in der kurzen Wartezeit schon mit Leuten aus Bell und Kastellaun so gut angefreundet, daß sie sich versprochen hatten, in Zukunft aufeinander aufzupassen und sich gegenseitig zu helfen, so gut es eben ging, bei der Betreuung der Kinder und bei vielem anderen mehr.

Genau wie Regina, hatten sich auch Hannespeter und Friedrich Gewehr während der Wartezeit bis zur Abfahrt des Schiffes mit verschiedenen, ihnen bisher auch noch nicht bekannten Männern ganz gut angefreundet und waren damit zu einem guten Zusammengehörigkeitsgefühl gekommen.

Am späten Nachmittag - etwas später, als von der Auswanderungsgesellschaft angekündigt - kam plötzlich ein größeres Dampfschiff aus Richtung Bacharach rheinabwärts direkt auf die Anlegestelle und die dort wartenden Menschen zu. Mit lautem Gehupe und Gedröhn der Schaufelräder näherte es sich so weit dem Ufer, bis es nahe genug war, um die dicken Schiffstaue an Land zu werfen. Diese wurden dort von Helfern an starken Eichenpflöcken, die in die Erde gerammt waren, festgezurrt. Fest verankert, lag das Schiff jetzt friedlich an der Anlegestelle. Nach dem anschließenden Öffnen der Ladeluke erschien dort ein freundlicher Herr, der die Wartenden im Namen der Auswanderungsgesellschaft begrüßte. Gleichzeitig hieß er sie auch willkommen auf dem Schiff, das sie von hier aus weitertransportieren würde.

Nach dieser fast etwas feierlichen Begrüßung begann sofort, mit Hilfe einiger Matrosen, das Verladen des Gepäcks, der Kisten und Kästen, der Koffer und Keetze, all dessen, was man mitgenommen hatte und wofür man Überfahrtspassage zahlen mußte. Es verschwand im großen Laderaum des Schiffes. Erst nach dem Verladen des Gepäcks durften auch die Passagiere das Schiff über eine Bohlenbrücke betreten. Einige fanden es spannend und schön, so ein – für sie - großes schönes Schiff betreten zu können. Für andere wiederum war es ein trauriger Augenblick, bedeutete dies doch das endgültige Verlassen der näheren Heimat. Wieder andere hatten große Angst, das feste Land hinter sich zu lassen und das leicht schwankende Schiff zu besteigen: Die kleine Lisa, die sonst immer keck und munter war, wehrte sich mit Händen und Füßen, das in ihren Augen „riesige", auf dem Wasser und den Wellen schaukelnde Gefährt zu betreten.

Erst nach gutem Zureden der Eltern und Geschwister ließ sie sich bewegen, dieses Risiko einzugehen. Zitternd folgte sie den Eltern an der Hand über den Steg ins Innere des Schiffs. Für das kleine Mädchen war das sicher schon ein erstes schlimmes Erlebnis, noch ehe die große Reise überhaupt richtig begonnen hatte.

Als alle Passagiere endlich an Bord waren, wurden die Leinen gelöst, und die Fahrt weiter rheinabwärts konnte beginnen.

An diesem Tag schaffte es das schon etwas in die Jahre gekommene und dazu jetzt noch schwer beladene Dampfschiff, ein wenig atemlos durch das Wasser stampfend, durch das schöne Rheintal rheinabwärts an weiteren Orten und Burgen vorbei, gerade noch bis in den Hafen von Koblenz. Da es schon dämmrig wurde und die Sicht auf dem Rhein durch leichte Nebelschleier diesig-verhüllt war, kapitulierte der Kapitän und legte hier im Hafen an, obwohl man erst eine kurze Tagesstrecke hinter sich gebracht hatte. Für die Passagiere bedeutete dies, daß sie die erste Nacht auf dem Schiff verbringen mußten, für viele von ihnen sicher die erste Nacht in ihrem Leben, in der sie nicht in ihrem warmen Bett schlafen konnten. Statt dessen mußten sie sich jetzt auf harten Schiffsplanken ein Plätzchen für ihre Nachtruhe suchen. Eng zusammengekauert, sich gegenseitig etwas wärmend, nur mit einer leichten Decke zugedeckt, versuchten die übermüdeten Menschen, etwas Ruhe und Entspannung zu finden. Ganz am Anfang dieser großen Reise war dies schon eine erste strapaziöse und unangenehme Erfahrung, vielleicht schon ein bitterer Vorgeschmack auf das, was in den nächsten Wochen und Monaten an Hartem und Beschwerlichem noch alles auf sie zukommen sollte, auf einer Reise, wie sie alle hofften, in eine etwas bessere Zukunft, auf dem Weg in ein Land, in dem sie neu anfangen und - so Gott es wollte - auch leben und bestehen konnten.

In aller Frühe am nächsten Morgen, dem zweiten April, einem schönen klaren Frühlingsmorgen, machte das Schiff wiederum seine Leinen los und lüftete den Anker, um ihrem eigentlichen Zielhafen Köln entgegen zu steuern. Bei guter Strömung und daher zügiger Fahrt ging es durchs Rheintal, wie auf der gestrigen Strecke schon, an weiteren Sehenswürdigkeiten, kleinen Städten und Burgen vorbei, um in den Nachmittagsstunden im Hafen von Köln festzumachen.

Gegenüber den doch recht bescheidenen Hafenanlagen in Oberwesel und in Koblenz war das hier schon eine in den Augen der Dörfler vom Hunsrück fast riesige Hafenanlage. Im Hafenbecken dümpelten viele kleine und große Schiffe, die alle hier festgemacht hatten, einige zum Teil, um länger hier vor Anker zu liegen, andere wiederum, um hier ihre Ladung zu löschen und neue aufzunehmen, oder, wie in ihrem Fall, nur, um Gepäck und Passagiere auszuladen und dann den Hafen wieder zu verlassen. Direkt hinter dem Hafen, gut zu sehen, bot sich das gewaltige Panorama der großen Stadt Köln dar, dermaßen gewaltig und groß, wie es sich viele der Hunsrücker Auswanderer vorher überhaupt nicht hatten vorstellen können: So eine übermächtige, große Stadt mit ihren für Hunsrücker Menschen überdimensionalen Bauten und Kirchen, hierbei, alles überragend, natürlich der Dom: Das war schon ein Erlebnis, das sie so schnell nicht vergessen würden.

Dies alles war doch so sehr viel anders, größer und mächtiger, als ihr bisher gekanntes kleines Dörfchen mit dem kleinen unscheinbaren Hirtenhäuschen nicht weit vom Waldesrand; alles zwar weitab vom großen Weltgeschehen, aber doch ein Ort, an dem sie trotz aller Pracht, Größe und allen Reichtums, den sie jetzt zum ersten Mal sahen, sicher gerne weiter geblieben wären, wenn sie nicht durch ständige Not und ewigen Hunger gezwungen gewesen wären, eines Tages von dort wegzugehen, weit weg von ihrer geliebten Heimat, mit der sie verbunden und verwachsen waren. Sie würden ihre Heimat in der Fremde sicher niemals vergessen oder gar aus ihrem Herzen verdrängen können. So würde auch im fernen Brasilien der Hunsrück und ihr Heimatdorf auf immerdar zeitlebens ihre angestammte Heimat bleiben.

Nach dem ersten Eindruck und der Bewunderung der großen Stadt Köln, sahen die Auswanderer vom Schiff aus jetzt mehrere Pferdefuhrwerke am Rande des Hafenbeckens stehen, Fuhrwerke, die auf sie warteten, um sie wieder ein kleines Stückchen weiter von ihrer Heimat weg zu transportieren. Alles Gepäck der Ankömmlinge wurde auf diese Pferdewagen geladen und weiter zur zentralen Poststation transportiert. Alles wurde gesichert und überwacht von Herren der Auswanderungsgesellschaft, von Leuten, die sich bisher schon um alles gekümmert hatten und um einen reibungslosen Ablauf des Geschehens bemüht waren.

Nach Erledigung aller Formalitäten hier im Hafen und dem Abtransport des Gepäcks wurden die Hunsrücker, wiederum im Namen der Einwanderungsgesellschaft, zum gemeinsamen Abendessen geführt. In einer Kneipe in der Nähe des Hafengeländes gab es für jeden von ihnen einen Teller warmer Suppe und dazu noch Brot und Wurst. Wer es sich leisten konnte, konnte hierzu noch kühles Bier bestellen, mußte es aber aus eigener Tasche bezahlen. Bei der guten und freundlichen Bewirtung wurden langsam die in den letzten Tagen doch stark strapazierten Lebensgeister der Menschen wieder etwas belebt und geweckt, so daß es vielen von diesem Moment an doch etwas leichter ums Herz wurde. Nicht mehr gerade so traurig und verlassen, stimmten einige sogar plötzlich Hunsrücker Heimat- und Auswandererlieder an.

Die Lieder brachten eine fröhlichere und aufmunternde Stimmung in die bis dahin doch eher traurig und wehmütig wirkende Gemeinschaft der Auswanderer. Es waren zumeist aufmunternde Lieder, die es dem kleinen Häuflein aus ihrer Heimat entwurzelter Menschen zumindest für einen Moment etwas leichter ums Herz werden ließ. Später, nach dem Abendessen in der schlichten und sogar etwas heruntergekommenen Kneipe am Hafen, dafür aber mit freundlichem und höflichem Personal, wurden den Hunsrücker Gästen dann ihre Nachtquartiere zugewiesen. Auch hier, nicht viel anders als auf dem Schiff in der vergangenen Nacht, mußten sie wiederum in großen Räumen mit dem blanken Fußboden als Nachtlager vorliebnehmen. Wenigstens hatten sie aber für diese Nacht wieder einmal ein Dach über dem Kopf und waren dazu nicht so eingeengt, wie es auf dem Rheinschiff der Fall gewesen war. Ein Luxushotel konnten die armen, zumeist fast mittellosen Auswanderer ja sowieso nicht erwarten.

Nach dieser Nacht ging es dann am nächsten Morgen in aller Frühe schon wieder los: Mit nur leichtem Handgepäck mußten sie zu Fuß fast durch die ganze Stadt – so schien es ihnen - gehen. Vom Rhein-hafen aus bis zum Posthauptzentralpunkt der Stadt Köln lag wieder ein langer beschwerlicher Fußweg vor den Hunsrückern. Zu dem Handgepäck mußten auch auf diesem langen Weg durch die große Stadt die kleineren Kinder wiederum von den Eltern getragen werden.

Lisa auf den Schultern von Hannespeter und die größeren Kinder an der Hand von Regina und helfenden Mitreisenden, ging man nun auf einer erneuten Etappe dem großen Abenteuer Auswanderung entgegen.

Am großen zentralen Posthof der Stadt Köln endlich angekommen, ging das große Warten auf Weiterbeförderung von neuem los. Nach längeren Verhandlungen zwischen Vertretern der Auswanderungsgesellschaft und den Postbehörden war es dann nach mehreren Stunden soweit, daß die Fahrt in Richtung Norden durch weites deutsches Land fortgesetzt werden konnte. In mehreren Personen- und Frachtkutschen sollte es zuerst einmal von hier aus bis zum nächsten Etappenziel Hannover weitergehen.

Es folgte eine letzte Fahrt durchs deutsche Heimatland, streckenweise auf Frachtwagen und Postlinien, dem Meer und der Küste entgegen. Einige Tage nach der Ankunft in Bremerhaven galt es, dann von hier aus Deutschland und somit ihr Heimatland, vielleicht für immer, zu verlassen; ein Schritt in eine neue Zukunft, der sicher nicht allen ganz leicht fallen dürfte, war zu tun.

So traurig auch die ganze Reise bis hierher für die Erwachsenen war, war sie auf der anderen Seite doch vor allem für die Kinder interessant, aufregend und zum Teil sogar abenteuerlich, angefangen mit den vorher nie von ihnen gesehenen großen Schiffen auf dem Rhein bei ihrer ersten Station im Hafen von Oberwesel. Wahre stählerne Ungetüme, auf dem Wasser schaukelnd, die all ihre bisherige Vorstellungskraft übertrafen, warteten da auf sie, um die Auswanderer rheinabwärts weiter zu transportieren. Das waren alles Dinge, die sie sich in dieser Größe und in diesen Dimensionen zu Hause in ihren kleinen, weltabgeschiedenen Hunsrückdörfchen so überhaupt nicht hatten vorstellen können!

Von daher war es auch nicht verwunderlich, daß die kleine Lisa in Oberwesel beim Anblick der schnaubenden und fauchenden Ungetüme vor Angst und Schreck in Panik geriet und viel lieber wieder in ihr kleines verträumtes Dörfchen zurückgefahren wäre, an einen Ort, wo alles so friedlich gewesen war und wo ihr so etwas nie begegnet wäre, was ihr Angst und Schrecken bereitete.

Zurück wollte sie da am liebsten zu dem kleinen armseligen Hirtenhäuschen ihrer Eltern, an jenen Ort, der ihre Heimat und ihr ganzes Glück gewesen war. Sie konnte ja noch nicht verstehen und begreifen, daß es auch für sie gewiß besser war, als ihre Eltern seinerzeit den für sie recht schlimmen Entschluß gefaßt hatten, auszuwandern, mit der guten Absicht, für sich selbst und für ihre Kinder dadurch vielleicht ein etwas besseres und menschenwürdigeres Dasein zu schaffen.

Als sich nach einigem Warten in Köln die Kutschen, Fracht- und Postwagen schließlich in Bewegung setzten und in gemächlicher Fahrt die riesige große Domstadt verließen, kamen langsam auch die Kinder ein wenig zur Ruhe. Bald von dem rumpelnden Geräusch der Kutschräder und dem vertrauten Hufschlag der Pferde in den Schlaf gewiegt, merkten sie nicht, wie man sich Schritt für Schritt immer mehr von der Heimat entfernte. Immer weiter nach Norden und damit der Küste entgegen, ging die Fahrt. Regina, Hannespeter und auch die anderen Erwachsenen sahen etwas wehmütig die langsam dahingleitenden Landstriche, Städte und Dörfer an sich vorbeigleiten: schönes deutsches Land, das sie vorher noch nie gesehen hatten und das sie nun im Begriff waren, für immer zu verlassen; vielleicht würden sie nie mehr hierhin zurückkommen. Doch all diese sentimentalen, wehmütigen Gedanken mußten sie jetzt schnellstens verdrängen und durften nur noch den Blick nach vorne richten, nach vorne in eine hoffentlich neue bessere Zukunft, die sie mit Gottes Hilfe für sich und ihre Kinder erkämpfen wollten, in einem neuen fremden Land, das eines Tages auch vielleicht zu ihrer neuen zweiten Heimat werden sollte, einer zweiten Heimat, die sie in einigen Jahren vielleicht auch etwas lieb gewinnen könnten; dann nämlich, wenn das einträfe und ihnen glücken würde, was sie sich im Augenblick von ganzem Herzen zutiefst wünschten und erhofften: daß es ihnen in dieser neuen, noch fern hinterm Horizont liegenden künftigen Heimat gelingen würde, so viel zu erreichen, daß die Not und der Hunger sie dort eines Tages nicht mehr so im Würgegriff halten würde, wie das leider in der alten Hunsrücker Heimat der Fall gewesen war.

Nach tagelanger Fahrt durchs deutsche Land, nicht ohne Wehmut, Trauer und Heimweh, erreichten sie endlich über mehrere Zwischenstationen die Großstadt Hannover, eine weitere Station auf ihrem bis jetzt schon langen Weg zur Nordseeküste.

Hier, im Hauptpostzentrum von Hannover, mußten die Hunsrücker Auswanderer wieder einmal umsteigen. Denn von hier aus übernahm eine norddeutsche Postdirektion den Weitertransport der Auswanderer bis zum endgültigen Ziel Bremerhaven. Für die Männer bedeutete das von neuem, die Ärmel hochzukrempeln und anzufassen. Da bei dem Umladen jedesmal Eile geboten war, wurden die Gepäckstücke, die Koffer und Kisten, die Truhen und Säcke, wieder einmal sehr hektisch von den einen in die anderen Wagen geladen. Dies aber war vorerst das letzte Umladen, denn die jetzigen Post- und Frachtkutschen sollten sie endgültig zu ihrem Ziel, dem großen Seehafen Bremerhaven, bringen. Von hier aus, dem Tor zur großen weiten Welt, würden sie in einigen Tagen oder vielleicht auch erst nach Wochen, je nachdem, wann ihr angekündigtes Schiff anlegen würde, Deutschland endgültig verlassen, um in einer wochen- und monatelangen Fahrt über die Weltmeere ihr eigentliches Ziel Brasilien anzusteuern.

In der Hafenstadt, nach wiederum langer strapaziöser Fahrt endlich angekommen, sahen die Hunsrücker Auswanderer auf den Kais und den Molen ein solch großes Getümmel von Menschen, wie sie es bisher noch nicht gesehen und nicht erlebt hatten: Menschen vieler Rassen und Sprachen aus aller Herren Länder hasteten hier, bunt durcheinandergewürfelt, umher: schwarze Matrosen, jüdische Händler, holländische Kaufleute, deutsche und polnische Auswanderer und viele andere Reisende mehr. Menschen, die entweder das Land verließen oder aber hier durch das Tor zur Welt hereingekommen waren. Ein lautes, wahrhaft babylonisches Sprachengewirr lag über allem. Es wurde am Ende aber noch übertönt von den lauten Rufen geschäftstüchtiger Helfer und Gepäckträger. Sie boten lautstark in verschiedenen Sprachen ihre Dienste an und suchten, sich gegenseitig überbietend, nach Kundschaft.

Selbstverständlich waren ihnen auch die gerade angekommenen Hunsrücker und Pfälzer, die rheinischen, badischen und hessischen Auswanderer nicht entgangen als willkommene Kunden mit viel Gepäck, Menschen also, die ihre Hilfe brauchten und suchten. Im Nu waren daher auch die Hunsrücker Gruppen von einem Schwarm eifriger Gepäckträger umringt, die ihnen ihre Dienste anboten und ihnen helfen wollten.

In dem Gewimmel von Menschen hatten es die zu der Hunsrücker Gruppe gehörenden Frauen, die mittlerweile auch aus den Fahrzeugen ausgestiegen waren, schwer; denn sie hatten – im wahrsten Sinne des Wortes - alle Hände voll zu tun, um ihre Kinder zusammenzuhalten und zugleich das Gepäck im Auge zu behalten: Diesmal, die kleine Lisa selbst auf dem Arm haltend, unterstützt von der befreundeten Katharina aus Kastellaun, versuchte Regina, sich unbeschadet mit ihren Kindern durch die Menschenmenge zu drängen. Gegenseitig half auch hier wieder einer dem anderen, damit alle zusammenblieben und kein Kind in dem Getümmel verloren ging. Da machte sich wieder der gute kameradschaftliche Zusammenhalt bemerkbar, der auch weiterhin beste Voraussetzung für das gute Gelingen des großen Unternehmens sein würde.

Wie auf allen Stationen vorher, waren die Männer auch hier vor allem damit beschäftigt, alles zu überwachen, die Gruppe dicht zusammenzuhalten und vor allem auch darauf zu achten, daß von ihrem vielen Gepäck nichts gestohlen wurde oder verloren ging. Mit Hilfe der Gepäckträger sollte das Gepäck später auf deren großen Gepäckkarren zum Hafen gebracht werden.

Bevor aber der Abtransport zum Hafen beginnen konnte, versuchten Vertreter der Auswanderungsgesellschaft, sich noch einmal bei ihren Schützlingen lautstark Gehör zu verschaffen, mit dem Ziel, möglichst alle Hunsrücker Auswanderer um sich zu scharen, um ihnen die weiteren Fahrtvorgänge zu erklären und sie über alles Wichtige und Notwendige der nächsten Tage zu informieren. Dabei war von ihnen schließlich auch zu erfahren, daß in den nächsten Tagen mit der Ankunft eines großen holländischen Dreimastseglers hier im Hafen von Bremerhaven gerechnet werden könnte.

Auf diesem großen seetüchtigen Schiff sei genügend Platz für alle hier versammelten Auswanderer. Auch könne man mit ruhigem Gewissen dieses Schiff mit dem Namen „Piet van Deig" besteigen, wie die Vertreter der Auswanderungsgesellschaft weiter ausführten; denn das sei ein Schiff, das in den letzten Jahren schon viele europäische Auswanderer sicher in die neue Heimat Brasilien gebracht hätte. (Was sie wohlweislich verschwiegen, war die Tatsache, daß die Reeder, Kapitäne und Auswanderungsgesellschaften in den großen Auswanderungswellen jener Jahre kühl mit rund 10 % Todesfällen unter den Zwischendeck-Passagieren bei der durchschnittlich sechswöchigen Atlantik-Überfahrt rechneten, falls keine ansteckende Krankheit an Bord ausbrach. Dann mußte man oft mit mindestens 50 % Verlusten rechnen.)

Die guten Auskünfte wurden von den Menschen schon vorweg als eine gewisse Beruhigung aufgenommen und brachten von neuem etwas Erleichterung in das Geschehen dieses hektischen Tages; für die Menschen, die in den letzten Tagen schon allerlei Verwirrendes und Spannendes erlebt hatten, die aber das ganz große Wagnis ja immer noch vor sich hatten.

Nach den wichtigsten Auskünften und Informationen der Auswanderungsbehörde und der Vertreter der Auswanderungsgesellschaft gab es noch einige weitere Informationen zum Ablauf und zur Überbrückung der nächsten Tage und bis zur Ankunft des angekündigten Schiffes.

So zum Beispiel bestand die Möglichkeit, die nächsten Tage in Unterkünften und Gasthöfen – in „Hotels", wie extra betont wurde, „auf eigene Kosten" in Hafennähe zu verbringen.

Eine weitere und weitaus billigere Möglichkeit bestand aber auch darin, direkt hier im Hafen in einem zur Zeit leerstehenden Getreideschuppen die Zeit bis zur Ankunft des Schiffes und zu seiner Abfahrt zu überbrücken. Selbstverständlich seien die Kosten hierfür viel geringer; aber die Unterkunft im Speichergebäude sei dafür auch sehr viel unkomfortabler als in einem Hotel. Hier mußte man zum Beispiel ohne Betten mit einem Strohlager auf dem Fußboden vorliebnehmen.

Trotzdem entschieden sich - eben wegen der niedrigeren Kosten - die meisten Auswanderer, vor allem aber die Gruppe aus dem Kastellauner Raum, für den Getreideschuppen im Hafengelände. Am Anfang des großen Wagnisses der Auswanderung wollte man mit dem wenigen Geld, das man sich für das große Vorhaben mühsam genug zusammengespart, auf Kredit geliehen und sich bei Freunden, Verwandten und Bekannten geborgt hatte, so sparsam wie nur irgend möglich umgehen. Später, im fremden Land hatte man durch die Ersparnis am Anfang der Reise dann ein höheres Startkapital, um für alle Eventualitäten und Überraschungen etwas besser gewappnet zu sein.

Nachdem man die Entscheidung, die Zeit im Getreideschuppen abzuwarten, getroffen hatte, wurde das Gepäck nun zunächst zu der Speicher-Notunterkunft für die nächsten paar Tage geschafft.

Dort angekommen - und ein wenig zweifelnd vor dem halb verfallenen Gebäude stehend -, gab es aber doch bei einigen der Leute erste Bedenken, ob man in diesem Fall hier nicht doch zu sehr gespart und ob man richtig gehandelt hatte: Dieser heruntergekommene Getreidespeicher war vielleicht noch für vieles von Nutzen, aber ganz bestimmt nicht als Herberge für Menschen.

So meinte auch Hannespeter, zu seinem Freund Friedrich Gewehr gewandt, daß sein Viehstall im kleinen armen Hirtenhaus zuhause hiergegen ja fast schon eine Luxusherberge gewesen sei. Zu diesem Zeitpunkt nutzte aber alles Lamentieren nichts mehr, man hatte die Wahl getroffen und mußte somit mit allen Widrigkeiten fertig werden.

Zum Glück schien das Strohlager im Innern des Gebäudes wenigstens trocken, sauber und ohne Ungeziefer zu sein, wie vor allem die Frauen, die sich vor Ratten, Mäusen und Kakerlaken, vor Wanzen, Läusen und Flöhen nicht wenig fürchteten und davor graulten, feststellten. Tüchtig und furchtlos, wie es Hunsrücker Menschen schon immer geschafft hatten, mit schlimmen Situationen fertig zu werden, versuchten sie aber auch hier wieder, das Beste aus der ein wenig verfahrenen, wenn auch selbst verschuldeten Situation zu machen.

In der Zeit, in der sich die Frauen vor allem um die Kinder kümmerten und sich eine Ecke zum Niederlassen aussuchten, gingen die Männer sofort an die Arbeit, die allergrößten Mängel, so gut es ihnen möglich war, abzustellen: Die größten Löcher und Ritzen in den Fenstern und Türen versuchten sie, mit allen möglichen, im Speicher auffindbaren Materialien zu schließen. Wenn sonst nichts auffindbar war, versuchte man, aus dem ausgebreiteten Roggenstroh Strohmatten zu flechten, wie sonst zu Hause in den Wintermonaten für die Viehställe, oder auch Strohseile zu flechten, wie sie daheim zum Einbinden des Getreides in der Erntezeit verwendet wurden.

Auf diese einfache Art und Weise hatte man bald mit schönen dichten Strohmatten die allergrößten Löcher in dem Gebäude gestopft und abgedichtet. Damit war der starke Durchzug des Windes und der Luft aufgehalten, so daß sich nun die hier einquartierten Menschen in diesen vier löcherigen Wänden mit wenigstens einem Dach über dem Kopf doch etwas geborgener fühlen konnten.

Als nächstes stand für die Männer das Herrichten einer Koch- und Feuerstelle auf dem Plan. Das war etwas, das ebenfalls bei dem handwerklichen Geschick der meisten unter ihnen kein allzu großes Problem darstellen sollte. Aus vom Rand des Hafenbeckens zusammengetragenen größeren Steinen und einer dort ebenfalls gefundenen alten, verrosteten Eisenstange hatte man in kurzer Zeit eine funktionsfähige Feuerstelle errichtet, die sowohl zum Aufwärmen als auch zum Zubereiten von Speisen und Getränken dienen konnte. Mit Hilfe von angeschwemmtem alten Treibholz, das man nur aufzusammeln brauchte, prasselte auch bald ein schnell entzündetes, schönes wärmendes Feuer. Zum Glück war da Friedrich Gewehr eine große Hilfe, denn er erwies sich dabei als wahrer Meister im Umgang mit Feuerstein und Zunder und blies mit seiner kräftigen Lunge die Glut schnell zur Flamme.

In einem großen Kübel, an der über dem Feuer angebrachten Eisenstange hängend, kochte auch bald das Wasser zum Aufbrühen eines schönen heißen Kaffeegetränks, den man schon seit Tagen vermißt hatte.

Durch das wärmende Feuer und das den Umstehenden angebotene warme Getränk etwas aufgelockert, besserte sich nun auch die Stimmung der Auswanderer zusehends wieder auf. Die Niedergeschlagenheit der Menschen, die seit ihrer Ankunft hier im trostlosen Speicher auf fast allen von ihnen gelastet hatte, wich ein wenig. Auf herbeigeschafften Sitzmöglichkeiten aus Holzbalken und alten Kisten saß man dann in einer beinahe fröhlichen Runde um das knisternde Feuer. Es wurde viel erzählt, und nach und nach wurden sogar wieder, wie vor einigen Tagen schon in der Hafenkneipe in Köln, von neuem wehmütige Heimatlieder und stimmkräftige Choräle angestimmt, bis man schließlich, von all den Strapazen und Aufregungen der letzten Tage müde und erschöpft, auf das Strohlager niedersank, um dort einem ungewissen, kommenden Morgen mit vielleicht wieder neuen Überraschungen und Sorgen entgegenzudämmern.

Der nächste Morgen, der 16. April 1827 im Hafen von Bremerhaven, zeigte sich von seiner allerschlechtesten Seite: Unerwartet und so schlimm, wie von den Auswanderern nicht erwartet, hatte sich Sturm aufgemacht: Ein für diese Jahreszeit ungewöhnlich eiskalter Wind trieb aus nordöstlicher Richtung von See her dunkle Regenwolken über das Land, für die Menschen hier in einer für die „Binnenländler" ungewohnten Stärke und Wucht, die alles übertraf, was sie bisher erlebt hatten, auch das, was man in dieser Beziehung des öfteren auf den rauhen Hunsrückhöhen kennengelernt hatte. Jetzt merkten und erkannten sie erst richtig, in welche menschenunwürdige Behausung sie hier geraten waren. Trotz allergrößter Anstrengungen, den Lagerschuppen so bewohnbar wie irgendmöglich zu machen und ihn abzudichten, blies der Sturm jetzt durch alle Ritzen und Löcher, die man notdürftig verstopft hatte, trieb den eiskalten Regen in Böen herein und ließ die Menschen vor Furcht und Kälte erzittern.

Schon in aller Frühe des neuen Tages wurden die hier Einquartierten von ihrem spärlichen Strohlager aufgescheucht und suchten, vor Kälte schlotternd, verzweifelt nach etwas Wärme und Geborgenheit. In aller Eile versuchten die Männer, das am späten Abend zuvor abgebrannte Feuer wieder in Gang zu bringen, etwas, was an diesem Morgen gar nicht so einfach war und lange nicht gelingen wollte. Windböen und starke Zugluft, dazu das von den Regenschauern naßgewordene Holz, ließen das Feuer, kaum in schwacher Glut entfacht, immer wieder erlöschen. Nachdem es dann aber doch endlich gelungen war, versuchten die Menschen, durch inzwischen aufgesetzte warme Getränke und viel Bewegung die Kälte der Nacht halbwegs aus ihren Knochen zu schütteln. Für die Erwachsenen der Auswanderungsgruppe war das alles sicher nicht ganz so schlimm wie für die Kinder. Schon zu viele widrige Umstände, Strapazen und Ängste hatten die Kleinen in den letzten Tagen ausstehen müssen und waren davon so mitgenommen, daß einige von ihnen bereits jetzt am Anfang des großen Abenteuers kränkelten, so auch die kleine Lisa. Zuhause ein überaus munteres und widerstandsfähiges Kind, verkraftete die Kleine scheinbar all die Ängste, das Heimweh und die anderen Widrigkeiten nicht so gut wie ihre Geschwister. Schon jetzt, am Anfang der weiten Reise, bot sie Anlaß für Beunruhigung und große Sorge der Eltern. Denn zu einer echten Katastrophe würde es für diese armen, fast mittellosen Menschen dann kommen, wenn ein Familienmitglied, bevor sie ihre neue zukünftige Heimat überhaupt erreicht hatten, ernsthaft krank würde; das war im äußersten Falle vielleicht so schlimm, daß das Abenteuer „Auswanderung" hier, noch bevor es richtig begonnen hatte, schon zu Ende sein könnte.

Von daher versuchte man alles in seiner Macht Stehende zu tun, um einem solchen Unheil vorzubeugen und es zu verhindern. Ärztliche Hilfe war in ihrer Situation kaum zu erhalten und würde unbezahlbar sein; Hilfe bei Erkrankung boten vielleicht die von daheim gewohnten Hausmittel.

Trotz Sturm und weiter anhaltendem schlechten und kalten Wetter versuchten die Männer der Gruppe, weiteres Treibholz zu organisieren: Soviel Holz wollte man heranschaffen und im Getreideschuppen aufstapeln, um auch nachtsüber das Feuer in Gang halten zu können, wärmespendendes Feuer, das mit dazu beitragen sollte, die schlimme Zeit hier in diesem zugigen Schuppen einigermaßen gesund zu überstehen. Darüber hinaus versuchten die Leute, mit alten, aber bewährten Hunsrücker Hausmitteln, Husten und Schnupfen, Halsweh und allen sich ankündigenden Erkältungen vor allem der Kinder und der Frauen, von Anfang an vorzubeugen und gegen aufkeimende Krankheiten mit aller Macht vorzugehen oder wieder eine schnelle Heilung herbeizuführen. Altbewährte Tees aus Heilkräutern und ein selbst geschleuderter Bienenhonig hätten daheim gewiß geholfen, aber hier standen sie nicht zur Verfügung, und so half eigentlich nur Beten.

So vergingen noch Tage und sogar einige Wochen zwischen Hoffen und Bangen in diesem Hafen, eine Zeit, viel länger, als am Anfang von den Vertretern der Auswanderungsgesellschaft angegeben worden war.

Endlich, Ende April, machte das lange und sehnsüchtig erwartete holländische Hochseeschiff, der riesige Dreimaster „Piet van Deig", am Kai des großen Überseehafens Bremerhaven fest. Jetzt, bei mittlerweile herrlichem Frühlingswetter, kam auch langsam wieder mehr Beweglichkeit in die Auswanderungsgruppe, erwachten die Lebensgeister neu. Fast vergessen waren mit einem Schlag die schlimmen Strapazen und Sorgen der letzten Tage und Wochen. Jetzt schaute man wieder nach vorne und war mit den Gedanken schon im warmen Tropenland, in dem man einen neuen Anfang wagen wollte: endlich heraus aus diesem halbverfallenen Schuppen, aus dieser Kälte, diesem Elend und der Armut. So Gott wollte, wartete auf sie bald eine neue bessere Zukunft, ohne Kälte und ohne ewig nagenden Hunger.

Nachdem ihr Schiff endlich im Hafen festgemacht hatte, traten sofort auch wieder die Herren der Auswanderungsgesellschaft auf den Plan: Sie gaben wieder einmal genaue Anweisungen für die nächsten Tage, Anweisungen über den Abtransport des Gepäcks und Anordnungen

Der Dreimastsegler „Piet van Deig“, das holländische Hochseeschiff, das die Auswanderer nach Brasilien bringen sollte

über alle übrigen Dinge, die mit der Abreise zu tun hatten. Demnach sollte schon am nächsten Morgen alles Gepäck vor dem Schuppen zum Abtransport bereitstehen, um es von Hafenarbeitern auf ihren Handkarren zum Schiff und zum Verladen bringen zu lassen. Erst nach dem Verladen allen Gepäcks könnten am späten Nachmittag auch die ersten Passagiere das Schiff betreten.

So geschah es auch, daß ein Teil der wartenden Auswanderer-Passagiere bereits an diesem Tag auf dem Schiff aufgenommen wurde. Der andere, etwas größere Teil sollte erst am darauffolgenden Morgen auf das Schiff gebracht werden. Notgedrungen mußten also auch einige Menschen der Gruppe aus dem Getreideschuppen noch eine weitere Nacht in dem erbärmlichen Quartier ausharren. Doch in dieser letzten Nacht vor der Abfahrt war ohnedies nicht mehr allzuviel an Schlaf zu denken. Zu aufgeregt war man, um noch viel Schlaf und Ruhe zu finden.

Rund um das noch einmal lichterloh aufflackernde, wärmende Feuer saßen in dieser Nacht die Menschen, sprachen über dieses und jenes bis zum frühen Morgen, vor allem über das große Schiff, das sie am nächsten Morgen aufnehmen sollte, und über vieles andere mehr.

Ehe sie in aller Frühe den Schuppen verließen, beteten sie gemeinsam laut und inbrünstig und erbaten Gottes Segen für eine glückliche Überfahrt und einen guten Anfang im fernen, fremden Land.

Sofort nach Sonnenaufgang machten sie sich auf den Weg zum Schiff. Dort angekommen, empfing sie der Kapitän, schon an der Reling stehend, mit einer großen Liste in der Hand. Nach und nach wurden jetzt die einzelnen Personen der Hunsrücker Gruppe aufgerufen und auf das Schiff gebeten, oben an Bord vom Kapitän empfangen, sowie von ihm und seiner Mannschaft willkommen geheißen. Weil es schön ordentlich der Reihe nach ging, war beim Buchstaben T schließlich auch Hannespeter mit seiner Familie an der Reihe. Seine größeren Kinder an der Hand, gefolgt von Regina mit der fast wieder genesenen Lisa auf dem Arm, betraten sie den schmalen Holzsteg, der vom festen Land hinauf zum Schiff führte. Die meisten, wie auch Hannespeter, warfen noch einmal einen allerletzten Blick zurück, um von nun an nur noch vorwärts zu schauen, vorwärts auf das, was sie von jetzt ab erwarten und nun auf sie zukommen sollte, auf das also, was ihr Leben in Zukunft verändern und ganz sicher völlig neu gestalten würde. Für sie alle sollte es ja ein völlig neues und hoffentlich besseres Leben werden!

Auf dem großen imposanten Schiff wurden die ankommenden Auswanderer nach der Begrüßung von Matrosen in ihre Unterkünfte geführt, in Quartiere im Zwischendeck, die jetzt für Wochen und vielleicht sogar Monate ihr Zuhause sein sollten. Der erste Eindruck hier auf dem Schiff war, wie schon von außen erkennbar, daß alles groß und gewaltig erschien, von den riesigen Masten und Segeln bis zum riesengroßen Steuerrad. Verhältnismäßig klein, dunkel und winzig dagegen waren die den Auswanderern zugewiesenen Quartiere. Kleine Holzverschläge, vielleicht drei mal drei Meter groß, sollten für eine ganze Familie ausreichen, auch dann, wenn es sich um eine größere Familie wie bei der von Hannespeter handelte. Das ganze waren eher einfache Holzpferche denn anständige Kajüten für „normale" Passagiere, wie man sich das vielleicht vorgestellt hatte. Die Quartiere waren nicht viel besser als die Pferche im hinteren Teil des Schiffes, in denen mitgeführtes Vieh untergebracht war. Bescheiden und genügsam mußte man sich letzten Endes auch hiermit wieder einmal zufrieden geben, mit dem Gedanken im Kopf, daß auch diese kommenden paar Wochen einmal vorbeigehen würden und daß man hieraus wieder einmal das Beste machen mußte.

Hierbei bot sogleich Friedrich Gewehr seine Hilfe an, der für sich allein eine zwar etwas kleinere, aber immerhin für eine einzelne Person doch ganz geräumige, ausreichende Unterkunft bekommen hatte. Er bot an, die zwei großen Jungen, Peter und Fritz, bei sich in seiner Kajüte zum Schlafen aufzunehmen. Dankend nahm Hannespeter das Angebot seines Freundes an. So hatte sich die anfangs überaus beengt erscheinende räumliche Situation auf Anhieb schon etwas verbessert. In seiner eigenen, jetzt immer noch überfüllten Kammer mußte sich Hannespeter trotzdem noch etwas einfallen lassen, um räumlich halbwegs zurechtzukommen. Da kam ihm die Idee, zum Schlafen für die Mädchen eine Art Hängematte an den Deckenbalken der Kabine zu befestigen. Regina meinte dazu, daß sie genug extrastark gewebtes Leinentuch dabei habe, um so etwas zu bewerkstelligen. So fertigten sie aus den mitgenommenen, selbstgewebten, starken Hunsrükker Leinentüchern, die eigentlich zum Zudecken und für andere Dinge gedacht waren, kurzerhand zwei richtige Hängematten an. Mit starken Stricken machten sie sie an der Decke fest und hatten so zwei schöne Schlafgelegenheiten für die Mädchen. Ohne viel Platz wegzunehmen, hatten die Eltern so eine gute Lösung gefunden: Not machte eben schon immer erfinderisch. Später, noch mit etwas Stroh, das Hannespeter von einem Matrosen aus den Viehboxen bekommen hatte, ausgepolstert, waren die schönsten Schlafkojen entstanden.

Für Regina und sich richtete Hannespeter eine Schlafstätte in einer Ecke der Kajüte auf dem Fußboden ein, so daß zum Schluß noch eine

Ecke für einen Tisch und mehrere Holzschemel frei blieb. Dabei bewährte sich das alte Sprichwort aufs neue und bewahrheitete sich wirklich: Platz ist in der kleinsten Hütte.

Als kurz vor Mittag alles soweit hergerichtet war, brachte Hannespeter als letztes noch ein schweres Vorhängeschloß an der Tür ihres Verschlages an, um in ihrem Bretterverschlag, der als Kajüte oder Kabine bezeichnet wurde, wenigstens halbwegs ruhig und ungestört schlafen zu können und vor eventuellen Dieben besser geschützt zu sein. So notdürftig eingerichtet und geschützt waren sie jetzt doch ganz guter Hoffnung, trotz dieser Enge die Überfahrt gut überstehen zu können, so wie sie schon viele ähnliche Situationen zusammen überstanden und gemeistert hatten.

Gerade fertig mit dem Einrichten ihres Verschlages, der jetzt wenigstens halbwegs bewohnbar erschien, trotzdem aber immer noch eher einem Rattenloch als einer menschlichen Behausung glich, erscholl plötzlich die Schiffsglocke auf der Brücke: die Einladung zum Mittagessen im Speiseraum unter Deck. Hier, am großen Essensschalter zur Schiffsküche hin, wurden vom Smutje die Portionen ausgegeben. Zur Feier des Tages und als Begrüßungsessen gab es eine Bohnensuppe mit viel Speck und einen Kanten Brot dazu. Für die in den letzten Tagen ausgehungerten Menschen war das schon ein richtig gutes und schönes Festessen, das von ihnen mit gutem Appetit und dem Gefühl, daß so eine Schiffsverpflegung etwas Deftiges und Gutes sei, gelöffelt wurde. Dies alles machte den Hunsrückern wieder etwas Mut und gab Hoffnung, daß es auf so einem Schiff gar nicht so schlecht war, wie sie es vermutet und befürchtet hatten; verständlich nach den bösen Erfahrungen, die es mit der Auswanderungsgesellschaft in anderen, nicht so guten Dingen gegeben hatte, wie zum Beispiel dem überlangen Warten in menschenunwürdigen Unterkünften, etwa in dem halbverfallenen Lagerschuppen in Bremerhaven.

Bald nach dem Mittagessen bimmelte die Schiffsglocke erneut: Jetzt bat der Kapitän die Auswanderer um ihre Aufmerksamkeit. In der daraufhin folgenden Ansprache kündigte Kapitän van Haaren an, daß nach Beladen des Schiffes mit frischem Proviant und mit Trinkwasser schon in den nächsten Stunden mit dem Auslaufen des Schiffes zu rechnen sei. Weiter wünschte er in diesem Zusammenhang allen an Bord, auch denen im Zwischendeck, eine gute und gesunde Überfahrt, dazu ein kameradschaftliches und verträgliches Zusammenleben für die Dauer der langen Schiffsreise, die ihnen bevorstünde. Nach dieser freundlichen und alle aufmunternden Rede des Kapitäns ging ein Raunen durch die Menge. Erleichtert hatte man zur Kenntnis genommen, daß es jetzt endlich so weit war, daß ihr Schiff in See stechen konnte. Von jetzt ab würde man also jeden Tag ein Stück näher zu seinem Ziel gelangen. Und so Gott wollte, würde man eines Tages auch mit einer glücklichen Landung in dem Land, auf das sie ihre ganze Hoffnung gesetzt hatten, rechnen können, in dem Land, das ihre neue Heimat werden und ihre Zukunft bedeuten sollte.

Am 30. April des Jahres 1827, in der Mittagszeit, war es dann soweit: Der schlanke, schnittige und daher schnelle Dreimastsegler „Piet van Deig" lichtete die Anker, machte seine Leinen los und verließ den Hafen von Bremerhaven mit fünfundachtzig Auswanderern aus dem Hunsrück an Bord, einem Teil der ersten Auswanderer aus Deutschland, die in dieses ferne unbekannte Land Brasilien gingen. Bunt durcheinandergewürfelt waren die Männer, Frauen und Kinder. Eine von ihnen, Regina Teis, schrieb in dem Augenblick, in dem das Schiff den Hafen und damit ihr Heimatland verließ, in ihr Tagebuch: „Soeben haben wir den Hafen und somit Deutschland verlassen. Es ist der 30. April im Jahre 1827." Weiter vermerkte sie: „Wir sind alle bei guter Gesundheit und hoffnungsvoll, die lange und manchmal sicherlich auch beschwerliche Reise mit Gottes Hilfe gut zu überstehen."

Beim Auslaufen des Schiffes aus dem Hafen hatten sich die meisten Männer, aber auch einige Frauen auf das Oberdeck begeben. Unter diesen Schaulustigen war auch Hannespeter mit seinen Söhnen Fritz und Peter, noch einen letzten Blick zurück zur alten Heimat werfend, um sich gleichzeitig aber auch durch Winken von ihr zu verabschieden. Außerdem wollte man sich das wohl einmalige Erlebnis so einer

Hafenausfahrt nicht entgehen lassen und miterleben. Fast gleichzeitig mit der „Piet van Deig" liefen noch zwei andere, etwas größere Viermastschiffe aus dem Hafen aus. Wieder andere Schiffe sah man von ferne sich dem Hafen nähern; einige von ihnen waren noch ganz weit draußen, so daß man sie erst als ganz kleine helle Punkte fern am Horizont erkennen konnte. Das ganze war bestimmt ein imposantes Schauspiel, wie es sicher nur ganz wenige Hunsrücker bisher beobachtet und miterlebt hatten.

Nach kurzer Zeit schon hatte die gut im Wind liegende schnelle „Piet van Deig" bereits die anderen zwei größeren und daher etwas schwerfälligeren und langsameren Viermaster weit hinter sich gelassen. Dem Aussehen nach etwas schwerfällig, breit und groß gebaut, handelte es sich bei diesen Schiffen um Frachtschiffe, die unter englischer Flagge wahrscheinlich Handelsgüter zwischen Deutschland und England transportierten.

Aber nicht nur der Anblick der vielen Schiffe zog Peter und Fritz in ihren Bann, sondern auch die noch nie vorher gesehenen Möwen, die das Schiff schreiend umkreisten, immer auf der Suche nach etwas Freßbarem. Auch sie erregten die Aufmerksamkeit der beiden Jungen.

Je weiter sich das Schiff jetzt vom Land entfernte und auf das offene Meer hinauslief, desto ruhiger und friedlicher wurde alles. Nur noch vereinzelte, das Schiff vom Hafen aus verfolgende und umkreisende, heiser kreischende Möwen waren zu sehen. Auch vom allzu lauten Hafenlärm war bald nichts mehr zu hören. Alles war auf einmal friedlich und ruhig. Nur noch das gleichmäßig rauschende Geräusch des eigenen Schiffes, das in schneller Fahrt durch das Wasser pflügte, war zu hören. Mit voll aufgeblähten Segeln bei leichtem Wellengang und guten Windverhältnissen machte der Dreimastsegler jetzt am Anfang der Reise schon recht gute Fahrt seinem noch sehr fernen Ziele entgegen.

Auch in den nächsten Tagen änderte sich nicht viel an diesem Zustand. Bei weiterhin guten Windverhältnissen und verhältnismäßig ruhiger See blieb es bei dem fast die ganze Zeit herrschenden guten

Segelwetter. Für die meisten Passagiere war das etwas sehr Schönes und zuvor nie Erlebtes.

Fritz und Peter waren von morgens bis abends an Deck oder gar auf dem Oberdeck, um, an der Reling stehend, nur nichts bei dieser schönen Seereise zu verpassen, wenn auch nicht viel mehr als Wasser und nochmals Wasser für sie zu sehen war.

Doch das änderte sich am fünften Tag der Passage schon wieder: Plötzlich entdeckte man in der Ferne wieder Land, ein sicheres Zeichen dafür, daß sich das Schiff jetzt bereits im Kanal zwischen Frankreich und England befand. Einmal war in der Ferne rechts die englische und dann wieder linkerhand die französische Küste auszumachen.

Ein anderes Zeichen dafür, daß Land in der Nähe war, waren einzelne, das Schiff inspizierende Möwen, die es überflogen, um dann in Richtung Küste wieder abzudrehen.

Am zehnten Tag nach der Abreise aus Bremerhaven machte Regina ihre zweite Eintragung in das Tagebuch. Folgendes trug sie dieses Mal ein: „Es ist der 10. Mai 1827. Bisher ist unsere Reise gut verlaufen. Bei immer schönem Wetter und fast ruhiger See sind wir alle wohlauf, im Gegensatz zu einigen anderen Leuten, die trotz allem schon seekrank sind und sehr darunter zu leiden haben. Die drei Mädchen, Anna, Maria und auch die kleine Lisa, die sich zusammen eine Hängematte teilen, schlafen gut in ihren unter der Kabinendecke hängenden Behelfsbetten. Auch die Verpflegung war bisher gut. Wir haben nichts auszusetzen." So schloß sie ihre zweite Eintragung.

Vier Tage später machte Regina erneut eine Eintragung in ihr Tagebuch: „Heute, am 14. Mai 1827, haben wir den Kanal verlassen und sind bei weiterhin schönem Wetter wieder ins offene Meer eingefahren. Die beiden letzten Tage war eine ziemliche Flaute, wenig Wind, und wir sind nicht so gut wie am Anfang vorwärts gekommen. Hier auf dem großen weiten Atlantik beginnt für uns jetzt ein neuer Abschnitt unserer Reise. Hoffentlich haben wir auch weiterhin so viel Glück wie bisher, Gott schütze uns weiterhin vor allem auf uns zukommenden Unheil. Er verschone uns ..." Mit diesen Worten schloß sie die dritte Eintragung in ihrem Tagebuch.

Mehrere Wochen, wenn nicht gar Monate würden sie jetzt hier auf diesem unendlich weiten Atlantik mit dem Dreimaster unterwegs sein, allen Gefahren und Tücken des großen Weltmeeres hilflos ausgeliefert, Spiel der Wellen und des Windes, mal schneller, dann wieder mal langsamer ihrem Ziel entgegensegelnd; je nach den Windverhältnissen und den Launen der See und der Strömung.

Seit Tagen war jetzt nur noch Wasser um sie her. Es war nichts mehr zu sehen und zu erleben, außer ein paar Schiffen, die ab und zu in weiter Ferne an ihnen vorbeizogen.

Um diesem langweiligen und zeitfressenden Zustand etwas abzuhelfen, hatten sich ein paar freundliche Matrosen etwas ausgedacht: Um den zwei Jungen von Hannespeter und noch ein paar anderen gleichaltrigen Kindern eine kleine Freude und etwas Abwechslung zu verschaffen, hatten sie die Jungen mit selbstgefertigten Hochseeangeln ausgerüstet und sie darin unterrichtet, wie man hier auf dem sehr fischreichen Atlantik mit etwas Glück reiche Beute machen konnte, genau das richtige also, um etwas gelangweilte und daher auf kleine Abenteuer erpichte Jungen zu beschäftigen und zeitvertreibend zu erfreuen.

Für die Hunsrücker Auswandererjungen begann jetzt eine Zeit, in der sie die bisherige, ihnen fast schon langweilig und ziemlich trostlos erscheinende Überfahrt auf einmal wieder als spannend und sogar abenteuerlich empfanden. Hier auf dem großen Schiff mitten auf dem Atlantik plötzlich eine richtige Hochseeangel halten zu dürfen, war sicher das größte, was sie sich bisher vorstellen konnten; das war so schön und abenteuerlich, daß sie alles andere um sich her dabei vergaßen. Ein regelrechtes Angel- und Jagdfieber war jetzt bei ihnen ausgebrochen. Jeder von ihnen wollte den größten Fisch an Deck holen.

Ganz anders als zuhause, wo sie mit etwas Glück ab und zu einmal eine Forelle und - wenn es hoch kam - auch einmal einen Aal oder gar einen Krebs im Bach fangen konnten, gab es hier auf dem Atlantik viele Arten größerer und kleinerer Fische, angefangen von Heilbutt und Schollen, über größere Thunfische bis hin zu kleinen Haien und sogar fliegenden Fischen. Mit dem richtigen Köder war hier also fast jeder Fang möglich. Für die Hunsrücker Jungen, die in ihren armen, abgelegenen, manchmal von der Welt fast vergessenen Dörfchen nicht viel Abwechslungsreiches erlebt hatten, war dies schon etwas Großes, Abenteuerliches und für sie ganz Neues.

Mit allen möglichen Ködern versuchten sie jetzt zum Erfolg zu kommen; angefangen mit Essensresten, Schwarten, Brotstücken oder Kartoffelabfällen, versuchten sie ihr Glück, aber auch mit kleineren Köderfischen, die mit einer kleinen Handangel leicht zu beschaffen waren.

Jedesmal, wenn sich die Angel nach unten bog, war es ein sicheres Zeichen für einen Biß. Voller Spannung und Freude versuchte man, den Fang vorsichtig an Bord zu ziehen. Kleinere und mittlere Fische schaffte einer der Angelnden alleine, bei größeren Brocken wie Kabeljau und Seehechten versuchten sie, die Beute mit vereinten Kräften an Bord zu hieven. Zu dem Spaß und der Freude, die die Jungen bei dieser Tätigkeit hatten, machten sie sich zusätzlich aber auch noch nützlich.

Die frisch gefangenen Seefische waren dem Schiffskoch bei seiner doch etwas spärlichen Speisenauswahl gewiß jederzeit willkommen. Mit den von den Jungen erbeuteten Fischen konnte er ab und zu zum Nutzen aller Passagiere und Besatzungsmitglieder, also aller Menschen auf dem Schiff, die ja verpflegt und satt werden wollten, die Gerichte etwas abwechslungsreicher gestalten. Zu dieser interessanten und nützlichen Tätigkeit kam für die Jungen aber noch etwas Zusätzliches hinzu: Sie hatten auf einmal keine Langeweile mehr und wenig Zeit zum Nachdenken, wodurch sie letztendlich auch ihr Heimweh und die Sehnsucht nach der Heimat immer mehr verdrängten und fast völlig vergaßen. Abends in ihren Kojen träumten sie noch vom Anglerglück des Tages und von Riesenfischen, die ihnen morgen vielleicht an die Angel gingen.

Gegenüber den jetzt voll beschäftigten Jungen hatten es die Frauen und Mädchen an Bord ein ganzes Stück schwerer. Sie waren zwar auch den ganzen Tag über mit ihren Handarbeiten beschäftigt, doch hierbei fehlte die Spannung und das Abenteuerliche, das viel verdrängen und vergessen ließ. Viel schlimmer, als am Anfang erwartet, nistete sich bei vielen Menschen auf dem Schiff nun das Heimweh nach ihrem Zuhause ein, bohrte in ihnen und schmerzte.

Hinzu kam bei vielen Auswanderern noch die Seekrankheit, die sie so schwächte, daß bei einigen das schlimmste befürchtet werden mußte: Tag für Tag nur Wasser um sich zu sehen und das stetige Schlingern des Schiffes auszuhalten, war für manche zu viel des Guten und nur schwer zu ertragen. Doch für das kleine verzweifelte Häuflein Menschen hier auf dem riesengroßen Atlantik ohne Ende gab es keine Alternative und keinen Ausweg: Sie mußten ausharren und den Dingen, denen sie hier auf Gedeih und Verderb ausgeliefert waren, ins Auge sehen.

Als großes Glück bei alldem konnte man das seit Wochen gute Wetter und den damit verbundenen gleichmäßig leichten Wellengang ansehen. Abgesehen von manchmal etwas stärkerem Wellengang verhielt sich das Meer bisher freundlich und zeigte sich von seiner besten Seite. Gegebenheiten also, die erfahrungsgemäß gerade hier auf dem wilden Atlantik nicht selbstverständlich waren und sich jeden Tag schnell ändern konnten. Doch an so etwas wollten die Menschen hier auf dem Segler gar nicht erst denken; sie verdrängten dies, wie vieles andere auch.

Trotz allem den Blick stets nach vorne auf das gerichtet, wofür sie alle diese Strapazen auf sich genommen hatten, ließen sie sich mit ihrem Schiff übers Meer treiben, in der steten Hoffnung, eines Tages unbeschadet das Land all ihrer Hoffnungen glücklich zu erreichen.

Um dunkle Gedanken und Ängste etwas zu unterdrücken, mußten sie sich die Zeit der langen Überfahrt, so gut es eben ging, mit anderen Dingen vertreiben: So wie die Jungen beim täglichen Angeln und die Frauen und Mädchen bei ihren Handarbeiten, versuchten die Männer, tagein tagaus ihre Zeit mit Kartenspielen und dem Erzählen alter Geschichten herumzubekommen und es sich damit etwas leichter zu machen, fast so, wie sie es zu Hause in langen, dunklen, arbeitslosen Wintertagen getan hatten, so wie in Hannespeters Stall, einem Ort, an dem sie manchmal beim allzu geselligen Reden und Schwadronieren die Zeit, aber zugleich auch oft ihre Not und Armut etwas vergessen hatten. Ähnlich wie hier, in der unausweichlichen Enge dieses Schiffes, war es ja auch zu Hause in ihrem kleinen abgelegenen Hunsrückdörfchen gewesen. Hier wie dort gab es für sie kein Entweichen und tagaus, tagein wenig Neues, Dinge, die, so Gott wollte, sich für sie bald ändern könnten, in einem Land wie Brasilien, riesig groß und ohne Enge. Gedanken an dieses riesig große, unbekannte, weite Land mit all seinen Möglichkeiten und Verlockungen ließen in solchen Augenblicken manchmal ihre Herzen etwas höher schlagen. Aber auch die anderen Gedanken über Gefahren in diesem geheimnisvollen, noch weithin unkultivierten Land waren hierbei nicht zu verdrängen. Doch über all dem stand immer die Hoffnung auf eine bessere Zukunft. Neuen Lebensraum vorzufinden und zu gewinnen und somit eines Tages vielleicht alle Bedrängnisse, die größte Not und Armut mit viel Mut und Fleiß zu verringern und sogar abschütteln zu können, das erfüllte sie und ließ sie alles ertragen.

So vergingen weitere Tage und Wochen auf dem großen, schier endlosen Wasser . . .

Unaufhaltsam durchpflügte der schnittige Dreimaster "Piet van Deig" das sich endlos dehnende Meer; jeden Tag dem großen Ziel ein Stück näherkommend.

Doch nach den vielen Wochen schönen ruhigen Wetters hier auf dem Atlantik schien es auf einmal damit vorbei zu sein und Gefahr aufzuziehen: In den frühen Morgenstunden des 30. Mai wurden die Passagiere plötzlich durch bedrohliches Donnergrollen und wilden Wellengang aus dem Schlaf gerissen. Sehr bedrohlich wie eine schwarze Wand stand eine schwere Gewitterfront vor ihnen. Nichts Gutes verheißend, braute sich am Himmel über ihnen etwas zusammen, das den Menschen an Bord große Angst machte. Verängstigt verkrochen sich die Menschen in ihren engen Kajüten, fast so wie Tiere, die Schutz vor einem herannahenden Unwetter in ihren Höhlen suchten, alle in der Hoffnung, auch diese für sie schlimme Prüfung noch einmal gut zu überstehen.

In dieser Not und Angst beteten einige der Auswanderer still vor sich hin. Andere stimmten in Gruppen Psalmen und Choräle an, Dinge, die Hunsrücker Menschen in großen Notlagen schon immer geholfen und ihnen zugleich auch stets Beruhigung gegeben hatten. Je mehr das Schiff auf die dunkle Wolkenbank zufuhr, desto unruhiger und unheimlicher gebärdete sich das Meer, als wolle es das Schiff verschlingen. Kommandos hallten durch das Schiff. In aller Eile wurden die Segel eingeholt und gerafft. Wie eine hilflose Nußschale schaukelte das Schiff jetzt auf dem Meer, das sich immer mehr wie ein wildes, alles vernichtendes Tier gebärdete, das in seinem schwarzen Schlund alles zu verschlingen drohte. Meterhohe Wellen und Brecher fegten über das Schiff hin; überall waren Wasser und Gischt, herrschten Not, Chaos und Verzweiflung. Schreiende Menschen wurden wie Treibgut durcheinandergewirbelt. Die Kinder in ihrer Mitte versuchten, sich krampfhaft an den Eltern festzuhalten, um nicht über Bord gespült und in die Tiefe gerissen zu werden. Endlich, nach langen bangen Minuten in Todesangst, war der Spuk, so schnell, wie er gekommen war, auch wieder vorbei. Das schwere Gewitter hatte sich ausgetobt, und der Himmel über dem Schiff wurde wieder hell und freundlich. Doch diese kurze Zeit des Schreckens hatte ausgereicht, daß einige der Passagiere nicht mehr auf dem Schiff auffindbar waren. Nach langem Suchen stellte es sich heraus, daß eine ganze Familie aus der Nähe von Zell an der Mosel und ein junger Mann aus der Simmerner Gegend an Bord fehlten. Sie waren die ersten von dieser Gruppe, die das Abenteuer Auswanderung schon jetzt am Anfang nicht überlebt und mit ihrem Leben bezahlt hatten. Noch ehe sie ihre neue Heimat erreichen konnten, hatte sich das Meer unbarmherzig seine Opfer geholt, kleine hilflose Menschen, die nicht mächtig genug waren, gegen die Urgewalten anzukämpfen.

Hannespeters Familie hatte bei diesem Unwetter noch einmal Glück gehabt: In ihrem Lattenverschlag, den Hannespeter zusammen mit Friedrich am Anfang der Reise zur besseren Raumaufteilung für die Großfamilie angebracht hatte, hatte es bei dem Unwetter mehr Schutz und Sicherheit als in anderen, in dieser Weise weniger stabilisierten Kabinen gegeben. Der Schrecken, gerade noch einmal davongekommen zu sein, stand aber allen in den Gesichtern. So meinte Regina, zum ersten Mal fast mutlos, zu Hannespeter gewandt, ihre Kinder, alle naß bis auf die Knochen, fest an sich drückend, es wäre ganz sicher doch besser gewesen, zu Hause weiterhin in Not und Armut geblieben zu sein, ohne diese Schrecken und Todesängste auf sich genommen zu haben, denen sie jetzt hier auf dem Meer ausgesetzt seien. Vielleicht wäre das, was sie jetzt erlebt hatten, erst der Anfang von noch viel schlimmeren und furchtbareren Gegebenheiten, die in Zukunft noch auf sie alle warten würden.

Am nächsten Tag schrieb Regina in ihr Tagebuch: „31. Mai 1827. Gestern brach eine wahre Hölle aus Wasser und Feuer, die vom Himmel auf uns herniederzuckte, über uns herein. Dieses Mal stand uns unser gnädiger Gott noch einmal bei, indem er uns allen half, mit dem Leben davonzukommen. Er weiß alleine, was uns noch alles erwarten wird."

Der letzte Satz ihrer Eintragung endete mit den Worten: „Hoffentlich reicht unsere Kraft noch bis zum Ende dieses Abenteuers."

Zum Glück wurde in den nächsten Tagen das Wetter noch einmal schön und warm, fast schon zu warm, um sich unter Deck aufzuhalten. Dieser Hitze nach zu urteilen, mußte sich das Schiff jetzt schon in tropischen Gefilden befinden.

Das wurde in den nächsten Tagen bestätigt. Denn plötzlich ertönte der Ruf „Land in Sicht!" durch das Schiff. In der Ferne war Land in Sicht gekommen. Beim Näherkommen konnte man tatsächlich mehrere kleine Inseln erkennen, wie schon vermutet, Inseln mit dichtem tropischen Urwald überzogen, vom Schiff aus anzusehen wie schöne grüne Farbtupfer mitten im großen Atlantischen Ozean. Obwohl es ganz unbedeutende kleine Inseln waren, sicher noch nicht einmal bewohnt, war es für die Passagiere auf dem dahingleitenden Segelschiff eine Freude und Erleichterung, endlich noch einmal Land zu sehen. Auch das heisere Schreien einiger Möwen, die die „Piet van Deig" umkreisten, rief bei den Menschen Freude und Erleichterung hervor. Denn, wo Möwen waren, war auch Land in der Nähe, etwas, wonach sich die Passagiere nach so vielen Wochen Schiffsfahrt, ohne etwas anderes als Wasser zu sehen, mehr gesehnt hatten als nach allem anderen.

Bald hatte der Segler bei gutem Fahrtwind die Inselgruppe, die die Menschen so fröhlich gestimmt hatte, passiert und hinter sich gelassen. Von jetzt an war die Einöde Wasser wieder allgegenwärtig, wie in den Tagen und Wochen zuvor. Dieses Mal sollte es aber nicht mehr allzulange dauern, bis wieder einmal Land in Sicht kommen würde.

Langsam näherte sich das Schiff wieder einer oder mehreren Inseln. Beim Annähern war von Kapitän van Haaren zu erfahren, daß es sich um eine von Menschen bewohnte größere Insel handele, und zwar um die St. Nikolaus-Insel im südlichen Atlantik. Das war ein gutes Zeichen dafür, daß der Segler auf richtigem Kurs zum weiter südlich gelegenen Brasilien lag. Bei weiterhin günstigem Wind müßte demnach in einigen Wochen das von allen so sehnsüchtig erwartete Ziel, das gelobte Land Brasilien, erreicht werden.

Diese Hoffnung ging dann auch pünktlich zum 1. August 1827 in Erfüllung. Plötzlich hallte wieder der Ruf „Land in Sicht!" durch das Schiff. Zuerst dachten die Passagiere wieder nur an ein paar neue Inseln. Beim Näherkommen sah man aber am Horizont in der Ferne einen großen langen Landstrich. Jetzt konnte es sich nur noch um Brasiliens Küste handeln, was vom Kapitän auch bestätigt wurde. Endlich lag das Land ihrer Erwartungen zum Greifen nahe vor ihnen!

Im Gegensatz zu der angespannten und bedrückenden Ruhe in den letzten Wochen an Bord liefen die Menschen jetzt an Deck, jubelten laut und freuten sich. Endlich, nach einer langen entbehrungsreichen Schiffsreise mit vielen Gefahren und Ängsten, (im Durchschnitt dauerte die Überfahrt von Europa nach Amerika sechs Wochen, konnte sich aber bei ungünstigem Wind viel länger ausdehnen; die „Pontiac" z.B. brauchte volle 63 Tage, die „April" hat fünf Wochen allein vor Amsterdam auf der Reede gelegen; erst nach sieben Wochen Quarantäne durfte das Schiff die Anker wieder lichten; die Überfahrt dauerte noch einmal sechs Wochen; zwei Drittel der Passagiere starben ...) lag das Land ihrer Träume in greifbarer Nähe vor ihnen. Ein schöner erhabener Augenblick für die Menschen, die schweren Herzens ihre alte Heimat verlassen hatten, um hier ihr Glück von neuem zu versuchen, bot sich ihnen dar.

In langsamer Fahrt kam das Schiff dem Land immer näher. Zum Einlaufen in den Hafen von Rio de Janeiro reichte es aber an diesem Tag nicht mehr. Wie von Kapitän van Haaren zu erfahren war, mußte hier in einiger Entfernung vom Hafen zuerst die Einlauferlaubnis der brasilianischen Hafenbehörde eingeholt und abgewartet werden. So wurde Anker auf der Reede geworfen, um in Ruhe die Entscheidung der Hafenbehörde abzuwarten; eine Entscheidung und Erlaubnis, die schnell kommen, aber auch einige Tage auf sich warten lassen konnte.

Aber schon am nächsten Morgen in aller Frühe kamen zwei Boote der Hafenbehörde auf den Segler zu. Längsseits legten sie am Schiff an, und einige Männer kamen über herabgelassene Strickleitern an Bord.

Nachdem alle Formalitäten erledigt und das Schiff durch einen Arzt als „seuchenfrei" erklärt worden war, bekam der Kapitän die Einlaufgenehmigung für den nächsten Morgen.

Wieder einmal in aller Frühe zum vereinbarten Zeitpunkt ließ der Kapitän die Anker des Schiffes lichten, um langsam und vorsichtig mit der „Piet van Deig" in den Hafen von Rio de Janeiro einzulaufen: ein großer Moment für die Auswanderer, die hier zu Einwanderern wurden. In diesem Augenblick schrieb Regina in ihr Tagebuch: „3. August 1827. Wir haben endlich unser Ziel erreicht und laufen in den Hafen von Rio de Janeiro ein. Wir sind dankbar und glücklich, das hier erleben zu dürfen."

Blick auf Rio de Janeiro, Anno 1820

Drittes Kapitel

In das zur damaligen Zeit noch etwas enge Hafenbecken von Rio, gekrönt und überragt vom steilen Felsen des Zuckerhutes, des Wahrzeichens der Stadt, einzulaufen, war für den Kapitän keine ganz ungefährliche Angelegenheit. Aber mit viel Erfahrung und Fingerspitzengefühl schaffte es der Mann doch verhältnismäßig schnell, die in seiner Hand ganz willige und zahme „Piet van Deig" an einem der vielen Kais anzudocken und festzumachen. Nach dem gelungenen Manöver ging ein verständlicherweise erleichtertes Raunen durch das ganze Schiff: Endlich am Ziel nach so viel Ängsten und Nöten in all den langen Wochen und Monaten der nicht ungefährlichen Überfahrt über den großen Atlantik!

Nachdem das Schiff festgemacht hatte, gab der Kapitän den Passagieren das weitere Vorgehen bekannt. Er sagte, wenn seine Matrosen den hölzernen Laufsteg vom Schiff zum Hafenrand gelegt hätten, könnten alle nach und nach von Bord gehen. Alles Persönliche sollte man dabei mitnehmen. Das andere Gepäck würde von seinen Leuten und den zur Verfügung stehenden brasilianischen Hafenarbeitern zu ihrer vorläufigen Unterkunft transportiert werden.

Nach dieser Bekanntmachung des Kapitäns konnten sich alle Passagiere zum Verlassen des Schiffes bereitmachen. Wie auf der ganzen Reise, kümmerte sich jeder der kleinen Gruppe Hunsrücker Auswanderer um den anderen; vor allem auch um die Kinder: Glücklich hier angekommen und somit sicher das Allerschlimmste hinter sich, sollte nicht hier noch etwas passieren.

Wie beim An-Bord-Gehen in Bremerhaven hatte Hannespeter auch hier seine größeren Kinder fest an der Hand. Die kleineren waren bei Regina, wobei sie die kleine, überaus verängstigte Lisa wieder einmal auf dem Arm hielt.

Anders als bei der Abfahrt in Deutschland bei schlechtem, kaltem und regnerischem Wetter war es hier bei der Ankunft in Brasilien warm und freundlich, sicher ein weiterer Grund, um noch etwas optimistischer als bisher beim Betreten dieses großen, vorerst noch fremden Landes gestimmt zu sein.

Als alle Passagiere das Schiff verlassen hatten, wurden die Einwanderer von einem Vertreter der brasilianischen Einwanderungsbehörde in zwar gebrochenem, aber gut verständlichen Deutsch recht freundlich begrüßt. Im Namen des Kaisers, Dom Pedro I., und der kaiserlich-brasilianischen Regierung rief er den ankommenden neuen Kolonisten ein herzliches Willkommen in ihrer zukünftigen neuen Heimat zu. Dann erklärte er den Menschen alles Weitere. Für die nächsten Tage bis zur Weiterfahrt nach Pôrto Alegre stünde zur vorläufigen Unterkunft eine große Lagerhalle hier im Hafen zur Verfügung.

Mit dem freundlichen Hinweis, daß für die Zeit des Aufenthaltes hier in Rio de Janeiro auch für Verpflegung gesorgt sei, schloß er seine Ansprache mit einem nochmaligen herzlichen Willkommen in seinem Lande. Für die Hunsrücker Einwanderer stellte diese Begrüßung bei ihrer Ankunft einen wohltuenden und fast herzlichen Empfang dar, obwohl einige am allerliebsten gleich weitergefahren wären, ohne noch einmal in diesem fremden Hafen in einer Lagerhalle kampieren zu müssen. Dafür hatten sie den Lagerschuppen in Bremerhaven noch in allzuschlechter Erinnerung. Doch bei der späteren Ankunft in ihrem hier zugewiesenen Quartier herrschte doch bald Erleichterung. Wieder einmal war es zwar keine besonders komfortable Unterkunft; aber im Gegensatz zu dem, was man in dieser Beziehung schon früher erlebt hatte, schien diese Halle hier jedenfalls bewohnbar zu sein, ausgestattet mit sauberen Tischen und Bänken in der Mitte des Raumes, an den Seiten vorbei doppelstöckigen, aus Holz gezimmerten Schlafpritschen. Außerdem alles hell und sauber, machte das Ganze nicht den allerschlechtesten Eindruck, eben eine große Durchgangshalle, scheinbar eingerichtet für alle hier in dieser großen Hafenstadt ankommenden Kolonisten.

Wie überall auf ihrer langen Reise, versuchten sich die Menschen, so gut es ging, auch hier für kurze Zeit einzurichten. Jeder suchte sich sein Plätzchen. Hannespeters Familie überließ man eine Ecke, in der sie alle zusammen unterkamen.

Am Abend des ersten Tages, in dem Land ihrer Zukunft, saßen wieder einmal alle, wie schon so oft auf dieser Reise, in einer Runde zusammen und sangen vertraute Lieder. Noch einmal ertönte auch das Hunsrücker Auswandererlied „Nun ist die Zeit und Stunde da, wir ziehen ins Amerika ...". Sie beteten und dankten Gott dafür, daß er sie bis hierher begleitet und beschützt hatte.

Trotz ihrer Lieder und ihrer ein wenig künstlichen Fröhlichkeit saß dieses kleine Häuflein Hunsrücker Menschen am ersten Abend in dem für sie noch fremden Land doch etwas wehmütig und traurig beieinander. Sie suchten gegenseitig Schutz in der nüchternen Umgebung der Halle. Viele waren innerlich sehr betrübt, kamen sie sich doch endgültig von der alten Heimat verstoßen, entwurzelt, verlassen und hilflos vor. Jeder einzelne war insgeheim vor allem mit sich selbst beschäftigt, und manche schämten sich ihrer Tränen nicht, die ihnen über die Wangen liefen. Noch blieb ja für sie alles ungewiß, was sie hier erwarten würde und was noch auf sie zukommen sollte. In welche Wildnis sie letztendlich geschickt würden, das wußte natürlich noch niemand. Ob sie alle die in der nächsten Zeit noch auf sie zukommenden Prüfungen überhaupt bestehen und meistern könnten, blieb ungewiß und sorgte sie. Doch alles Nachdenken und Sinnieren über das Kommende war eigentlich müßig und unnötig; denn ein Zurück, gleich, wie alles kommen würde, gab es für sie ja nicht mehr. Den Blick nach vorwärts gerichtet, mußten sie jetzt ihren Weg gehen. Es galt dabei, immer fest zusammenzuhalten und – wenn es sein mußte – zu kämpfen und nochmals zu kämpfen, zu ringen ums Überleben. Sicher gesellten sich hier in diesem fremden, wilden Land zu den altbekannten Nöten der Heimat wie Hunger und Armut am Anfang noch viele neue Gefahren hinzu, Gefahren, die noch niemand richtig abschätzen konnte, vielleicht große Gefahren durch neue Krankheiten, durch wilde Volksstämme oder wilde Tiere und Naturgewalten.

Mittlerweile müde von den Strapazen der letzten Stunden, vom vielen Reden und langen Nachdenken, legten die Neuankömmlinge sich auf den harten Holzpritschen zur Ruhe. Zum ersten Mal wieder an Land, ohne das Schaukeln und Rumpeln des Schiffes, schliefen sie auf ihren harten Ruhelagern doch bald tief und fest, bis sie am nächsten Morgen von den hellen, warmen, südlichen Sonnenstrahlen in ihrer neuen Heimat Brasilien zum ersten Mal geweckt wurden.

Nach einem Aufenthalt von nur sieben Tagen in der großen schönen Stadt, von der sie einiges während ihres Hierseins besichtigen konnten, war es dann am 10. August 1827 soweit: Wieder mußten sie ein Schiff besteigen – wenn auch ein kleineres -, um weiter in südlicher Richtung der Küste entlang bis zum äußersten Zipfel Brasiliens, dem Staate Rio Grande do Sul, weiterzufahren, um dort in der Provinzstadt Pôrto Alegre, dem „fröhlichen Hafen", wie die Portugiesen den 1742 von Einwanderern von den Azoren gegründeten Hafenort getauft hatten, das Endziel der weiten Reise zu erreichen. Für diese Fahrt stand im Hafen von Rio wieder ein Dreimaster bereit, dieses Mal aber ein brasilianisches Schiff mit zusätzlicher Dampfmaschine. Mit diesem starken Schiff dürften sie, immer hart an der brasilianischen Küste entlang, in wenigen Tagen den Südzipfel Brasiliens erreicht haben und damit auch das Ende ihrer großen beschwerlichen Überfahrt und Reise.

Von Pôrto Alegre waren es dann nur noch ein paar Meilen in nördlicher Richtung landeinwärts bis zur Kolonie Sao Leopoldo, so benannt nach der Kaiserin Leopoldine, einer gebürtigen Österreicherin. Bei Sao Leopoldo, gelegen am Rio dos Sinos, einem Nebenfluß des größeren Flusses Jacuhy, in einem fast undurchdringlichen Urwaldgebiet, das von mehreren kleinen Flüssen durchzogen wurde, handelte es sich um einen sehr fruchtbaren Landstrich. Hier sollte deswegen, angrenzend an schon bestehendes und zum Teil kultiviertes Siedlungsgebiet vor allem deutscher Einwanderer, neues Rodungsgebiet hinzukommen. Das war gewiß eine große und schwere Aufgabe für die neu ankommenden Hunsrücker Kolonisten, aus undurchdringlichem Urwald fruchtbares Acker- und Weideland zu machen, so wie es einige mutige deutsche Kolonisten, die schon ein paar Jahre früher hierher gekommen waren, den Neusiedlern bereits vorgemacht hatten. Die ersten deutschen Einwanderer wurden also die eigentlichen Wegbereiter für eine sich immer mehr ausdehnende deutsche Kolonie hier im Gebiet um Pôrto Alegre und Sao Leopoldo.

Ausschlaggebend für das Ansiedeln deutscher Kolonisten gerade in diesem Gebiet war in erster Linie wohl das für Europäer angenehme Klima der Landschaft, ein subtropisches gemäßigtes Klima, das trotz recht hoher Luftfeuchtigkeit für Europäer noch erträglich war. Hier in dieser fruchtbaren Zone des riesigen Landes konnte ganzjährig gepflanzt und geerntet werden, da die Temperaturen auch in der Winterszeit von Juni bis November nur ganz selten unter 10°C sanken. Auch in den heißeren Frühlings- und Sommermonaten war hier in dem wasserreichen Gebiet durch dauerndes Bewässern der Felder und Gärten noch ein Pflanzen und Ernten möglich, Voraussetzungen, die die Hunsrücker Menschen ganz bestimmt zu schätzen und zu nutzen wußten, im Gegensatz zu den mageren und kargen Erntemöglichkeiten, die sie aus ihrer alten Heimat kannten. Auf den Hunsrückböden reichten die Ernten selten, um alle hungrigen Mäuler satt zu bekommen. Vor allem ärmere Leute mit wenig Grund und Boden nagten fast immer am Hungertuch und litten oft bittere Not, jahrein, jahraus bedroht durch Mißernten.

Viel schneller als erwartet erreichte das brasilianische Schiff in zügiger Fahrt bereits in den Nachmittagsstunden des 11. August 1827 den Hafen von Pôrto Alegre.

Von weitem schon sah man viele Menschen am Hafenrand stehen und winken. So war es auch ganz anders als bei der Ankunft im Hafen von Rio de Janeiro, wo fast niemand Notiz von den Ankömmlingen genommen hatte. Hier warteten die Menschen sehnsüchtig auf die Ankunft des avisierten Schiffes. Unter den Wartenden waren viele deutsche Kolonisten, die schon in früheren Jahren hier angekommen waren. Sie alle wollten es miterleben, wenn Menschen aus ihrer alten Heimat neu hier ankamen, und hofften, unter den Neuen vielleicht Bekannte, Freunde von einst, nahe oder ferne Verwandte anzutreffen und wiederzufinden.

Nach der Einfahrt in den kleinen Hafen hatte der Kapitän mit seinen Matrosen das Schiff schnell an einem der Landestege vertäut. Nach einigen Erklärungen, die vom Kapitän wieder einmal an die Passagiere übermittelt wurden, konnten nach und nach alle das Schiff verlassen. Als die ersten Hunsrücker an Land gingen, wurden sie von lauten Hallo - und Willkommensrufen der wartenden Menschen am Kai jubelnd empfangen. Das war etwas sehr Schönes und Angenehmes für die doch etwas verängstigt ankommenden Menschen hier im fernen fremden Brasilien, in ihrer eigenen Sprache empfangen zu werden.

Viele der Wartenden fragten die Ankommenden sofort wißbegierig, wo sie herkämen und wie es in ihrer alten Heimat aussähe, und wollten wissen, ob der oder jener auch mitgekommen sei. Hannespeter, Friedrich Gewehr und andere Neuankömmlinge waren sofort von Neugierigen umringt und in Gespräche mit den auf sie wartenden Menschen verwickelt, obwohl in diesem Durcheinander eigentlich wenig Zeit für lange Gespräche blieb. Es konnte nur um kurze Fragen und Antworten gehen. Jeder mußte sich wieder wie auf der ganzen Fahrt vor allem darum bemühen, seine eigene Familie und seine Kinder zusammenzuhalten und niemanden der Angehörigen zu verlieren. Hier im engen Hafenbecken mit dem tiefen Wasser durfte man vor allem die kleineren Kinder nicht von der Hand und aus den Augen lassen. Allzu schnell wäre ein Kind vom Rand des Ufers ins tiefe Wasser gefallen oder wäre auf andere Weise im Menschengewimmel verlorengegangen.

Genau wie bei der Ankunft in Rio de Janeiro, so war auch hier im Hafen von Pôrto Alegre alles gut geregelt und vorbereitet. Alles verlief planmäßig: Zum Weitertransport der ankommenden Kolonisten standen schon genügend Pferdewagen bereit; kleinere zweispännig und größere, sogar vier- oder sechsspännig bespannt. Ein ganzer Schwarm schwarzer Hafenarbeiter begann sogleich mit dem Entladen des Gepäcks vom Schiff auf die wartenden Transportwagen. Die ankommenden Kolonisten mußten freilich gut aufpassen, daß jeder seine Sachen auf seinen Wagen bekam und daß dabei keine Irrtümer passierten.

Nachdem schnell alle wartenden Wagen mit Kisten und Kästen, Säkken und Truhen voller Gepäck richtig beladen waren und alles gut verstaut war, konnten anschließend auch alle Frauen und Kinder der Kolonistengruppe auf ihren jeweiligen Wagen aufsitzen. Die Männer gingen an der Seite der Kolonne zu Fuß mit. Langsam setzte sich der ganze Wagenzug, aussehend wie eine richtige Karawane, in Bewegung und brach zur letzten Etappe auf der großen Reise in die neue Heimat auf.

Ihr Weg führte vom Hafen aus zuerst durch die Stadt Pôrto Alegre, dann weiter in nördlicher Richtung über oft tief ausgefahrene und mitunter auch verschlammte Straßen in Richtung der Kolonie Sao Leopoldo. Jetzt, in der winterlichen Regenzeit, hatten sich die sonst gut zu befahrenden Wege in Morast- und Schlammbahnen verwandelt.

Trotzdem erreichte die Wagenkolonne nach vier Stunden zügiger Fahrt die ersten Pikaden am Rande der Kolonie Sao Leopoldo. Durch diese Kolonie ging es dann noch ein ganzes Stück weiter bis zu den äußersten Pikaden am Rande des Urwalds. Hier war Quartier für die neu Ankommenden gemacht worden, in erster Linie bei jenen Siedlern, die hier schon länger seßhaft waren, Menschen aus den ersten Gründerjahren der Kolonie. Sie stellten ihre Ranchos oder Pikaden den Neulingen gerne zur Verfügung, solange, bis die Neusiedler später eine eigene Pikade auf dem ihnen zugewiesenen Grundstück errichten konnten. Zum Unterbringen neu ankommender Siedler wurden aber auch gelegentlich verlassene Ranchos oder von den Altsiedlern wieder aufgegebene Pikaden zum Bewohnen für die ersten Anfangswochen zur Verfügung gestellt. Mit so einer verlassenen, leerstehenden Pikade mußte Hannespeter mit seiner Großfamilie vorliebnehmen. Zusammen mit Friedrich Gewehr wurde ihnen eine an der Wegstrecke liegende, von früheren Kolonisten wieder verlassene Pikade als ihre Notunterkunft zugewiesen. Sicher war es ein gewisser Vorteil, in diese heruntergekommene und etwas finster und verfallen aus-

Erste europäische Siedlungen im Urwald von Brasilien

sehende Hütte zusammen mit Friedrich Gewehr eingewiesen zu werden. Denn hier, ganz am Rande des angrenzenden dichten Urwaldes, war es sicher besser, wenn bei unerwartet auftauchenden Gefahren zwei Männer diesen entgegentreten konnten.

Als ihr Gepäckwagen vor der teilweise von üppig nachwachsendem jungen Urwald schon wieder halb zugewachsenen Pikade anhielt, betraten als erste Hannespeter und Friedrich das verwilderte Grundstück und die Pikade. Regina mit den Kindern blieb noch auf dem Wagen sitzen und wartete hier zuerst einmal die Reaktion der Männer ab.

Als beide dann zurückkamen, verkündeten sie hoffnungsfroh, daß es doch nicht ganz so schlimm sei, wie es von außen den Anschein habe. Zwar sei alles verschmutzt, mit Staub bedeckt und von Spinnweben überzogen; aber auf der anderen Seite, wenn alles etwas gesäubert würde, wäre diese Hütte doch noch bewohnbar und ganz sicher als Notunterkunft für ein paar Tage oder Wochen von ihnen zu nutzen.

Daraufhin rappelten sich alle auf, um von ihrem Transportwagen herunterzusteigen und den Männern nach und nach in das ihnen vorläufig zugewiesenes Notquartier zu folgen.

In der Zwischenzeit hatte Friedrich schon die beiden schweren Holzläden geöffnet, damit Licht in die hölzerne Hütte hereinkam. Es sah wirklich im Innern nicht so schlimm aus, als es der erste Eindruck von außen erwarten ließ. An den Seiten der recht geräumigen Pikade waren rundum Holzbänke aufgestellt. In der Mitte des Raumes stand ein großer, schwerer, grob zusammengezimmerter Holztisch. Im hinteren Teil der Pikade befand sich in einer Ecke eine mit groben Steinen angelegte Feuerstelle. Ihr gegenüber, sicher an der wärmsten Stelle der Pikade, lag die Schlafecke, wieder einmal mit harten, ebenfalls recht grob zusammengeschlagenen, doppelstöckigen Holzgestellen als Schlafpritschen. Fürs allererste war hier in dieser Unterkunft also alles Notwendige enthalten, um für einige Zeit die Stätte nutzen zu können und um hier am Anfang zu überleben.

Die einhellige Meinung der Kinder war natürlich, daß diese "komische" Hütte hier im Wald bei weitem nicht so schön sei wie ihr gemütliches Hirtenhäuschen zu Hause. Daraufhin beruhigte sie Hannespeter, indem er ihnen versprach, daß sie demnächst sicherlich eine schöne große Pikade bauen würden, die ihnen genauso gut wie ihr Hirtenhäuschen in der fernen Heimat gefallen würde. Damit gaben sich die Kinder auch vorläufig zufrieden.

Jetzt konnte man sich jenen Dingen zuwenden, die im Augenblick vordergründig waren: Die Pikade mußte gereinigt und das viele Gepäck vom Wagen abgeladen und hereintransportiert werden.

In der Zwischenzeit hatte Friedrich vor der Pikade schon ein paar Reisigbesen zusammengebunden, damit sie mit vereinten Kräften dem Staub, dem Dreck und den Spinnweben zu Leibe rücken konnten.

Wie von zu Hause gewohnt, beteiligten sich alle an diesem ersten Hausputz. In kurzer Zeit war so die Pikade unter der Anleitung von Regina so weit vom größten Schmutz und Unrat gereinigt, daß mit dem Einräumen des Gepäcks begonnen werden konnte. Mit Hilfe des kräftigen schwarzen Kutschers, vor dem sich die kleine Lisa natürlich mächtig fürchtete, weil sie zu Hause noch nie so einen schwarzen Mann gesehen hatte, ging das Einräumen schnell vonstatten. Mit dem leeren Transportwagen konnte der hilfsbereite Mann jetzt seine Heimfahrt antreten und hatte somit auch sein Tagessoll erfüllt.

Während der Zeit des Saubermachens und Einräumens hatten Fritz und Peter in der Nähe der Pikade schon für reichlich Brennholz gesorgt, das sie jetzt in Bündeln zur Feuerstelle in der Pikade brachten. Das bald von Hannespeter entfachte, flackernde und wärmende Feuer gab der ärmlichen Hütte ein wenig Glanz und Wärme und ließ sogar diese finstere kalte Pikade sofort in einem freundlichen und angenehmen Licht erscheinen. Nach und nach wurden einige Kisten, Kästen und Säcke geöffnet, um aus ihnen die nötigsten Sachen für den sofortigen Gebrauch herauszuholen: die Wolldecken für die Bettstatt und einige Eimer und Töpfe zum Vor- und Zubereiten einer einfachen, ersten Mahlzeit.

In der Zeit, in der Friedrich aus einem nahen Bachlauf einen Eimer Wasser herbeischleppte, öffnete Hannespeter die Kiste, in der er das Säckchen mit Hafergrütze verstaut hatte, Hafergrütze, die er vor ihrer Abreise zu Hause in der alten wassergetriebenen Bauernmühle im heimischen Bachtal noch gemahlen hatte, gesunde, haltbare und nahrhafte Hafergrütze als eiserne Ration für alle Notfälle.

Nachdem der große Kochtopf über der Feuerstelle an einem Haken festgemacht und Friedrich zwischenzeitlich mit dem Eimer sauberen Bachwassers zurückgekommen war, stand der Zubereitung einer kräftigen warmen Mahlzeit hier in dieser Notbehausung nichts mehr im Wege.

Während das Abendessen in dem großen, gußeisernen Topf über dem Feuer brutzelte, versuchte Regina nach Gewohnheit und Hausfrauenart, sogar hier in dieser primitiven Urwaldpikade eine etwas freundlichere und gemütlichere Atmosphäre zu schaffen: Aus der Haushaltskiste holte sie eine große Leinentischdecke hervor, um damit den allzu groben Holztisch abzudecken und ihn etwas freundlicher aussehen zu lassen. Dazu legte sie auch ein paar Wolldecken auf die harten Holzbänke. Hierdurch etwas gemütlicher in der abendlichen Tischrunde sitzend, ließen sich alle die von Regina zubereitete Suppe gut schmecken.

Hiervon gesättigt, aber auch sehr müde und abgespannt von den Strapazen dieses für alle sehr aufregenden Tages, verschwanden die Kinder nacheinander in ihrer Schlafecke. Nach dem gemeinsamen Abendgebet von der Mutter noch warm zugedeckt, schliefen sie bald tief und fest.

Selbst auch sehr müde und gestreßt, fanden Regina und die beiden Männer aber so schnell noch keine Ruhe. Am warmen Feuer sitzend, redeten sie noch lange über dies und jenes, über ihr Heimweh und den Verlust ihrer über alles geliebten alten Heimat, an die sie in dieser ruhigen besinnlichen Stunde, sich noch etwas verlassen vorkommend, schmerzlich zurückdachten. Sie dachten aber auch an ihre Angehörigen zu Hause, an den Vater und an die Mutter, an liebe Menschen in ihrem Dorf, die sich seit ihrer Abreise sicher sehr geängstigt und um sie gesorgt hatten, an die fast über ihre Kräfte gegangene Schiffsreise und die Nöte und Todesängste, die sie mit den Kindern zusammen hatten ausstehen müssen. Zu den glücklich hinter ihnen liegenden Strapazen der Seefahrt kamen jetzt aber schon wieder neue Ängste hinzu, Ängste, wie sie diese erste Nacht in der Wildnis, ganz alleine auf sich gestellt, überstehen würden.

Ganz sicher warteten auch hier wieder Gefahren auf sie, neue Gefahren, von denen sie in ihrer Heimat nichts geahnt und gewußt hatten. Um dem allen etwas vorzubeugen, beschlossen sie, vor dem Schlafengehen alle Fenster und die Tür so zu verbarrikadieren, daß es eventuellen Eindringlingen nicht allzu leicht fallen würde, in die Pikade einzubrechen. Als zusätzlichen weiteren Schutz kam man überein, daß die beiden Männer die Nacht über abwechselnd Wache halten sollten, die erste Nachthälfte Friedrich und die zweite Hannespeter.

Nach dieser Absprache versuchten Regina und Hannespeter, etwas Ruhe zu finden. Friedrich, mit seinem scharfen Zimmermannsbeil bewaffnet, harrte der Dinge, die eventuell auf sie zukommen könnten. Aber außer einigen etwas unheimlich anzuhörenden, ungewohnten Urlauten fremder Urwaldtiere, die scheinbar nach ihren Artgenossen riefen, blieb es Gott sei Dank in dieser ersten Nacht ruhig und friedlich. Richtig erleichtert war man aber erst, als die ersten Sonnenstrahlen durch die Ritzen der Pikade schienen; beruhigt verfielen alle noch einmal in einen tiefen festen Schlaf fast bis in die Mittagszeit des neuen Tages hinein. Jetzt machte man Tür und Fenster wieder weit auf, um frische Luft und die wärmenden Sonnenstrahlen in die Pikade hereinzulassen; warme, angenehme, lebenspendende Sonnenstrahlen, die nach der doch recht kühlen Nacht allen gut taten. Das etwas verdrießliche und regnerische, nasse Wetter der letzten Tage schien sich über Nacht geändert zu haben. Es würde, so wie es aussah, ein angenehmer, heller, sonniger Tag werden, ganz sicher dazu angetan, diesen ersten Tag in der neuen Heimat etwas optimistischer anzugehen, als das gestern bei der Ankunft hier noch der Fall gewesen war. Von dem schönen Wetter angetan, beschloß Hannespeter, zusammen mit den beiden Jungen Fritz und Peter, die nähere Umgebung der Pikade zu inspizieren, in Augenschein zu nehmen und etwas näher zu erforschen. Friedrich sollte in der Zeit ihrer Abwesenheit bei Regina und den Mädchen bleiben. Vor der Pikade, auf alten umgefallenen Baumstämmen in der Sonne sitzend, konnten sie dort in aller Ruhe die Rückkehr von Hannespeter und den Jungen abwarten.

So wie beschlossen, gingen die drei – Hannespeter, Fritz und Peter - auf den abweisend erscheinenden, furchteinflößenden, dichten dunklen Wald zu, einen Wald, der noch viel mächtiger und dunkler war als die Waldungen in ihrer Heimat, die oft doch auch recht finsteren und dunklen Hunsrückwälder.

Die Hoffnung, hier im Urwald etwas Neues, nie Gesehenes zu entdecken, trieb sie immer weiter in die Dickichte hinein. Vielleicht würden sie hier auf saubere, quellklare, fischreiche Bäche stoßen oder auch Fruchtgewächse entdecken. Fruchtgewächse wie Datteln, Feigen oder gar Apfelsinenbäume, Dinge, von denen in ihrer Heimat viel erzählt worden war und womit die Werber die Auswanderer sogar gelockt hatten. Von einem Schlaraffenland, in dem man die schönsten Früchte nur von den Bäumen zu pflücken brauchte, hatten die Agenten immer wieder gesprochen. Viel seltener war die Rede gewesen von den sehr großen Gefahren, denen hier in diesem tropischen Land Europäer leicht zum Opfer fallen könnten. Kein Wort war gefallen über wilde Indianerstämme oder gefährliche Tiere, wie zum Beispiel Schlangen, Affen, Pumas und Panther. Aber nichts von allem begegnete ihnen hier, außer einigen großen bunten papageiartigen Tropenvögeln, die ihnen schreiend und krächzend dicht über die Köpfe strichen. Vielleicht waren das Ablenkungsmanöver oder Warnrufe für Artgenossen und andere Tierarten. In diesem dichten Urwaldgebiet schien vieles anders als das, was man bisher gekannt hatte. Eine neue Welt mit eigenen Gesetzen tat sich vor ihnen auf.

Von Anfang an hatten die drei Hunsrücker mit dem dichten Pflanzenwuchs zu kämpfen. Manchmal standen sie vor einem schier undurchdringlichen Dickicht aus Schling- und Kletterpflanzen, Orchideenarten, Lianen und anderen tropischen Gewächsen, von Kakteen und hohen Gräsern. Viele dieser Pflanzen waren bestrebt, an den starken Urwaldriesen, an Paranuß-, Palisander- oder Gummibäumen hochzuranken, um dann wieder von oben herab als Lianenstränge herunterzuwachsen. Hier, an dieser Stelle des Urwaldes, war ein tropisches Pflanzenwirrwarr anzutreffen, wie es sich Europäer kaum vorstellen konnten. Um daraus unbeschadet wieder herauszukommen, beschloß Hannespeter, mit den Jungen umzukehren und den Rückzug zur Pikade anzutreten. In dieser Bedrängnis meinte Peter dann, zu seinem Vater gewandt, es wäre sicher gar nicht so schlecht, wenn sie einen ihrer treuen Gefährten von zu Hause bei sich hätten, einem ihrer beiden Hütehunde Barri und Tell, die sicher viel besser aus diesem Gewirr herausfinden würden, als sie es selbst konnten. Das bestätigte Hannespeter den Jungen und fügte hinzu, daß er mit der Zeit auch hier unbedingt wieder einen treuen Hund anschaffen wollte, wozu

Fritz dann noch meinte, daß ein Hund sicher auch eine gute Abwehr gegen eventuell vorkommende Raubtiere sein könnte.

Auf ihrem weiteren Rückweg hatten sie bald wieder etwas offeneres, freieres Gelände erreicht, ein Gelände, das von Brandrodungen und den Kultivierungsversuchen der ersten Kolonisten schon etwas durchforstet und gelichtet war, das aber nach der kurzen Zeit des Brachliegens schon wieder im Begriff war, zu neuem jungen Urwald zu werden. Gerade die jungen, überaus zähen Gewächse der Schling- und Rankenpflanzen bereiteten den drei Pfadfindern hier nicht viel weniger Schwierigkeiten als das Gewirr vorhin mitten im Urwald.

Ihr Ziel, ihre Hütte bald wieder zu erreichen, gestaltete sich zusehends schwieriger, so schwierig, daß sie in diesem Gewirr von jungen Pflanzen, Sträuchern und kleinen Büschen bald ihre Orientierung verloren hatten. Dabei mußten sie nach einiger Zeit, als die Pikade in weiter Ferne endlich in ihrem Blickfeld auftauchte, feststellen, daß sie jetzt aus einer ganz anderen Richtung auf ihr Ziel zukamen, als sie es vorhin verlassen hatten, eine Erkenntnis, die sich aber noch als sehr nützlich und gut erweisen sollte. Auf ihrem jetzigen Heimweg sahen sie in einiger Entfernung einen großen, vorher noch nicht wahrgenommenen grünen Busch, ein eigenartiges Gewächs, das ihre Neugierde weckte und sie veranlaßte, darauf zuzugehen. Beim Näherkommen erkannten sie grüne, feste, palmenartige, großblättrige bis fast auf den Boden herabhängende Zweige. Dazwischen glaubten sie, gelbe Früchte durchschimmern zu sehen. Als sie endlich dieses für sie aus der Ferne recht sonderbare Gewächs erreicht hatten, erkannten sie, daß es sich um einen großen Bananenstrauch handelte, voller reifer Früchte. Ob es sich um einen hier wildwachsenden Bananenstrauch oder um einen von früheren Kolonisten an diesem Ort gepflanzten handelte, wußten sie natürlich nicht. Auf jeden Fall war es ein Glücksfall für sie, fast am Ende ihres Ausfluges noch auf dieses wundersame Gewächs gestoßen zu sein. Mit seiner scharfen Machete, die er hier, genauso wie die „Heb" zu Hause auf seinen Weidegängen, immer bei sich führte, schlug Hannespeter einige

Bananenstauden mit vielen reifen Früchten ab, so viele, wie sie in der Lage waren, nach Hause zu tragen. Eine große Bananenstaude auf den Schultern der Jungen und zwei auf den eigenen Schultern, so machten die drei sich auf den Rest des Heimweges. Die Last auf ihren Schultern war gering gegen das große Glücksgefühl in ihnen, mit ihrem schönen Fund der wartenden Mutter und den Geschwistern eine große Freude zu bereiten. So war es auch bei ihrem Ankommen an der Pikade. Als Regina erkannte, was ihre „Männer" da auf den Schultern heranschleppten, brach sie in Freudentränen aus. Vieles hatte sie erwartet, aber nicht, was sie da vor sich sah: süße wohlschmeckende Früchte in einem Augenblick, in dem sie diese nötiger als sonst irgend etwas hatten, vor allem für die Kinder, die schon so viel Not auf der entbehrungsreichen langen Schiffsreise gelitten hatten. Die drei Mädchen wußten überhaupt nicht, was der Vater und die Brüder ihnen da brachten. Solche Früchte hatten sie in ihrer Heimat ja noch nie gesehen, geschweige denn gegessen. Vielleicht gab es diese feinen Sachen in Deutschland schon auf Märkten in Bremen oder Hamburg zu kaufen, ganz sicher aber nicht auf den Märkten in Kastellaun oder Simmern und erst recht nicht für arme Hirtenkinder in einem abgelegenen Hunsrückdörfchen.

Die Kinder kamen jetzt zum ersten Mal in den Genuß, solche Früchte zu probieren. Jetzt durften sie alle sogar, so viel sie wollten, davon essen. Von der Mutter vorgemacht, wie man diese für sie sonderbaren Früchte schälte, genossen die fünf Kinder zum ersten Mal in ihrem Leben die süßen leckeren Früchte.

Die kleine Lisa, vor Hunger, Angst und Schrecken auf der für sie besonders strapaziösen Reise richtig dünn und mager geworden, zeigte zum ersten Mal beim Anblick dieser schönen Früchte wieder ein scheues schönes Lächeln. Eines dieser gelben Dinger in ihren abgemagerten dünnen Fingerchen haltend, vermeinte man, ein Strahlen aus ihren blauen Augen in ihrem schönen Gesichtchen wieder neu zu entdecken, so wie man es von ihr zu Hause ja immer gewöhnt war. Allzu viel war in der letzten Zeit auf das eigentlich doch lebensfrohe Mädchen eingestürzt und mußte von der Kleinen erst nach und nach verarbeitet werden, Dinge, vor denen sie große Furcht hatte, die sie nicht verstehen und auch nicht ohne Schaden bewältigen konnte.

Angefangen hatte alles mit dem Abschied aus dem Hirtenhäuschen, in dem sie trotz Armut, Hunger und oft bitterer Not doch recht glücklich gewesen war und das sie nie hatte verlassen wollen. Dazu kamen dann die Ängste und Nöte schon am Anfang der weiten Reise, als das lärmende Dampfschiff im Hafen von Oberwesel hupend und kettenrasselnd auf sie am Ufer zukam und sie dieses Ungetüm dann auch noch betreten mußte. Es wäre noch viel zu berichten über weitere große Schrecken für das kleine Hunsrücker Mädchen, ehe es dann im Hafen von Pôrto Alegre endlich gelandet war.

Damit ja keine von den für sie wertvollen Früchten verkommen sollte, hängte Friedrich den Rest der Bananen an einer Liane, die er zu diesem Zweck schnell aus dem nahen Busch geholt hatte, in der Pikade unter das Dach. Hier konnten sie, vor Hitze und Nässe witterungsgeschützt, weiter reifen und aufbewahrt werden als guter Vorrat für die nächsten, sicher schweren und entbehrungsreichen Tage hier in dieser Wildnis. Ähnlich hatte man zu Hause im Spätjahr nach der Ernte verschiedene Knollen und Früchte in Scheunen und Speichern aufgehängt und gestapelt, um in der langen Winterzeit mit Früchtevorräten versorgt zu sein. Zu diesem, hier im richtigen Moment glücklich gefundenen Früchtevorrat mußten aber auch noch andere lebenswichtige Nahrungsmittel herangeschafft und besorgt werden, zusätzlich zu den Lebensmitteln, die sie von zu Hause mitgenommen hatten, die aber in erster Linie als eiserne Ration in Notfällen gedacht waren.

Daher beschloß man, zu versuchen, entweder auf dem Markt in Sao Leopoldo oder bei den hier in der Nachbarschaft schon länger ansässigen Kolonisten nach dem Allernötigsten nachzusuchen. Dieses Mal sollte es Friedrichs Aufgabe sein, in dieser Beziehung vielleicht etwas zu finden.

Wie beschlossen, machte sich Friedrich in seiner Mission gleich am zweiten Tag ihres Hierseins auf den Weg. Über holprige schlecht ausgebaute Urwaldwege und halb schon wieder zugewachsene Pfade erreichte er nach einer guten Stunde Wegzeit, immer der Nase nach, endlich die erste Pikade eines Kolonisten. Es war das Anwesen eines ebenfalls deutschen Auswanderers aus der Pfalz. Schon mit der ersten Siedlern war er mit seiner Familie - seiner Frau und den beiden Söhnen - aus einem kleinen Dorf bei Landau hier in den Urwald von Brasilien gekommen, als einer der ersten deutschen Kolonisten und als Mitbegründer der überwiegend deutschstämmigen Kolonie Sao Leopoldo, einer Kolonie, in die ihm in den nächsten Jahren danach noch viele deutsche Auswanderer nachfolgen sollten.

Karl Lenz war, wie die meisten, die ihre Heimat verlassen mußten, auch aus Hunger und Not aus seinem kleinen pfälzischen Bauerndörfchen hierher in den brasilianischen Urwald geflüchtet. Hier hatte er sich mit viel Fleiß, Mühe, Mut und starkem Willen gegen große Widerstände und Gefahren durchgesetzt, gegen Gefahren und Widerstände, die hier in der Anfangszeit fast übermächtig waren, die einen Teil der Auswanderer mit noch so gutem Willen und der festen Absicht, für immer hier zu bleiben, am Ende doch noch scheitern und den ungastlichen Ort wieder verlassen ließen.

Karl Lenz dagegen hatte sich mit eisernem Willen durchgesetzt: Mit Brandrodungen und mühseligen Kultivierungsarbeiten hatte er es in weniger als drei Jahren dann doch so weit geschafft, daß er einen kleinen Teil seiner Ernteerträge jetzt schon verkaufen konnte. Von diesen wenigen Einnahmen wiederum hatte er sich andere, für sein Überleben hier im Urwald wichtige Dinge angeschafft, um hier Stück für Stück immer mehr Fuß zu fassen und dadurch seine weitere Existenz zu festigen. Als einer der ersten deutschen Kolonisten und Pioniere hier am Rande dieser Welt, hatte er schließlich, einige Jahre später, dieses Ziel seines Lebens erreicht.

Wie Friedrich weiter von dem freundlichen und unterhaltsamen Mann erfuhr, war auch dessen Anfang hier schwerer gewesen und von unvorhersehbaren Dingen mehr überschattet, als er sich das vorgestellt hatte, so hart und mit so vielen Gefahren verbunden, daß er nur mit großem Glück, wie er meinte, das alles gemeistert und überstanden hatte und mehr als einmal daran gedacht hatte, alles aufzugeben.

Die allergrößten Gefahren, wie der Pfälzer weiter erzählte, wären in der Anfangszeit wohl von den Schlangen ausgegangen, zum Teil sehr giftigen Reptilien, denen man beim Roden und Kultivieren an manchen Tagen auf Schritt und Tritt begegnet sei. Aber auch die Gefahr, die von den Ureinwohnern ausging, die um ihre Heimat und ihre Jagdgründe bangten, sei in der Anfangszeit nicht gering gewesen. Einmal hätte eine ganze Horde von ihnen versucht, seine gerade neu errichtete Pikade wieder zu vernichten und in Brand zu setzen. Natürlich sei, wie er weiter erzählte, diese Gefahr in der letzten Zeit geringer geworden. Durch immer neue und größere Gruppen europäischer Kolonisten, die hierher gekommen seien und sich ringsum angesiedelt hätten, seien die Indios in gleicher Weise immer mehr zurückgedrängt worden. Alleine in diesem Jahr seien schon mehr neue Siedler hier eingetroffen, als in den ersten Jahren zuvor. Dadurch hätte sich die Gegend um Sao Leopoldo zu einer starken und immer sicherer werdenden Zone für neu ankommende Kolonisten entwickelt, was aber nicht heißen sollte, wie er weiter dazu vermerkte, daß neu ankommende Kolonisten in den äußeren, ihnen von der Regierung zugeteilten Urwaldparzellen, nicht mehr mit diesen Gefahren rechnen müßten.

Dies war eine nicht ganz so gut klingende Auskunft für Friedrich, wenn er daran dachte, in welche äußerste Ecke dieses Urwaldes sie vielleicht einmal zum Siedeln geschickt würden. Aber im Augenblick waren diese Nachrichten und Ausblicke für ihn ja noch nicht akut und daher wohl auch eher zweitrangig. Jetzt, heute und morgen und in naher Zukunft, ging es um andere, gewiß vorrangigere Probleme, nämlich um das Überleben in den kommenden schweren Tagen und Wochen hier im Urwald ohne allzu große Not und ohne Hunger.

So schilderte Friedrich also Karl Lenz seine Lage und Besorgnis und fragte ihn, ob es dem Pfälzer Nachbarn wohl möglich sei, für ihn und eine Familie mit fünf Kindern etwas an Lebensmitteln abzugeben. Freundlich und hilfsbereit, wie er sich die ganze Zeit über gegeben hatte, sagte der gütige Mann seine Hilfe sofort zu. Selbstverständlich wolle er ihnen in ihrer Notlage helfen, so gut er das könne. Einen halben Sack Mais könne er ganz sicher entbehren und wolle ihnen damit fürs erste weiterhelfen, so daß die armen Kinder in der alten abgelegenen Pikade wenigstens in der allergrößten Not etwas zu essen hätten. Weiter bemerkte er, den Mais würde er natürlich ohne Bezahlung abgeben, denn man müsse sich ja hier in der Einsamkeit gegenseitig beistehen, sonst sei man in Notzeiten ganz und gar verloren. Wenn sie später selbst einmal in der Lage seien, nach eigener Ernte den Mais zurückzugeben, wäre das für ihn so in Ordnung.

Sehr beeindruckt von der Güte des Mannes und überaus dankbar, verließ Friedrich, den halben Sack Mais auf seinen Schultern, das Grundstück von Karl Lenz. Trotz der schweren Last auf seinem Rükken ging es Friedrich jetzt so wie Hannespeter und den Jungen, die auch vor lauter Freude über ihren Fund nicht gemerkt hatten, wieviel sie sich mit ihren schweren Bananenstauden aufgeladen hatten. Freudig und fast beschwingt ging Friedrich den holprigen und verwachsenen Urwaldpfad, fast noch gelöster als vorhin auf dem Hinweg ohne diese Last auf den Schultern, zurück, in dem freudigen Bewußtsein, daß das, was er auf seinen Schultern trug, sie für einige Zeit vor allzu großer Not und vor Hunger bewahren konnte.

Vielleicht könnte man sogar noch ein paar Maiskörner als zusätzliches Saatgut zu dem, was sie von zu Hause an Roggen, Hafer und Gerste schon mitgebracht hatten, abzweigen. Etwas Mais zu den heimatlichen Getreidesorten für die erste Aussaat auf ihrem hoffentlich bald zugeteilten neuen Grund und Boden wäre sicher nicht schlecht.

Beschäftigt mit diesen Gedanken im Kopf, erreichte Friedrich in den Nachmittagsstunden die Pikade, freudig empfangen von den Kindern, die ihm beim Näherkommen schon entgegengelaufen waren, aber auch von Regina und Hannespeter, die vor der Pikade zu tun hatten. Sie alle waren gerade damit beschäftigt, aus jungen Lianensträngen eine Art Hängematte zu flechten, die später, aufgehängt in der Pikade, eine bequemere Schlafgelegenheit besonders für die kleineren Kinder bieten würde als die harten Holzgestelle, mit denen sie bisher hatten vorliebnehmen müssen. Die Arbeit gelang Hannespeter als gelerntem Korbflechter besonders gut. Friedrich hatte sich in der Zeit schon auf einem der alten, halbvermoderten Baumstämme, die vor der Pikade umgebrochen lagen, niedergelassen. Als sich nach und nach auch alle anderen ihm zugesellt hatten und ihm aufmerksam lauschten, erzählte er ihnen, wie es ihm ergangen und wo er gewesen war.

So berichtete Friedrich jetzt, daß er am Morgen nach einer guten Stunde Fußmarsch die Hütte eines ebenfalls deutschen Kolonisten aus der Pfalz erreicht hatte. Bei diesem Mann namens Karl Lenz, der aus einem kleinen Dorf in der Nähe von Landau vor wenigen Jahren als einer der ersten Kolonisten hierher gekommen sei, hätte er dann vorgesprochen und auf seine Bitte auch Gehör gefunden. Mit dem überaus gastfreundlichen und auch sonst sehr umgänglichen Mann hätte er sich lange unterhalten und zum Schluß von ihm auch das bekommen, wonach er an diesem Morgen gebeten hatte, Lebensmittel in Form eines halben Sackes Mais, für den er noch nicht einmal etwas hatte zu bezahlen brauchen.

Recht frohgemut und voller Zukunftshoffnung nach allem, was Friedrich ihnen von seinem Zusammentreffen mit dem Kolonisten Karl Lenz zu berichten hatte, blieben alle noch lange im kühlenden Schatten vor der Pikade sitzen. Alles, was er erfahren hatte, mußte Friedrich ausführlich erzählen; am liebsten natürlich nur Erfreuliches und Aufmunterndes wollten sie hören. Auch die Warnung vor den Schlangen, wie sie Karl Lenz eindringlich Friedrich geschildert hatte, fand offene Ohren und aufmerksame Zuhörer. Friedrich warnte vor allem die Kinder, im Freien immer auf Schlangen zu achten, ihnen nie zu nahe zu kommen und schon gar nicht auf sie zu treten. Gerade die gefährlichen Giftschlangen stellten hier in den Tropen eine größere Gefahr dar, als es sich viele eigentlich vorstellen konnten. Schon aus der alten Hunsrücker Heimat war allen der Spruch geläufig, der da lautete: „Willst Dau, Hannes, noh Brasilje ziehe, wo Deich die Affe un die Schlange kriehe?"

Von diesem Unerfreulichen kehrte der Berichterstatter immer wieder zu Erfreulicherem zurück, zum Beispiel zu dem sagenhaften Wachstum und der großen Fruchtbarkeit hier in dieser subtropischen Zone. Verschiedene Sorten Getreide, vor allem aber Mais und Sojabohnen sowie einige Knollengewächse, aber auch Kürbisse und Melonen würden hier sehr gut gedeihen. Ohne allzu große Mühe brauche man an geeigneten Stellen den Boden nur ein wenig aufzulockern und Saatgut hineinzubringen, um sich bald bei einigermaßen guter Bewässerung an einem üppigen und kräftigen Pflanzenwuchs erfreuen zu können. Das sei ganz anders und viel einfacher, als das in der alten Heimat drüben auf den sehr kargen und rauhen Hunsrückböden der Fall gewesen sei. Von Friedrichs Erzählungen animiert und ermuntert, freute man sich jetzt schon auf den Tag, an dem ihnen ihr eigenes Land zugeteilt werden würde, eigener Grund und Boden zum Säen, Pflanzen und Ernten. Besonders auch Regina war von diesen guten Aussichten, wie sie Friedrich geschildert hatte, sehr angetan. Sie stellte sich im Geist schon richtig vor, was sie in der nächsten Zeit für einen wunderschönen Garten rund um ihr neues Heim, ihre zukünftige Pikade, anlegen und gestalten würde, einen bunten blühenden Garten dort, wo jetzt noch dunkler ungerodeter Urwald war.

So sollte es einmal werden, von ihr angelegt mit den schönsten Sträuchern und Gewächsen; ebenso schön und geordnet mit viel Fleiß und Liebe geschaffen, wie sie das zu Hause in ihrem Garten am Hirtenhaus auch immer getan hatte. Hier würde der Garten sicher etwas anders geartet sein als dort daheim: Statt Johannisbeer- und Stachelbeersträuchern würden es hier vielleicht Apfelsinen-, Zitronen- und Dattelbäume sein, dazu in bunter Vielfalt tropische Blumen und Blüten, keine Stiefmütterchen, Vergißmeinnicht und Herbstblümchen wie zu Hause, sondern Orchideen und Lilien in verschwenderischer Pracht. Im Augenblick war das für sie sicher noch ein Wunschtraum, der erst mit der Zeit einmal Wirklichkeit werden könnte.

Genau wie Regina hier viel Zeit hatte, sich Gedanken über ihre Zukunft zu machen, hatte auch Hannespeter schon einige Pläne und

Vorstellungen, vielleicht auch Wunschträume, was er dazu beitragen könnte, um für sie alle hier in der Anfangszeit einen etwas besseren Beginn zu ermöglichen. Hierbei besann er sich auf sein altes Handwerk, das Korbflechten. Die lange Wartezeit wollte er dazu nutzen, eine ganz neue Art des Flechtens auszuprobieren. So, wie er in der langen arbeitslosen Winterzeit zu Hause Körbe mit Weiden und Haselnußruten geflochten hatte, wollte er es hier im Busch einmal mit einem ganz anderen Material versuchen. Statt mit Ruten wie zu Hause, wollte er es hier mit den überall zahlreich wachsenden Schling- und Kletterpflanzen ausprobieren, wobei er zu der Erkenntnis kam, daß sich die zähen, haltbaren und leicht biegsamen Gewächse tatsächlich gut zum Flechten gewisser Dinge eigneten.

Er könnte hieraus, seiner Ansicht nach, leicht Schlaf- und Hängematten anfertigen, Gegenstände, die hier in der Wildnis sicher gut zu gebrauchen und zu nutzen wären, in den Pikaden zum Beispiel, aufgehängt als bequeme Schlafstätten, als Ersatz zu den bisher üblichen harten Holzpritschen, und vor den Pikaden im Freien als Hängematten an schattigen Stellen zwischen zwei Bäumen befestigt zum Ausruhen und Entspannen nach getaner Arbeit, oder aber auch als Ruhestätte in der allergrößten Mittagshitze, in der hier das Arbeiten sowieso nicht möglich war.

Von diesen neuen Plänen regelrecht „besessen", wollte Hannespeter auf jeden Fall während seiner weiteren Wartezeit hier diese Arbeiten einmal ausprobieren und, wenn machbar, einige Matten anfertigen, um sie später auf ihrem hoffentlich bald neu zugeteilten Grund und Boden und in den darauf entstehenden Gebäuden nutzen zu können. Sollte sich dabei herausstellen, daß seine Arbeiten wirklich zu gebrauchen waren, könnte das am Anfang hier vielleicht schon ein kleiner Lichtblick sein. Es könnte für ihn ein Anreiz sein, hiervon mehr herzustellen, um sie auf nahen Märkten anzubieten und mit etwas Glück vielleicht auch für gutes, zu dieser Zeit dringend benötigtes Geld, zu verkaufen, mit dem wieder andere vorrangige Sachen eingekauft werden konnten.

Viele derartige Überlegungen gingen den Neusiedlern Tag und Nacht durch den Kopf. Vor allem hier, in dieser tatenlosen langen Wartezeit, hatten sie zum Nachdenken viel mehr Zeit als sonst in ihrem ganzen Leben. Alle Gedanken drehten sich um den Anfang hier und auch darum, ob sie es jemals schaffen würden, hier in Brasilien auch wirklich Fuß zu fassen. Die Beschaffung neuer Lebensmittel durch Friedrich hatte ein wenig zu ihrer Beruhigung beigetragen und ihnen manche Sorgen genommen. Ihre Lage war jetzt etwas entschärft worden und entspannt. Doch es gab immer noch keine große Hoffnung, dies alles auch in den nächsten Wochen und Monaten gut überstehen zu können.

Als erfreulich dagegen war zu vermerken, daß es den Kindern, seitdem sie wieder festen Boden unter den Füßen hatten, wesentlich besser zu gehen schien als zuvor. In dem schönen warmen Klima hier erholten sie sich scheinbar gut. Langsam schienen auch die Ängste ganz von ihnen zu weichen, die von der langen strapaziösen und manchmal sogar lebensgefährlichen Reise immer noch an ihnen hafteten. Von morgens bis abends spielten und tollten sie in der Nähe der alten Pikade herum. Die Mädchen spielten mit ihren Puppen und die Jungen mit anderen Dingen, die ihnen Freude machten. Für sie gab es hier sehr viel mehr Neues, dabei auch vorher nie Erlebtes, zu entdekken, als sie das vorher geglaubt hatten. An tief bis auf den Boden herabhängenden Lianensträngen konnten sie besser schaukeln und klettern, als dies zu Hause jemals möglich gewesen wäre; das war nicht zu vergleichen mit ihrer Kuhjochschaukel in der Scheune, die ihnen wenig Spielraum gelassen hatte. Sogar die kleine, anfangs völlig eingeschüchterte Lisa hatte sich wieder etwas gefangen, blühte förmlich auf und traute sich, mit den Jungen auf so einer Lianenurwaldschaukel zu schaukeln.

Während die Kinder so im Spiel viel von den vorangegangenen Strapazen vergaßen, befaßten sich die Männer mit anderen ernsthafteren Dingen. Seit ein paar Tagen durchstreifte Friedrich den nahen Urwald. Er wollte an Ort und Stelle herausfinden, welche Baumarten und welche Gewächse für den späteren Bau von Pikaden und Ranchos am vorteilhaftesten wären. Hier wollte er schon einmal feststellen, wie hart oder biegsam manche Hölzer seien und für welche Zwecke sie sich seiner Ansicht nach später am besten verarbeiten ließen, vielleicht die harten Palisanderbäume zum Bau der Pikade oder andere, etwas weichere Hölzer für Gartenzäune. Nach dieser jetzt doch schon recht langen Wartezeit konnte man ja jeden Tag damit rechnen, daß Landvermesser der Regierungsvertreter auftauchen und den neu angekommenen Siedlern ihre Grundstücke zuteilen würden, um danach endlich auf eigenem Grund und Boden mit voller Kraft an die Arbeit gehen zu können. Sich als allerserstes eine Unterkunft und ein Dach über dem Kopf zu schaffen, hatten alle sich vorgenommen, um später mit dem Roden und Kultivieren des Landes zu beginnen. Mit etwas Glück würde man vielleicht ein gutes Stück Land bekommen, das nicht allzuschwer zu erschließen sei, eine Fläche nicht allzustark und dicht bewachsenen Urwaldes, am besten vielleicht eine nur mit Pampasgras oder mit etwas leichterem Gestrüpp bewachsene Zone, die es hier weiter landeinwärts geben sollte.

Eine andere Frage würde dann sein, wie es mit der Fruchtbarkeit des Bodens aussähe, ob eventuell in dieser Beziehung dichter Urwald besser zu kultivieren sei und den Pampasgrasflächen vielleicht sogar vorzuziehen wäre. Im Grunde genommen waren aber in diesem Augenblick solche Überlegungen müßig, denn man mußte ja damit vorliebnehmen, was einem von den Behörden zugeteilt wurde.

Nach weiteren zwei Wochen ungeduldigen Wartens war es eines Tages endlich soweit: Ein Meldereiter der hier zuständigen Behörden kam bei allen Neuankömmlingen vorbei, um ihnen auszurichten, daß Anfang der kommenden Woche Land vermessen und zugleich den jeweiligen Besitzer zugeteilt würde. Zu diesem Zweck würden wieder einmal Pferdegespanne eingesetzt, die sie mit allem Gepäck zu ihren zukünftigen Parzellen transportieren würden. Weiter sagte er, auf den einzelnen Parzellen würden am selben Tag von brasilianischen Helfern noch Notunterkünfte erstellt, kleinere primitive Hütten, die fürs erste Schutz vor der Witterung für ein paar Tage bieten sollten, für die Zeit also, bis in Gemeinschaftsarbeit auf jedem Grundstück eine feste Pikade oder ein Rancho errichtet sei.

Am Morgen des 11. September 1827, genau vier Wochen nach ihrer Ankunft hier, war es tatsächlich soweit: Schon in den frühen Morgenstunden hielt ein Pferdefuhrwerk vor der alten Pikade. Neben dem Kutscher auf dem Bock des Gespannes saßen noch zwei weitere schwarze Helfer zum Anpacken und Aufladen. Jetzt hieß es wieder einmal: Zusammenpacken und Aufladen, um einem neuen Ziel entgegenzufahren. Über vorher von bereits ansässigen Siedlern schon geschlagene neue Urwaldschneisen ging es jetzt immer tiefer in den, wie es schien, unendlichen Wald hinein. Auf diesem gemeinsamen Weg versammelten sich viele Fuhrwerke und tauchten auch viele bekannte Gesichter wieder auf, alte Bekannte von der langen Schiffsreise, die man vier lange Wochen nicht mehr gesehen hatte, darunter Leute aus Kastellaun, Buch, Bell und Alterkülz, die man für ein paar Wochen in dieser Weltabgeschiedenheit des brasilianischen Urwaldes aus den Augen verloren hatte. Sie waren an diesem Morgen genau wie alle anderen auf dem Weg zu ihrem neuen Besitz und ihrer zukünftigen Heimat.

Die Verteilung der einzelnen Parzellen erfolgte, wie alles auf dieser Reise, wiederum nach dem Alphabet. Die beiden Auswandererfamilien Adams und Backes bekamen daher beiderseits der Schneise die ersten beiden, ungefähr siebzig bis neunzig Hektar großen Grundstükke zugeteilt. Das Ganze dauerte bis in die späten Nachmittagsstunden hinein, bis endlich auch die Familien Gewehr, Teis und Ulrich an der Reihe waren. Sie bekamen die letzten Parzellen ganz am äußersten Ende der Schneise, tiefer und verlassener im großen Urwald, als man sich das eigentlich gewünscht hatte. Dies war zugleich auch der äußerste Punkt, an den bisher europäische Siedler in diesem Gebiet vorgedrungen waren. Als allerletzte erhielt die Familie Ulrich aus Zell an der Mittelmosel ihre Parzelle, eine fünfköpfige Familie mit drei fast erwachsenen Söhnen. Diese Familie und die Familie Sabel aus Sobernheim an der Nahe, auf der anderen Seite der Schneise, waren so die direkten Nachbarn von Hannespeter und Friedrich geworden.

Das neu zugeteilte Gelände der Besitzer Teis und Gewehr, zwei zusammenhängende, gleichgroße Teile, war damit doppelt so groß wie alle anderen an diesem Tage zugewiesenen Parzellen. Diese zwei Teile zusammen ergaben eine Gesamtgrundfläche von fast 200 Hektar, eine riesige Fläche zu kultivierenden Urwalds, gewaltiger und viel größer, als man sich das in der alten Heimat in den kleinen engen Hunsrückdörfern überhaupt hatte vorstellen können. All das war ursprünglich ehemaliger Besitz anderer Menschen, in diesem Falle Eigentum der früher hier ansässigen, zur Sprachgruppe der Guarani gehörenden Indianer, ihr angestammtes Heimatland, ihre Jagdgründe, in denen sie bisher ihr Leben gefristet hatten. Sie wurden im Laufe der Zeit, wie viele andere Indianerstämme des Landes auch, immer mehr zurückgedrängt und durch die europäischen Siedler (seit 1818) aus ihrer Heimat vertrieben. Die brasilianische Regierung schaffte immer mehr neuen Raum für weiße Siedler und Kolonisten, die mithelfen sollten, die weiten großen Flächen zu kultivieren und so Brasilien zur Blüte zu bringen.

Jedes der neu zugeteilten Grundstücke war an allen vier Enden mit dicken, weiß-rot numerierten Gemarkungspfählen gekennzeichnet. Die beiden Grundstücke der Familien Teis und Gewehr hatten die Nummern 53 und 54. Dies waren auch zugleich die zukünftigen Hausnummern für die zu erstellenden Ranchos und Pikaden. Die den Kolonisten versprochenen Notunterkünfte bestanden aus einfachen Pfahlhütten, zwei Meter hoch, auf dem Dach und an den Seiten notdürftig mit Gras und Blättern abgedichtet. Das Ganze war jetzt wirklich mit Robinson Crusoes Behausung auf seiner einsamen Insel zu vergleichen. In den primitiven, von den brasilianischen Helfern errichteten Notbehausungen wurde alles Gepäck der Kolonisten verstaut, in der Mitte zwischen dem Gepäck ein notdürftiges Ruhelager aus Pampasgras angelegt. Vor den Hütten waren offene Feuerstellen geschaffen. Sie dienten zum Aufwärmen und zum Herrichten von warmem Essen und Getränken. Vorerst spielte sich alles Leben also in schönster Wildwestmanier ab; ein Zustand, der für ein paar Tage oder Wochen von den Menschen gerne hingenommen wurde. Denn alle waren froh, endlich zu wissen, wo sie hingehörten, auch wenn dieser Anfang noch so ungemütlich und primitiv war.

Nach dem, was sie alles überstanden hatten, würden sie auch die kurze Zeit in einer Laubhütte noch überstehen.

Hier am Ort gab es von jetzt an keine Langeweile und keinen Leerlauf mehr.

Schon am nächsten Morgen sollten sich alle Männer für den gemeinsamen Aufbau der neuen Pikaden und Ranchos auf den neu zugewiesenen Grundstücken bereithalten. Wie bei allen bisherigen Aktionen tauchte auch wieder ein Pferdegespann auf, um die einzelnen Neusiedler auf ihren Grundstücken abzuholen. Ausgerüstet und bewaffnet mit Werkzeugen jeglicher Art, mit Hämmern, Äxten und Sägen, ging es zu den einzelnen Baustellen. Ganz alleine auf sich gestellt, wäre es für die einzelnen Siedler sehr schwer geworden, ihre Pikaden und Ranchos zu erstellen. Daher war diese von den schon länger hier ansässigen Siedlern gestartete Gemeinschaftsaktion genau das richtige: Ganz am Anfang der Neuschneise wurde beim ersten neuen Siedler mit dem Aufbau begonnen. Das geschah unter Anleitung der in dieser Beziehung erfahrenen und somit fachkundigen, schon länger ansässigen Kolonisten. In zwei Kolonnen eingeteilt, ging man zu Werke. Die eine Kolonne fällte passende Bäume und schnitt sie zurecht. Die andere Kolonne zimmerte und baute die einzelnen Pikaden und Ranchos im Rohbau zusammen. Je nach Größe und Raumeinteilung konnten so drei bis fünf Einheiten am Tag fertiggestellt werden. Alle anderen leichteren Arbeiten das Decken der Dächer, das Abdichten der Seitenwände und letztlich auch der Innenausbau - mußten von den jeweiligen Eigentümern selbst ausgeführt werden. Bei diesem Vorgehen und dem entsprechenden Arbeitsaufwand dauerte es gute vierzehn Tage, bis die letzten Siedler am unteren Ende der Schneise ihre Pikaden aufgebaut hatten und so endlich auch ein festes Dach über dem Kopf bekamen.

Auf dem Grundstück Gewehr-Teis wurde eine größere Pikade und ein etwas kleinerer Rancho erstellt. Die großräumige Pikade war für

Hannespeters Großfamilie und der kleinere Rancho als eine Art Junggesellenbude für Friedrich Gewehr bestimmt.

Der etwas kleinere Rancho wurde als Anbau direkt an die Pikade von Hannespeter angebaut, nicht als platzsparende Maßnahme, sondern ganz einfach aus Sicherheitsgründen: So nahe wie möglich wollte man hier im dunklen und unsicheren Urwald zusammenleben, um eventuellen Gefahren besser trotzen und sie abwehren zu können.

Bei dem sich jetzt anschließenden Innenausbau der neu erstellten Blockhütten erwiesen sich die handwerklichen Fähigkeiten des gelernten Zimmermanns Friedrich Gewehr als sehr hilfreich und nützlich. Fachgerecht und geschickt wurden von ihm alle Arbeiten ausgeführt, alles so gut, wie es unter den hiesigen Bedingungen nur möglich war. Es wurde dabei an alles, was machbar war, gedacht, wie zum Beispiel an den Einbau extra starker Türen und Fenster mit stabilen, von innen verriegelbaren Schlagläden. Alles wurde so stark und massiv gebaut, daß es durch diese solide Bauweise späteren eventuellen Eindringlingen gewiß schwer fallen würde, überhaupt in die Gebäude zu gelangen. Auch in allen anderen Belangen versuchten Hannespeter und Friedrich, es etwas besser und wohnlicher zu machen, als im Vergleich zu alten Pikaden in der Nachbarschaft, angefangen mit bequemen und gemütlichen Bettkästen statt der üblichen einfachen Holzpritschen, wie sie am Anfang für alle Pikaden genutzt wurden. In diese von den Neusiedlern gefertigten Bettkästen konnten mit Pampasgras ausgestopfte Bezüge gelegt werden. Die waren fast so gemütlich und gut, wie ihre von zu Hause gewohnten und geschätzten Haferspreubetten.

Dazu bauten sie noch schöne große Regale, an den Seiten entlang, zur geordneten Aufnahme aller Haushaltungsgegenstände. Stabile Bänke und Tische wurden um die Feuer- und Herdstelle aufgebaut und hingestellt, hierbei natürlich auch eine Ofenbank zum Ausruhen und Aufwärmen nach Hunsrücker Muster. Alles war nicht viel anders, als es im Hirtenhäuschen zu Hause auch gewesen war, hier nur etwas größer und wuchtiger, als es in den manchmal doch sehr beengten Verhältnissen früher gewesen war.

Beim Gestalten der Schlafecke kamen jetzt Hannespeters zuerst nur aus Langeweile geflochtenen Matten viel früher zum Einsatz, als er das eigentlich erwartet hatte. Zum Abgrenzen der einzelnen Schlafecken entpuppten sie sich als ideal und sehr brauchbar. Mit den leichten und raumsparenden Matten konnten der Eltern- und der Mädchenteil von dem Jungenteil getrennt werden, so daß jeder in der Familie sein eigenes Schlafgemach für sich hatte. So hatte sich die Arbeit von Hannespeter doch gelohnt, als sich herausstellte, daß solche Art Matten noch für mehr zu gebrauchen waren als nur für Hänge- und Ruhematten. So wie er sich das am Anfang gedacht hatte, war er stolz und froh zugleich.

Nach dem Fertigstellen der gröbsten Arbeiten in Haus und Hof nahmen sich Hannespeter und Friedrich vor, sobald wie möglich das ganze Areal der neuen Siedlung zu inspizieren, um zu erkunden, was ihnen als Eigentum zugefallen war und in welcher Beschaffenheit sich das Ganze präsentierte.

Bevor sie mit den eigentlichen Kolonistenarbeiten wie dem Bäumefällen, dem Roden und Kultivieren beginnen wollten, sollten mit dem übrigen zurechtgeschnittenen Holz der gefällten Bäume auch noch ein paar kleine Stallungen errichtet werden, für ein paar Tiere, vielleicht eine Ziege und ein paar Hühner, um die Anfangszeit mit etwas Milch und ein paar Eiern etwas besser überstehen zu können, ohne gleich für alles bezahlen zu müssen.

Als sie die Stallungen nach einigen Tagen gebaut hatten, sah es auf einmal schon richtig nach einer kleinen schönen Siedlung aus, or dentlich und sauber gebaut; schützend vor den Fluten der Regenzeit und der Hitze des Sommers unter riesigen Schattenbäumen angelegt, strahlte dies alles schon so etwas wie Ruhe und Geborgenheit aus. Fast sah es so aus, als hätte das kleine Gehöft unter den riesigen Paranuß- und Gummibäumen im tiefsten Urwald schon immer hier gestanden. Hoffentlich würde dieses friedliche Bild auch in Zukunft dazu beitragen, daß es ein glücklicher Anfang im Leben der Menschen würde, die sich das hier mit viel Mühe, Fleiß und Mut geschaffen hatten.

Nach der endgültigen Fertigstellung der Pikade und des Ranchos und dem Umzug aus der primitiven Waldhütte in die neuen Blockhäuser machte Regina wieder einmal eine Eintragung in ihr Tagebuch. Diesmal, am Tisch in ihrem eigenen Heim sitzend, verfaßte sie folgende Eintragung: „Sao Leopoldo, am 27. Oktober 1827: Endlich ist unser gefahrvoller langer Irrweg fast um die halbe Welt zu Ende gegangen, indem wir hier unsere neue Heimat gefunden haben und glücklich in unser neues Heim im Urwald von Brasilien eingezogen sind. Es ist eine schöne große Pikade, die wir mit Hilfe anderer hilfsbereiter Menschen hier aufgebaut haben, unser erstes eigenes Heim, in dem wir hoffentlich immer Schutz und Geborgenheit finden werden, hier in diesem für uns trotz allem immer noch wilden und fremden Land. Gott möge uns helfen, mit der Zeit dieses Land mehr und mehr zu unserer eigentlichen Heimat werden zu lassen, in der wir uns mit der Zeit wohl fühlen und es somit ein echtes Zuhause für uns alle werden möge." Mit diesen Worten beendete Regina ihre erste Tagebucheintragung in der neuen Heimat. Mögen es auch in Zukunft nur gute Eintragungen werden, die sie ihrem kleinen Büchlein anvertraut!

Am Morgen des 30. Oktober 1827 war es soweit, daß die Männer ihr Vorhaben, das ganze Grundstück zu erkunden, wahrmachen wollten. Mit reichlich Wasser und Verpflegung versorgt, machten sich Hannespeter, Friedrich und die beiden Jungen Peter und Fritz auf zur ersten Entdeckungsreise. An einem Tag allein konnten sie sicher dieses große weitläufige Gelände nicht ganz erkunden. Aber wenigstens einen Teil davon wollte man kennenlernen.

Beide Männer, bewaffnet mit scharfen Macheten und starken Stökken in der Hand, zogen also los. Mühsam kämpften sie sich, begleitet von den zwei Jungen, durch dichtes, dorniges Urwaldgestrüpp vorwärts. Ab und zu wurden sie dabei von schreienden Aras und Tukanen erschreckt, die sie auf ihrem Weg ungewollt aufgestöbert hatten. In erster Linie war es für die Männer interessant und erkundenswert, wie dicht und von welcher Art der Bewuchs in diesem Urwaldstück war, ob es vielleicht größere Wasserläufe oder sonstige Besonderheiten gab, wie und wo eventuell am besten mit einer Brandrodung zu beginnen sei, um so am leichtesten voranzukommen.

Als erstes, anscheinend ganz erfreuliches Zeichen, fiel der Gruppe der etwas spärlich erscheinende Unterwuchs des Urwaldes auf. Auf ihrem heutigen Weg hatten sie - im Gegensatz zu ihrer allerersten Urwaldwanderung vor ein paar Wochen - immer weniger mit hartnäckigem Gestrüpp und festhaltenden Schlinggewächsen zu kämpfen. Nach kurzer Wegstrecke merkten sie schon, daß es mit diesen lästigen Urwaldunkräutern immer weniger wurde. Scheinbar verringerte sich der starke Unterwuchs immer mehr, je weiter man sich von der eigentlichen Küstenregion zum Landesinnern hin entfernte. Gewiß war das ein Vorteil, um leichter durch das Dickicht zu kommen, auf der anderen Seite vielleicht aber auch ein Nachteil, was die Fruchtbarkeit des Bodens anbelangte.

Trotz der Tatsache, daß der Urwald hier etwas besser begehbar blieb, war ihr Weg deshalb aber nicht ungefährlicher geworden. Von daher bewegten sie sich mit allergrößter Vorsicht, um eventuellen Gefahren früh genug ausweichen und ihnen begegnen zu können.

Hannespeter an der Spitze der Gruppe bediente sich zusätzlich eines langen Stockes, um hiermit, vorsichtig den Boden abtastend, sich langsam weiter zu bewegen. Bei diesem schon fast übervorsichtigen Taktieren war ihnen nach einer Stunde Fußmarsches noch nichts Außergewöhnliches begegnet. Auch an Tieren war ihnen wenig zu Gesicht gekommen. Außer den überall anzutreffenden Vögeln fielen ihnen in erster Linie eine Unmenge schwarzer Ameisen, sogenannter Blattschneideameisen, auf, sowohl am Boden als auch an verschiedenen, scheinbar von ihnen besonderes bevorzugten Baumarten.

Die meisten anderen Tierarten hielten sich wohl bei der Tageshitze in ihren Verstecken zurück und waren in erster Linie nachtaktiv.

Auch nach einer weiteren Stunde immer beschwerlicheren Wanderns, durch die immer stärker werdende Hitze bald in Schweiß gebadet, war ihnen noch nichts Außergewöhnliches und Neues aufgefallen, außer daß sich nun der Baumbewuchs etwas geändert hatte. Waren es am Anfang ihres Weges mehr Gummibäume, Araukarien und Palisanderbäume gewesen, traten jetzt immer mehr Zedern und Gautinbäume in Erscheinung.

Alles in allem war ihre Erkundung bisher ruhig und friedlich abgelaufen, auf jeden Fall ruhiger und friedlicher, als sich das die Europäer bisher vorgestellt hatten.

Trotz der scheinbaren Ruhe und Friedlichkeit hatten die vier Wanderer auf ihrem letzten Wegstück doch das Gefühl, daß sich irgendetwas geändert hatte. Das bisher eher etwas dämmrige Urwaldlicht unter dem dichten Blätterdach der hohen Bäume schien immer mehr einer merkwürdigen Helle zu weichen, ein Phänomen, das sie sich nicht so recht vorstellen und erklären konnten. Zuerst dachten sie, daß sich vielleicht ein größerer Fluß oder gar ein See in der Nähe befinden könnte. Richtig erstaunt waren die vier dann aber, als sie bei ihrer weiteren Wanderung plötzlich vor einer sonnendurchfluteten Urwaldlichtung standen, einer großen Waldlichtung ohne Bäume und Gestrüpp, nur mit teils hohem Gras bewachsen, meist mit hohem Pampasgras, aber auch mit verschiedenen anderen, zum Teil blühenden Wildgräsern, fast aussehend wie ein buntes, in der Sonne glänzendes großes Distelfeld.

Beim vorsichtigen Herannähern und bei genauem Hinschauen erkannte man Leben hier auf dieser Fläche. Blitzschnell verschwanden silberglänzende Körper vom Rande der Lichtung in das schützendhohe, deckunggebende Pampasgras. Unschwer zu erkennen war, daß es sich hierbei um Schlangen handelte, die scheinbar hier ein Sonnenbad genommen hatten und jetzt von den Menschen aufgeschreckt worden waren. Ein Glück war es für die vier Hunsrücker, daß die giftigen Reptilien scheinbar die Menschen scheuten und eiligst die Flucht ergriffen. Als sie, immer noch etwas geschockt und erschreckt, am Rande der Lichtung verharrten, fragte Peter, plötzlich auf eine dunkle Stelle im hohen Gras zeigend, was das denn sei. Nachdem er die anderen dadurch aufmerksam gemacht hatte, fiel auch ihnen der Kontrast in der sonst überall hell glänzenden Graslandschaft auf. Beim näheren Hinschauen erkannten sie, daß es sich dabei untrüglich um eine Brandfläche handelte, um verbranntes Grasland, vermischt mit Resten noch nicht allzulange verbrannten und schwarz verkohlten Holzes.

Das war der sichere Beweis dafür, daß an dieser Stelle vor nicht allzulanger Zeit Menschen gewesen waren, die hier gelagert und ein Feuer entzündet hatten. Vielleicht waren das nur harmlose Kolonisten, Trapper, Fallensteller oder auch Schlangenjäger gewesen, Möglichkeiten also, die in diesem Falle sicher das kleinere Übel und fast ohne Bedeutung für sie gewesen wären.

Wenn diese mysteriöse Feuerstelle mitten im Urwald aber von den noch wilden Guarani-Indianern herstammte, wäre das jedoch ein Alarmsignal gewesen und hätte somit auch höchste Gefahr im Verzuge angezeigt.

Bei dem Gedanken, vielleicht ungeahnt von wilden feindseligen Indios umzingelt zu sein, stieg in Hannespeter plötzlich Angst auf. Schlagartig wurde ihm bewußt, in welche Gefahr sie sich eventuell ahnungslos und leichtsinnig hier gebracht hatten. Ohne entsprechende Waffen wären sie einem Angriff kriegerischer Indianer völlig schutzlos ausgeliefert!

Wie ihm anzumerken war, hatte auch Friedrich die gefährliche Lage erkannt, und ihm wurde es ebenfalls siedendheiß bei dem Gedanken, daß hier irgendwo feindliche Indios auf der Lauer liegen könnten.

Dabei fiel ihm ein, was ihm vor ein paar Tagen Karl Lenz über die Ureinwohner Brasiliens erzählt hatte, wie verbissen sie um ihre Heimatrechte kämpften und wie sie diese notfalls verteidigen würden.

Immer weiter waren ja die Ureinwohner in den letzten Jahren von den weißen Siedlern zurückgedrängt und aus ihren angestammten Jagdgründen vertrieben worden. Das war für sie ganz sicher ein Grund, sich gegen die Eindringlinge zur Wehr zu setzen und sie, wenn nötig, auch zu vernichten. In dieser äußerst gefährlichen und brenzligen Lage blieb Hannespeter und seinem Gefolge dann nur noch ein vorsichtiger Rückzug übrig.

Ohne daß sich Hannespeter oder auch Friedrich ihre Angst gegenüber den ahnungslosen Jungen Peter und Fritz anmerken ließen, verkündete Hannespeter der Gruppe, daß sie jetzt den Rückzug antreten wollten. Bei ihrem vorsichtigen Zurückgehen, noch mehr als bei ihrem Hinmarsch auf alles achtend und nach allen Seiten sichernd, mußte sich Hannespeter eingestehen, daß er noch nie vorher in seinem Leben so ein ungutes Gefühl gehabt und daß ihm noch nie so viel Angst und Unbehagen im Nacken gesessen hatte, wie gerade in diesem kritischen Moment: Wer wußte auch, wieviel Ängste und Nöte sie in den nächsten Jahren noch bestehen und meistern mußten!

Nach zwei Stunden vorsichtigen Rückmarsches - ohne irgendwelche Behelligungen und weiteren Vorfälle -, sahen sie von weitem endlich wieder ihre friedliche, kleine Siedlung durch das Buschwerk hindurch schimmern. Beim Näherkommen blieb es aber eigentümlich ruhig in der Siedlung. Weder von den Kindern noch von Regina war irgendetwas zu sehen oder zu hören. Sofort verstärkte sich der Verdacht, daß während ihrer langen Abwesenheit etwas passiert sein könnte. Je näher sie den Gebäuden kamen, desto mehr verstärkte sich dieser Verdacht. Rundum waren alle Fensterläden verschlossen, und es herrschte Totenstille überall.

Erst, als Hannespeter von außen an die Türe pochte und Reginas Namen rief, wurde von innen ganz vorsichtig die Türe geöffnet. Jetzt erfuhr Hannespeter von Regina, daß sich während ihrer Abwesenheit tatsächlich etwas zugetragen hatte, das den Zurückgebliebenen Angst eingeflößt hatte. So erzählte sie, daß kurz nach ihrem Weggehen am frühen Morgen plötzlich ein fremder, fast indianisch aussehender Reiter auf dem Grundstück aufgetaucht sei. Ein etwas verwilderter und zum Fürchten anzusehender alter Mann wäre von seinem Pferd gestiegen und auf sie zugekommen. Von weitem hätte er sie aber schon beruhigt und sich dann als harmloser Wünschelrutengänger ausgegeben, der ihnen - wie allen anderen Neusiedlern - bei der Wassersuche behilflich sein wollte. Mit seiner Wünschelrute sei er in der Lage, Wasseradern zu finden, die beim Bau eines guten Wasserbrunnens in der Nähe der Siedlung hilfreich sein könnten, habe er behauptet. Daraufhin hätte Regina dem Mann zu verstehen gegeben, daß von den Männern im Augenblick niemand da sei und er zu einem späteren Zeitpunkt noch einmal wiederkommen solle. Hierauf sei er auch wieder weggeritten. Trotz allem hätten sie sich aber in der Pikade eingeschlossen und auf die Rückkehr der Männer gewartet, aus Furcht, daß noch einmal fremder Besuch hier auftauchen und ihnen erneut Angst machen könnte.

Bei diesen Worten von Regina fiel Hannespeter ein Stein vom Herzen. Vor allem nach dem, was sie heute erlebt und befürchtet hatten, war er froh, nichts Schlimmeres erfahren zu haben. Das Hilfsangebot eines scheinbar harmlosen Wünschelrutengängers war sicher harmlos und nichts Böses, auch wenn sich Regina und die Mädchen vor dem Fremden gefürchtet hatten.

Bevor sie gemeinsam in die Pikade gingen, nahm Hannespeter noch die zwei Jungen unauffällig zur Seite und sagte ihnen, daß sie der Mutter und den Schwestern nichts von den heutigen Erlebnissen im Wald erzählen sollten, weder von den Schlangen noch von der etwas mysteriösen Feuerstelle, um sie nicht unnötig zu ängstigen.

Reichlich müde, abgespannt und verschwitzt ließen sich die vier Wanderer in der etwas kühleren Pikade auf der gemütlichen Ofenbank nieder, froh auch darüber, endlich die müden Beine etwas ausstrecken und in Ruhe verharren zu können.

Natürlich waren die drei Mädchen wieder einmal wißbegierig und wollten ebenso wie Regina alles wissen, was sie am heutigen Tag erlebt hatten, wie es im Urwald ausgesehen hätte und wie weit sie überhaupt gekommen seien, ob sie die Gemarkungsgrenzen erreicht hätten und noch vieles andere mehr.

Hannespeter erklärte, daß sie auf ihrem ersten Erkundungsgang noch nicht allzuweit gekommen seien, weil es an manchen Stellen etwas mühsam gewesen wäre, voranzukommen, besonders bei der großen Hitze, die ihnen gegen Mittag doch schwer zu schaffen gemacht hätte.

Bis zu einer für sie unerwarteten, erstaunlich großen Lichtung mitten im dichten Urwald seien sie vorgedrungen. Dort wäre aber ein Weitergehen nicht mehr möglich gewesen. Allzu große Hitze über dieser sonnendurchfluteten, baumfreien Fläche hätte sie dazu veranlaßt, von hier aus den Rückweg durch den schattigen Urwald anzutreten. Auf dieser, von ihnen wider Erwarten gefundenen grasbewachsenen weiten Fläche sei es später aber ganz bestimmt einmal möglich, nach gehörigem Abflämmen und Säubern, ohne allzu großen Arbeitsaufwand eine Viehweide einzurichten. Das hätte im Moment aber noch viel Zeit. Zuerst wolle man in der Nähe der Pikade damit beginnen, Stück für Stück das Land zu roden und - so gut es ging - zu kultivieren.

Danach wollten die Mädchen zum Schluß aber noch zu gerne wissen, warum man ihnen heute überhaupt nichts mitgebracht hätte, so wie damals die schönen süßen Bananen oder irgendeine andere süße Frucht.

Hannespeter erwiderte, daß sie das sicher gerne getan hätten, wenn sie auf ihrem Weg irgendetwas gefunden hätten. Damals wäre das ein Glücksfall und rein zufällig gewesen, daß sie bei ihrer Wanderung auf diesen schönen Bananenbusch gestoßen waren. Ganz so, wie es immer erzählt und propagiert worden sei, daß man hier in diesem Land auf Schritt und Tritt auf so etwas stoßen würde, sei das aber nicht. Auf ihrem jetzigen, weiten und langen Weg sei ihnen nicht ein einziger Fruchtbaum oder ein ähnlicher Strauch aufgefallen. Es könnte natürlich sein, daß sie eines Tages unverhofft noch einmal auf so einen wilden Bananen- oder auch Apfelsinenbaum stoßen würden. Auf jeden Fall wolle er so schnell wie möglich junge Bäume dieser Art um die Siedlung pflanzen. Dann könnten sie schon in drei oder vier Jahren eigene Apfelsinen oder Bananen ernten. Bis dahin wolle er versuchen, ihnen ab und zu von diesen Früchten, die hier ja sicher nicht so arg teuer wären, vom Markt in Sao Leopoldo welche mitzubringen. Das bekräftigte Friedrich dann auch, indem er sagte, er würde beim nächsten Markt genau aufpassen, daß der Vater dies nicht vergessen würde.

Jetzt meldete sich auch Regina zu Wort und sagte, sie wolle ebenfalls von diesem Markt etwas mitgebracht haben. Das war etwas Ungewohntes von ihr, da sie sonst ihre Wünsche immer etwas zurückstellte: Einige Sämereien hätte sie gerne gehabt, sagte sie, vielleicht ein paar schwarze Bohnen, einige Melonenkerne und, wenn es ginge, einige Süßkartoffeln zur Aussaat und zum Setzen in dem kleinen Eckchen, das sie mit den Mädchen am Morgen in der Nähe der Pikade umgegraben hatte, ein allererster Versuch von ihr, auch hier Gartenarbeit zu betreiben, so wie sie sich das vorgenommen hatte und wie es zu Hause schon immer ihre Lieblingsarbeit gewesen war.

Nach dieser Unterhaltung und nachdem die Männer etwas gegessen und sich ein wenig ausgeruht hatten, wollten sie sich in der jetzt etwas kühleren Spätnachmittagszeit noch mit irgendetwas beschäftigen.

Hannespeter hatte sich vorgenommen, auch hier ein richtiges Hunsrücker Keetz nach der Art, wie er das zu Hause immer getragen und gebraucht hatte, zu flechten, um mit diesem praktischen und handlichen Tragegerät so wie er es von zu Hause schon gewohnt war, Waren zum und vom Markt zu transportieren, wenigstens so lange, bis sie eines Tages vielleicht ein Pferd und einen Wagen ihr eigen nennen könnten, um damit zum Markt in Sao Leopoldo zu kutschieren. Immerhin war das eine mehrere Meilen lange Wegstrecke von ihrem Anwesen am Ende der neuen Schneise bis dorthin. Geeignetes Flechtmaterial wollte er sich gleich im nahen Busch suchen, um so bald wie möglich mit dieser Arbeit zu beginnen.

Friedrich hatte ebenfalls für den Rest des Tages noch etwas vor: eine Arbeit, zu der er in den letzten ausgefüllten Tagen des Aufbaues noch nicht gekommen war. Eine gemütliche Ruhebank wollte er an einer schattigen Stelle vor der Pikade errichten, eine Ruhebank, so wie sie zu Hause in ihrem kleinen Hunsrückdorf fast vor jedem Haus gestanden hatte, eine gemütliche Bank zum Ausruhen und Plaudern nach getaner Arbeit. Aber auch an Sonn- und Feiertagen war dies der allerschönste Platz zum geselligen Gedankenaustausch mit Nachbarn, Bekannten und Freunden.

Ebenso wie die Männer, so wollte auch Regina ihr Eigenes dazutun und noch etwas im Freien arbeiten. In ihrem neu angelegten kleinen Gärtchen wollte sie noch bis zur Dämmerung weiter graben, hacken und jäten.

Genau wie das früher in der fernen Heimat der Fall gewesen war, arbeiteten sie auch hier schon Hand in Hand zusammen, hier vielleicht sogar mit noch etwas mehr Elan und Freude an der Sache, weil es zum allerersten Mal ihr Eigentum war, auf dem sie jetzt arbeiteten. Alles hier animierte sie und spornte sie an in der Hoffnung, eines Tages, anders als früher zu Hause, vielleicht doch einmal aus ihrer Arbeit Früchte zu ernten und nicht trotz allen schweren Arbeitens immer weiter auf dem abschüssigen Weg der Armut zu bleiben. Daher hatte es für sie in ihrer alten Heimat auch nur die eine einzige Alternative gegeben: entweder ewig arm zu bleiben oder der Armut zu entfliehen und auszuwandern.

Die nicht allzugute und zum Teil sogar bittere Erinnerung an die Vergangenheit half den Menschen jetzt im noch fremden Land über vieles hinweg, über das größte Heimweh und über die am Anfang ihrer Kolonistenzeit immerwährende Sehnsucht nach ihren Lieben zu Hause, die sie in der Ferne zurückgelassen hatten. Hier galt es, vorwärtszusehen, nicht allzuviel zurückzublicken, einen festen Halt zu finden und diesen immer tiefer zu gründen. Auch wenn es am Anfang noch so schwer erschien, alle Klippen des Neubeginns zu umschiffen, ohne dabei zu straucheln und zu kentern, wollten sie es versuchen.

Ein erster Anfang war ja schon glücklich geschafft: Ihre kleine Siedlung stand, und alles war unter Dach und Fach. Dies war sicher eine gute Voraussetzung dafür, um die Ärmel noch weiter hochzukrempeln und mit neuem Mut und neuer Tatkraft weitere kolonistische Taten folgen zu lassen.

Nach den ersten Aufbauarbeiten sollten nach dem Willen von Hannespeter und Friedrich zügig die ersten Abholzungs- und Rodungsarbeiten erfolgen. Zuerst sollten aber dafür noch alle nötigen Werkzeuge geschärft und so in Ordnung gebracht werden, daß keine unnötige Quälerei bei dieser schweren Arbeit entstehen würde. Um hierfür bestmögliche Voraussetzungen zu schaffen, wollte man noch einige fehlende Dinge vom Markt in Sao Leopoldo besorgen. Der Marktbesuch sollte aber auch zum Kauf schon lange benötigter anderer Dinge genutzt werden.

Um das alles zu bewältigen, machten sich die zwei Männer an einem der nächsten Tage früh auf den Weg zum Marktort. Mit einem großen Einkaufszettel und der neuen Keetz auf Hannespeters Schultern ging es auf den Weg, die neue Waldschneise entlang immer in Richtung Sao Leopoldo, um dort irgendwo den großen Wochenmarkt zu finden.

Dieses Ziel wollten sie eigentlich erreichen, ehe die Sonne allzuhoch am Himmel stehen und ihren weiteren Marsch immer beschwerlicher machen würde. Trotz größter Anstrengungen schafften sie es aber erst kurz vor Mittag, den Markt zu erreichen.

Trotz ihrer späten Ankunft und trotz bereits größter Mittagshitze herrschte immer noch reges Treiben und war der Handel noch voll im Gange. Wohltuend war für beide Männer die Tatsache, daß man überall auf dem Markt, wo man auch hinhörte, Hunsrücker Wortfetzen vernahm, Hunsrücker Dialekt, oft gemischt mit viel fremdartigem portugiesischem Sprachgewirr. Das war im Grunde nicht viel anders als auf dem heimischen Wochenmarkt früher in Kastellaun. Denn auch dort hatte man neben dem Hunsrücker Dialekt noch lange nicht alles verstanden, was die Händler in ihrer jiddischen Handelssprache von sich gaben und einander zuriefen. Scheinbar, so meinte Hannespeter, zu Friedrich gewandt, gäbe es auf allen Märkten der Welt das gleiche Sprachdurcheinander und Stimmenspektakel. Jeder Marktbesucher – Käufer wie Verkäufer - versuche mit allen Tricks, möglichst viel Waren mit Profit zu verkaufen oder zu erhandeln.

Das Angebot an Waren aller Art war hier in Sao Leopoldo noch viel bunter und vielfältiger, als man das von heimischen Märkten gewohnt war. Fast alles, vom kleinsten gußeisernen Topf und geschnitzten Löffel bis hin zu Pferd und Wagen, wurde hier feilgeboten. Von daher gab es für die beiden Neulinge Hannespeter und Friedrich sehr viel zu sehen und zu bestaunen. Vor einem Stand mit den schönsten langläufigen Gewehren blieb Friedrich lange stehen. Zu gerne hätte er eine dieser Waffen gekauft. Doch gerade hier waren die Preise, jedenfalls für neu angereiste Kolonisten, fast unerschwinglich. Je nach Beschaffenheit, Art und Aussehen sollte eine dieser Waffen zwischen zwei bis zehn Silbertalern deutscher Währung kosten, Summen, die er zum jetzigen Zeitpunkt nicht in der Lage war, zu bezahlen. Sowieso wollten sie ja zu allererst einmal nur auf dem Markt das kaufen, was am nötigsten und dringlichsten war, vor allem fehlendes Werkzeug, Saatgut und Lebensmittel. Nach langem Marktbummel und Feilschen war ganz zum Schluß des Marktes für beide viel mehr zusammengekommen, als es von ihnen eigentlich geplant gewesen war. Hannespeter hatte sein großes Keetz vollgefüllt bis an den Rand. Ganz oben unter dem Deckel der Trage gackerten sogar noch fünf lebende Hühner, die ihm zum Schluß des Marktes noch ganz billig angeboten worden waren, sicher, weil es dem Händler lästig gewesen wäre, die gackernde, an den Füßen zusammengebundene Hühnerschar noch einmal mit zurück nach Hause zu nehmen.

Auch Friedrich konnte zum Marktende hin feststellen, daß viele Händler, um ihre letzten Waren loszuwerden, mit ihren Preisen zum Teil stark heruntergegangen waren. Auf diese Weise kam er dann doch noch in die Lage, einige Dinge zu erstehen, die ihm vorher als unerschwinglich erschienen waren. Vor allem war er auch noch zu dem von ihm heiß begehrten Gewehr, einer Winchester-Büchse, gekommen, einer Anschaffung, die in ihrer doch etwas prekären Lage - sozusagen auf alleräußerstem Urwaldvorposten - sicher kein großer Luxus war, vielleicht sogar eine Investition, die in ihrem Fall einmal lebensrettend sein könnte, besonders in dieser von wilden Indios immer noch unruhigen und gefährdeten brasilianischen Region.

Um seine Einkäufe auf dem Markt in Sao Leopoldo aber richtig abzurunden, war Friedrich, genau wie Hannespeter zu seinen Hühnern, ebenfalls noch zu einem Haustier gekommen. Mit einem aufbrechenden Händler, der seine störrische Ziege auch nicht mehr gerne mit nach Hause nehmen wollte, war er im Nu, zu einem sehr günstigen

Preis, wie er meinte, handelseinig geworden. Zum Schluß schwer bepackt mit lebendem und totem Inventar, dazu die neu gekauften großen, breitkrempigen Sonnenhüte auf dem Kopf, sahen beide schon eher echten Trappern und Kolonisten ähnlich als europäischen Neuankömmlingen. Doch am allermeisten bestaunt wurde nach wie vor von den Umstehenden Hannespeters Original-Hunsrücker-Keetz. Dieses Tragegestell, das er, vollgestopft mit Waren, auf seinen breiten Schultern trug, weckte allgemeines Interesse, ein sehr praktisches und bequemes tragbares Transportgerät, wie es hier sicher noch nicht allzuoft gesehen worden war. Vielleicht war dies die Geburtsstunde und der Anfang vieler weiterer Hunsrücker Keetze in der Zukunft des bunten Markttreibens von Sao Leopoldo.

Schwer bepackt, die störrische Ziege hinter sich herziehend, verließen die beiden Männer endgültig den Markt und bald auch die Kolonie Sao Leopoldo, um ihren weiten, in Anbetracht der vielen eingekauften Waren auch beschwerlichen Rückweg zu ihrer Urwaldsiedlung anzutreten.

In brütender tropischer Nachmittagshitze wurde der Rückweg über die holprige, noch nicht gut begehbare Urwaldschneise eine wahre Prozedur für beide Männer. Mehrmals mußten sie unter Schattenbäumen eine längere Ruhepause einlegen. Hierdurch verzögerte sich ihr Heimkommen so sehr, daß sie Mühe hatten, noch bei Tageslicht überhaupt ihre Siedlung zu erreichen.

Als sie endlich ihr Zuhause in der Ferne sehen konnten, lag die kleine Siedlung schon in leichtem Dämmerlicht; denn die Sonne war gerade im Begriff, hinter den hohen Urwaldbäumen unterzugehen. Ihre Gesichter, von der wochenlangen Tropensonne fast dunkelbraun gegerbt, dazu die neuen breitkrempigen Hüte tief in die Stirn gezogen, all das trug dazu bei, daß sie, von den Ihren sehnsüchtig erwartet, in diesem Zwielicht nicht sofort erkannt wurden. Gerade wollte Regina, aus neuerlich aufkommender Angst vor eventuellen Fremden, mit den Kindern die schützende Pikade aufsuchen, als sie Hannespeters lautes Rufen vernahm und sein Winken bemerkte. Als sie endlich erkannte, wer schwer bepackt auf sie zukam, schlug ihr Mißtrauen und ihre Angst in freudige Erwartung um. Viel zu lange hatten sie den ganzen Nachmittag über schon auf die Rückkehr der beiden Männer gewartet. Jetzt konnten die Kinder ihre Neugierde nicht mehr länger zurückhalten. So schnell sie konnten, liefen sie dem Vater und Friedrich entgegen. Allzugerne wollten sie wissen, noch bevor beide auf dem Grundstück angekommen waren, was sie so schwer trugen und an der Leine mit sich führten. Vielleicht einen treuen Hund, so wie sie ihn am Hirtenhaus früher immer als Spielkameraden und Freund gehabt hatten? Doch obwohl sie beim Näherkommen feststellten, daß es nur eine Ziege war, die Friedrich am Seil führte, trübte das ihre Freude nur wenig. Als dann bei der Ankunft vor der Pikade beim Auspacken noch fünf gackernde Hühnchen aus Hannespeters Keetz auftauchten, war die Freude ungetrübt.

So war es für die wartenden Kinder zum Schluß doch noch ein glücklicher Tag geworden: Nach wochenlanger strapaziöser Fahrt fast um die halbe Welt, hatten sie jetzt zu ihrem neuen Zuhause endlich auch wieder einige Tiere um sich herum, so wie sie es aus ihrer Hunsrücker Heimat gewohnt waren, Tiere, mit denen sie sich von nun an auch hier beschäftigen und froh sein konnten.

Abgesehen von der großen Freude der Kinder über die Tiere gab es an diesem Tag noch einiges andere, was ihr Interesse weckte. Vor allem, was Friedrich da bei seiner Ankunft über der Schulter hängen hatte, beschäftigte die beiden Jungen Peter und Fritz: ein richtiges Gewehr, eine Donnerbüchse, wie sie sie bisher nur von bunten Bildern kannten. Ihnen ihr großes Interesse an den Augen ablesend, versprach Friedrich, in den nächsten Tagen einmal ein Zielschießen zu veranstalten, um dabei die neue Waffe auf ihre Treffsicherheit zu testen.

Mit dieser Antwort zufriedengestellt, wandte man sich anderen Dingen zu, nämlich den vielen Sachen, die Hannespeter noch in seinem Keetz mitgebracht hatte, wie versprochen, neben den Lebensmitteln noch süße Früchte für die Kinder und verschiedene Sämereien für Regina. Jetzt konnte Regina ihren kleinen, selbst hergerichteten Garten bestellen, die einzelnen Sämereien in die Erde bringen und somit auf ihre erste Ernte in der neuen Heimat hoffen.

Wie vorgenommen, begannen die Männer schon am nächsten Tag mit den Abholzungs- und Rodungsarbeiten rund um die Gebäude. Zuerst wollten sie einen Gürtel von ungefähr hundert Schritten rund um die Gebäude abholzen und roden, um damit eine Sicherheitszone für spätere größere Brandrodungen zu schaffen.

Mit ihren neuen, auf dem Markt gekauften und den alten mitgebrachten, gut geschärften Werkzeugen wie Sägen und Beilen schafften es Hannespeter und Friedrich, am Tag - je nach Größe und Art - bis zu zehn der mächtigen Bäume zu fällen. In einem Zeitraum von gut vierzehn Tagen hatten sie ihr vorrangiges Ziel, den Sicherheitsgürtel vom Urwald zu befreien und zu säubern, tatsächlich erreicht.

Dies war bis jetzt gewiß erst ein kleiner Anfang im Bemühen, hier Fuß zu fassen, sich eine neue Existenz aufzubauen und neue Heimat zu schaffen, ein noch kleiner abgeholzter und gerodeter Streifen Land, aus dem mit etwas Glück und Gottes Segen immer mehr und größeres werden konnte, bis hin zu einer blühenden Siedlung, so wie es einige deutsche Kolonisten vor ihnen mit viel Fleiß und harter Arbeit schon geschafft hatten.

Nach dem Abholzen des Waldstreifens hatten die Männer die dicken Baumstämme mit starken Holzhebeln zusammengerückt und gelagert. Alles andere, wie Baumkronen, Äste und Büsche, wurde auf einem großen Haufen zusammengeschichtet und verbrannt. So entstand eine von allen Wildgewächsen gesäuberte und aufgeräumte Kulturfläche, die sich schon bald nach einigen weiteren Kultur- und Bodenbearbeitungsmaßnahmen als landwirtschaftliche Nutzfläche und damit zur allerersten Aussaat anbieten würde. Auf dieser, vorerst noch nicht allzugroßen Neulandfläche, sonnendurchflutet und hell, gab es jetzt aber schon einige Möglichkeiten: Regina konnte ihr kleines, nach und nach provisorisch angelegtes Gärtchen zu einem schönen großen Obst- und Gemüsegarten erweitern, in dem sie alles anpflanzen konnte: Gemüse, Kartoffeln, Kürbisse und Melonen, dazu verschiedene Obststräucher und -bäume, viele bisher schon gekannte, aber auch unbekannte Gewächse, von denen sie in einiger Zeit süße Früchte ernten könnte.

Von kleinen Erträgen anderer Art konnten sie Gott sei Dank jetzt schon profitieren: Nach täglichem und ausgiebigen Hüten der Ziege im nahen Busch durch die Jungen gab das Tier so viel Milch, daß ein kleiner Teil des Nahrungsmangels der Anfangszeit dadurch schon gelindert werden konnte. Vor allem die kleine, von der weiten Reise am meisten geschwächte Lisa bekam wie zu Hause wieder ihren Becher Ziegenmilch zu trinken. Auch die fünf Hühner taten das ihre dazu, die allergrößte Notlage etwas zu mildern: Mit ein paar frischen Eiern gelang es Regina, das bisher doch etwas eintönige Essen aus dicken Bohnen und Linsen etwas aufzulockern und besser zu gestalten, wobei manchmal sogar echte Hunsrücker Pfannkuchen als Hauptgericht auf den Tisch kamen.

Im allgemeinen war es zum Glück nicht so weit gekommen, daß wirklich am Hungertuch genagt werden mußte, obwohl sich die Erwachsenen trotz schwerster Arbeit schon manches beim Essen absparen mußten, um es den Kindern zukommen zu lassen.

Mehr als an Nahrungsmitteln hatte es bisher noch an sauberem Trinkwasser gefehlt. Das Wasser, das täglich aus dem kleinen nahen Bachlauf im Sumpfgelände geholt wurde, war nur in abgekochtem Zustand genießbar, eine Notlage, die jetzt auch sehr bald ein Ende finden sollte.

Wie zugesagt, war der alte zottelbärtige Wünschelrutengänger noch einmal aufgetaucht, um nun sein Versprechen, bei der Suche nach sauberem Trinkwasser zu helfen, einzulösen. Nach längerem Suchen war es dem alten Mann dann tatsächlich gelungen, eine Wasserader aufzuspüren und ausfindig zu machen und diese Stelle zu markieren. Hier nun einen Brunnen zu graben, sollte vor allem anderen die vorrangigste Arbeit sein. In mühevoller schwerer Handarbeit schachteten die Männer an der aufgezeigten Stelle ein zwei mal zwei Schritt großes Loch im fast steinigen Urwaldboden aus. Am Anfang der Arbeit sah es bei ihrer Grabung aber überhaupt nicht nach einem Erfolg aus. Denn je tiefer man in die Erde eindrang, desto trockener und fester schien sie zu werden, bis dann doch in einer Tiefe von achteinhalb Ellen, fast genau, wie es der alte Mann vorhergesagt hatte, plötzlich Wasser hervorquoll.

Um aus diesem unförmigen Wasserloch einen schönen sauberen Brunnen zu machen, stellten Hannespeter und Friedrich auf Länge geschnittene mittelstarke Palisanderstämme hochkant in das Loch und verankerten und verfüllten es mit einem halben Meter besonders steiniger und daher gut wasserdurchlässiger Erde. So, fest in der Erde verankert, ergaben die sorgfältig geschälten Baumstämme ein sauberes Brunnenrund. Hierauf wurde zum Schluß von Friedrich noch eine feste Abdeckung, ebenfalls aus Palisanderholz, gezimmert, versehen mit einer kleinen Aussparung zum Herunterlassen eines Schöpfeimers. Dieser wurde mit einer Kette an einer Holzspindel befestigt und konnte so leicht bewegt werden und ohne allzu starke Anstrengungen das benötigte Trinkwasser aus der Tiefe holen. Damit war ein weiterer kleiner Fortschritt im täglichen Kampf ums Überleben erreicht.

Mit sehr viel Glück, mit noch mehr Mut und sehr großem Fleiß hatte sich in den letzten Wochen schon vieles zum Guten gewendet. Einiges war eigentlich sogar etwas problemloser und besser, als man es am Anfang vorausgesehen hatte, bewältigt worden. Der schwierige Anfang einer neuen, hoffentlich immer weiter aufblühenden Siedlung war gemacht. Für diesen Anfang war dem Urwald ein kleines, winziges Stückchen Land entrissen worden, um neuen Lebensraum für Menschen zu schaffen, die hierher gekommen waren, sich eine neue Heimat aufzubauen und dann für immer hier zu bleiben.

Nach einiger Zeit war es an kühlen, nach drückender Tropensonne erfrischenden Abenden schon ein schönes und fast heimisches Gefühl, auf der Ruhebank vor der neuen Pikade zu sitzen und von getaner Arbeit auszuruhen. Das war ein Moment, an dem es fast so erholsam und gemütlich war wie früher zu Hause auf der Bank vorm Hirtenhaus.

Doch trotz aller Zufriedenheit über das Erreichte wanderten in diesen Mußestunden die Gedanken gerade dann oft zurück in die alte Heimat, zum Hirtenhaus, zum Dörfchen, zu den Eltern und Bekannten, zur verlorenen Hunsrücker Heimat.

Auf der anderen Seite gab es aber auch Dinge, die trotz der zurückgelassenen Heimat für sie schön und erfreulich waren. Dazu gehörte vor allem das vorher nie gekannte Gefühl, zum ersten Mal in ihrem Leben auf eigener Scholle, eigenem Grund und Boden zu stehen, Eigentum zu besitzen. Eigentum, auf dem sie von nun an walten und schalten konnten, wie sie es für richtig hielten, ohne weiterhin als Tagelöhner arbeiten zu müssen und dabei auf die Gnade und Barmherzigkeit anderer Menschen angewiesen zu sein.

Jeden Tag, den Gott erschuf, konnten sie hier Neues schaffen und so ihr Eigentum im Laufe der Jahre immer weiter festigen und vermehren, etwas, was in ihrer alten Heimat für sie nie in Erfüllung gegangen wäre, weil es dort auch für den Fleißigsten und Tüchtigsten keine Möglichkeit gegeben hatte, sich zu verbessern und aus der Armut herauszutreten.

Nach der ersten Aussaat in der neuen Heimat würde es sicherlich in den nächsten Wochen schon an verschiedenen Stellen rund um die Gebäude grünen und blühen. In Reginas kleinem Gärtchen würden bestimmt die ersten Blumen ihre Köpfchen aus der Erde recken. Auch auf den noch provisorisch angelegten Ackerflächen würden erste Ernteerträge erwartetet werden können. Das würde dann bedeuten, daß mit etwas Glück der allergrößten Not schon mit den eigenen Ernteerträgen begegnet werden könnte.

Die bis dahin aber noch verhältnismäßig lange "Durststrecke" wollte Hannespeter durch vermehrte zusätzliche Flechtarbeiten nach Feierabend zu überbrücken versuchen. Indem er verschiedenartige Flechtarbeiten auf dem Markt in Sao Leopoldo anbieten wollte und mit etwas Glück auch verkaufen würde, wollte er dafür dringend benötigte Lebensmittel für die Familie einhandeln.

Friedrich wiederum wollte auf andere Art versuchen, zum Unterhalt der Großfamilie etwas beizutragen. Nachdem er vor ein paar Tagen sein neues Gewehr ausprobiert und zielgenau eingeschossen hatte, war ihm die Idee gekommen, es jetzt eventuell als Jagdwaffe zu nutzen. Ein ab und zu erlegtes Wildtier könnte ganz sicher auch zur Linderung der Not und zum Überleben in dieser allerersten Durststrecke hier im Busch beitragen. Um das Wild in den kurzen Dämmerungsstunden beim Heraustreten aus dem Dickicht zu seinen Äsungsstellen besser beobachten zu können, wollte er unweit der Gebäude im Busch einen Hochsitz errichten. Gut getarnt mit Ästen und Zweigen wäre es sicher möglich, austretende Tiere von hier aus zu beobachten und eventuell auch zu erlegen. Nach dem Bau eines Beobachtungsstandes in der Vergabelung eines alten Paranußbaumes, durch eine Lianenleiter erreichbar, stand dem Unternehmen nichts mehr im Wege. So machte sich Friedrich mit den beiden Jungen Peter und Fritz an einem der nächsten Tage in den Spätnachmittagsstunden zum ersten Jagdausflug im brasilianischen Urwald bereit.

Nach nicht allzulangem, aber wie immer recht anstrengendem Marsch durch den dichten, verwachsenen Urwald hatten sie bald ihr Ziel, den von ihnen vorher errichteten Hochstand, erreicht. Vorsichtig und ruhig bestiegen die drei den Beobachtungsstand, um hier der Dinge zu harren, die in den nächsten Stunden auf sie zukommen sollten. In äußerster Anspannung und mucksmäuschenstill sahen und horchten sie in den fast übergangslos dunkel werdenden Wald hinein. Nach nicht allzu langem Warten war es dann tatsächlich soweit: Langsam wurde es im Urwald um sie herum immer lebendiger. Einzelne Tiere trauten sich aus ihren Verstecken heraus und erfüllten den Urwald zunehmend mit Leben, so wie man sich das nach den bisherigen Tageswanderungen fast nicht vorstellen konnte. Jetzt, mit beginnender Dunkelheit und damit verbundener wohltuender Abendkühle und kurz vor dem Anbruch der Nacht, die fast übergangslos nach kurzer Dämmerung hereinbrach, zeigte sich schlagartig, wie der Urwald lebte: Auf einmal regte sich überall Leben, in den hohen Baumwipfeln wie auch auf dem Erdboden. Urplötzlich kamen verschiedene fremdartige, den Hunsrücker Jägern bisher nicht bekannte Tiere zum Vorschein. Alle Tiere waren auf Nahrungssuche und bestrebt, dabei fette Beute zu machen. Verschiedene Affenarten traten als erste mit viel Lärm auf den Plan. Ganz in der Nähe des Beobachtungsstandes trieb eine ganze Herde roter Brüllaffen ihr Unwesen. Schreiend und hastig sich von Ast zu Ast schwingend, versuchten sie, in eifersüchtige Streitereien verwickelt, jeder für sich die beste Beute zu machen. Am Boden war meist kleines Raubzeug unterwegs. Nasen- und Ameisenbären taten sich gütlich am reich gedeckten Tisch, den ihnen der Urwald hier bot. Größere, vielleicht für eine Beute geeignetere Tiere konnten die drei bei der rasch fortschreitenden Dunkelheitnicht mehr genau ausmachen.

Bei der Vielzahl an heraustretenden Tieren gab es so viel zu sehen und zu beobachten, daß sie, fasziniert von der Vielzahl all jener Tiere, alles andere um sich herum vergaßen, sogar das allerwichtigste, wofür sie eigentlich hierher aufgebrochen waren. So viele interessante und vorher nie gekannte Urwaldtiere waren auf den Plan getreten, daß es für Friedrich und die zwei Jungen zu einem so nicht erhofften, hoch interessanten Erlebnis gekommen war. Hell begeistert von dem, was in der allzukurzen Dämmerstunde vor ihren Augen abgelaufen war, mußten sie aber bald Abschied von ihrem Beobachtungsstand nehmen, bevor die pechschwarze Dunkelheit sie ganz einholen und somit ein Nachhausekommen erschweren könnte. Anders als in der alten Heimat trat die völlige Dunkelheit hier im Urwald sehr plötzlich ein. Das, was sie an diesem Abend gesehen und erlebt hatten, entschädigte sie aber bei ihrem Abstieg von dem Hochsitz dafür, daß sie dieses Mal ohne die erhoffte Beute den Heimweg antreten mußten. Das war ganz sicher etwas, das sich bei dem von ihnen beobachteten Wildreichtum in nächster Zeit ändern würde. Gerade noch so zwischen Tag und Dunkel die Siedlung und die schützende Pikade erreichend, gab es an diesem Abend wieder viel Neues und Spannendes zu erzählen. Wieder einmal war ein erlebnisreicher Kolonistentag mit neuen Erkenntnissen für sie zu Ende gegangen, so wie die vielen anderen Tage vorher seit ihrer Ankunft hier, die immer wieder Neues und manchmal fast Unglaubliches für sie gebracht hatten. Dinge, die sie in ihrer alten Heimat für ausgeschlossen und unmöglich gehalten hätten: eine Tropenwelt, bunt und schön, aber auch gefährlich, hart und kräftezehrend.

Auf Dauer würden diese Erlebnisse und neuen Eindrücke die Menschen hier immer mehr prägen und beeinflussen, bis dies alles endlich zum Alltag geworden war und dies Land somit zur eigentlichen neuen Heimat für sie, in der sie sich immer wieder auf´s neue bestätigen und zurechtfinden mußten.

Nach und nach, so hofften sie, würden mit den Jahren gewiß viele der jetzt noch sehr schwer auf ihnen lastenden Sorgen immer weniger werden, so, daß das Leben in steter Not in dieser Anfangszeit auch hier eines Tages einem Leben in Normalität und Zufriedenheit weichen würde.

Daß eines Tages die Kinder auch wieder in eine Schule gehen könnten, wozu es hier in dieser Anfangszeit weitab von jeder Zivilisation mitten im Urwald keine Möglichkeit gab, erhofften sie. Im Moment hatte Regina neben den anderen schwierigen neuen Aufgaben auch diese Pflicht noch übernommen, die Kinder wenigstens halbwegs zu unterrichten. Sie wollte nicht riskieren, daß zu allen anderen Gefahren und Tücken in dieser für sie immer noch fremden Umgebung eine neue Gefahr hinzukommen könnte: die Gefahr, daß den Kindern hier etwas Wichtiges verloren gehen könnte, ihre Schulbildung, die sie bei all ihrer Armut und ihrem Hunger in der alten Heimat wenigstens noch erhalten hatten.

Viertes Kapitel

(Sao Leopoldo, fünf Jahre später, 1832)

Auf den Grundstücken Nr. 53 und 54 der dort ansässigen Siedler Teis und Gewehr am untersten Ende der neuen Siedlerschneise hatte sich in dem Zeitraum der fünf Jahre zwischen 1827 und 1832 vieles verändert: Dort, wo am Anfang ihres kolonistischen Daseins eine Pikade mit kleinerem Rancho und Nebengebäuden stand, fand man jetzt nur noch einen verwüsteten Brandplatz vor: ein verlassenes, aufgegebenes Stückchen Erde, das längst wieder von der Wildnis überwuchert worden war.

Schon eineinhalb Jahre nach ihrer Ankunft und Niederlassung hier, am Weihnachtsabend des Jahres 1828, waren Eingeborene aus dem Urwald urplötzlich über einige Siedlungen am äußersten Rande der Kolonie hergefallen, hatten Tod und Verderben über die ahnungslosen Menschen gebracht. Verbitterte, aus ihrer Heimat vertriebene Indios hatten furchtbare Rache an ihren Vertreibern, den weißen Neusiedlern, genommen, Rache für eine von Jahr zu Jahr weitergehende und somit immer weiter fortschreitende Verdrängung aus ihrer angestammten Heimat und aus ihren alten Jagdgründen. Durch die immer größer werdenden Zahlen europäischer Kolonisten, die hierher kamen, von der brasilianischen Regierung angelockt, um mitzuhelfen, das bis dahin noch sehr unterentwickelte und wilde Land zu kultivieren und urbar zu machen, waren die Indios weit zurückgedrängt und nach und nach in Existenznöte gedrängt worden, woraus sie sich durch Aufstände und Kämpfe gegen die weißen Siedler befreien wollten.

Bei ihrer Attacke an jenem verhängnisvollen Weihnachtsabend 1828 waren damals auch mehrere Siedlungen deutschstämmiger Kolonisten in Flammen aufgegangen und gab es mehrere Tote und Verschleppte unter den Bewohnern zu beklagen. Brandschatzend, raubend und mordend ließen die angreifenden Indios den überraschten

Menschen wenig Chancen zur Gegenwehr. Hierbei traf es die Familie Ulrich ganz am äußersten Rand der Schneise besonders schwer: Alle Familienmitglieder waren entweder ermordet oder verschleppt worden. In der darüberliegenden Siedlung Teis und Gewehr waren zum Glück trotz des Verlustes aller Gebäude keine Menschen zu Schaden gekommen. Etwas besser als ihre Nachbarn auf einen solchen Indioüberfall vorbereitet, trat man hier mit Mut und Entschlossenheit den Angreifern entgegen. In der danebenliegenden Siedlung der Familie Sabel gab es jedoch abermals Menschenleben zu beklagen. Neben den abgebrannten Gebäuden mußte auch hier der Tod der Mutter und die Verschleppung der jüngsten Tochter beklagt werden. Für die Familie Teis und Gewehr hatte es sich also ausgezahlt, daß sie in Vorahnung solcher Geschehnisse etwas besser als ihre Nachbarn vorgesorgt hatten, vor allem durch den Besitz der früh erworbenen Verteidigungswaffen.

Als weiterer Sicherheitsfaktor erwies sich auch der etwas bessere und stabilere Innenausbau ihrer Pikade. Mit doppelt verstärkten Fensterläden und starken Türen, dank des gelernten Zimmermanns Friedrich Gewehr geschaffen, hatte man den anderen gegenüber einen kleinen Vorteil bei der Abwehr dieser Wilden, wogegen es gegen deren Feuerpfeile letztendlich aber auch kein Mittel und keine Gegenwehr gab.

Zu der anfänglich, kurz nach ihrer Ankunft auf dem Markt in Sao Leopoldo von Friedrich gekauften Waffe waren später noch einige weitere Gewehre dazugekommen. Nach mehreren kleinen Einbruchsversuchen und verdächtigen Spuren auf dem Grundstück, die deutlich auf indianischen Ursprung hindeuteten, war man vorgewarnt und vorsichtig geworden. Die Entscheidung, weitere Verteidigungswaffen anzuschaffen, fiel ihnen in dieser Anfangsphase sehr schwer. Vor allem Regina hatte Einwände erhoben. In einer Zeit, in der man fast am Hungertuch nagte, sollte man das wenige Geld, das sie noch zur Verfügung hatten, besser für andere, der ganzen Familie dienlichere Dinge ausgeben. Als aber an diesem, für sie alle so verhängnisvollen Abend ihre Ruhe und ihre Besinnlichkeit plötzlich durch Feuerschein und beißenden Brandgeruch gestört wurde, erwies sich die Anschaffung der Waffen und die voraussehende Vorsorge als gut und richtig. Sofort war allen bewußt, was jetzt auf sie zukommen würde: ein Überfall kriegerischer Indianerstämme auf ihr Heim und ihr Leben, dem sie nur mit genügend Waffen entgegentreten konnten.

Nachdem sich Regina voller Angst und Panik mit den Kindern in der äußersten, ihrer Meinung nach sichersten Ecke der Pikade verschanzt hatte, luden die Männer ihre Waffen durch. Von zwei Seiten ihres Anwesens zugleich nahmen sie das Feuer auf die in der Dunkelheit nur schemenhaft zu erkennenden Angreifer auf, schossen, was ihre Gewehre hergaben, bis endlich das Kampfgetümmel aufhörte und wieder Ruhe eintrat. Nur das Prasseln der Flammen, die die Gebäude über ihren Köpfen abbrannten, war als deutliches Zeichen ihres neuerlichen Verlustes und ihres vorläufigen Obdachlosendaseins wahrzunehmen. Vor dieser alles vernichtenden Feuersbrunst sich dann ins Freie rettend, hatten sie durch ihre tapfere Gegenwehr wenigstens ihr nacktes Leben gerettet.

Vor ihren niedergebrannten Hütten sitzend oder knieend, dankten sie in dieser einesteils heiligen, auf der anderen Seite aber auch schrecklichsten Nacht ihres Lebens ihrem allmächtigen Herrgott für ihre Rettung und Bewahrung vor dem Allerschlimmsten, dafür, daß er sie auch dieses Mal wieder, wie so oft schon in der Vergangenheit, wundersam vor dem totalen Untergang und dem Tod bewahrt hatte.

Ein kleiner Lichtblick für sie war in dieser Notlage die sofortige und spontane übergroße Hilfe und Fürsorge ihrer bewahrten Nachbarn, die sie in dieser Schicksalsstunde nicht alleine ließen, die sie trösteten und sie liebevoll bei sich aufnahmen und ihnen darüber hinaus immer wieder neuen Mut und Zuversicht zu vermitteln suchten.

Regina und die Kinder wurden von den Nachbarn aufgenommen und weggebracht von dem Ort des schrecklichen nächtlichen Überfalls. Dort sollten sie unter der fürsorglichen Betreuung hilfsbereiter Menschen wenigstens etwas Abstand von der Schreckensnacht gewinnen und sich ein wenig erholen.

Hannespeter und Friedrich dagegen schlossen sich trotz des Verlustes ihres Hab und Gutes spontan dem Suchtrupp an, der nach den vermißten Menschen aus der Nachbarschaft suchte. Leider waren diese Rettungsversuche auch nach tagelangem Durchkämmen des nahen Urwaldes vergebens. Von den bemitleidenswerten Menschen gab es keine Spur mehr, so als wenn sie der fast undurchdringliche Urwald verschluckt hätte, um sie nie mehr herzugeben.

Fünftes Kapitel

(Die Jahre von 1829 bis 1870/1875)

Der erneute schlimme Rückschlag warf bei vielen der Neusiedler die nach solch einem Desaster immer wieder neu aufbrechende Frage auf, wie es denn nun überhaupt weitergehen sollte. War ihre Entscheidung, hier in dieses Land zu gehen und zu siedeln, überhaupt die richtige und gegenüber der Frau und den Kindern zu verantworten? Zu den Zauderern und Wankelmütigen gehörte auch Regina, die den Tag immer mehr verwünschte, an dem sie sich zu diesem, durch Not und Armut der Heimat herbeigeführten Entschluß durchgerungen hatte, damals in der vagen Hoffnung, im Leben vielleicht einmal etwas Glück zu haben und vor Gefahren, wie sie sich jetzt vor ihnen auftaten, verschont zu bleiben. Doch, was sie schon während der Überfahrt und im Nachhinein hier erleben mußte, überstieg jetzt fast schon ihre Vorstellungskraft. Leider nutzte aber das ganze Zetern und Hadern nichts mehr. Für alle, die hierher gekommen waren, gab es kein Zurück mehr, galt nur eine Devise: weiter zu erdulden und weiter zu kämpfen oder aufzugeben und hier in dieser erbarmungslosen Urwaldhölle unterzugehen. Denn einen Rückweg gab es für niemanden mehr, der hierher gekommen war. Daher beriet man mit den Nachbarn, wie es überhaupt hier in Zukunft weitergehen sollte, wobei man nach langem Beraten zu dem Schluß kam, auf andere Weise als zuvor nochmal einen neuen Anfang zu wagen. Auf keinen Fall sollten hier unten in der äußersten und damit größten Gefahrenzone noch einmal einzelne, weit auseinandergelegene Siedlungen errichtet werden.

Keine neuen Siedlungen mehr in der Art, wie sie bisher immer wieder angriffslustigen Indios zur Zielscheibe und zur leichten Beute geworden waren, sollte es geben. Um den erkannten Gefahren in Zukunft besser entgegentreten zu können, einigten sich die Siedler schließlich auf folgende Neuerung: Hier am äußersten Rande des von Weißen besiedelten Kolonialgebietes von Sao Leopoldo sollte zukünftig nach einer neuen, mehr Sicherheit versprechenden Methode verfahren werden, indem man mehrere Einzelsiedlungen zu einem kleinen Gemeinschaftsdorf zusammenbauen wollte, ähnlich einem Wehrdorf oder einem militärischen Außenfort, um so gemeinsam und gestärkt solchen Überfällen in Zukunft besser entgegentreten und sie auch besser abschlagen zu können. An einem zentralen Punkt sollten daher im Verbund mehrere Pikaden und Nebengebäude zusammengebaut werden.

So wie es geplant und beraten worden war, entstand schon im Frühjahr 1829 die erste Gemeinschaftssiedlung dieser Art, bestehend aus fünf Siedlungen, wieder einmal mit Hilfe fast aller Bewohner der neuen Schneise, davon zwei Siedlern, deren Gebäude bei dem Brandüberfall vernichtet worden waren und drei Neusiedler, die in diesem Jahr hier zugezogen waren. Bei dieser mehr Schutz versprechenden Maßnahme wurden die fünf Pikaden mit Stallungen und anderen Nebengebäuden im Halbkreis zusammengebaut, mit Verbindungstüren zu allen Gebäuden. Zusätzlich wurde die ganze Anlage rundum mit Schießscharten versehen und zum Schluß noch mit einem hohen stabilen Schutzzaun abgeschlossen und gesichert. Als weitere Schutzmaßnahme kam man überein, hier draußen in nächster Zeit möglichst viele Außenarbeiten ebenfalls gemeinsam auszuführen, um so eventuellen Überfällen auf einzelne Personen besser vorbeugen zu können. Gemeinsam wurden in den kommenden Wochen und Monaten verstärkt riesige Brandrodungen durchgeführt. Weite Teile des angrenzenden Urwaldes wurden hierbei völlig niedergebrannt, einesteils als baum- und waldfreier Schutzring um das Dorf, andererseits aber auch, um aus dieser abgebrannten riesigen Kahlfläche nach und nach immer mehr Kulturland, vor allem Weiden, zu machen und zum kleineren Teil Ackerland zu gewinnen. Der weitaus größere Teil wurde so zu leicht kultivierbarem Gras- und Weideland. Hierzu wurde in das gut gesäuberte abgebrannte Urwaldstück einfach Grassamen zwischen den noch im Boden befindlichen Baumstümpfen in den aufgelockerten Boden ausgebracht, um damit verhältnismäßig schnell neues Gras- und Weideland zu bekommen, auf dem immer mehr Nutzvieh Futter und Nahrung finden konnte, vor allem für Nutztiere deutscher Kolonisten, die jetzt dabei waren, zwar noch langsam, aber unaufhaltsam, auch hier in den bisher so gefährdeten Außenbezirken Fuß zu fassen und sich hier festzusetzen mit dem festen Willen, ihren Besitz gegen alle von außen kommenden Gefahren zu verteidigen.

Bereits im fünften Jahr seit ihrer Ankunft, 1832, schien man es soweit gepackt zu haben, daß endlich von einem sich immer mehr stabilisierenden Zustand geredet werden konnte.

Auf den im Laufe der Zeit neu entstandenen Weiden rund um die Gemeinschaftssiedlung konnten mittlerweile auch die Familien Teis und Gewehr eine kleine Anzahl an Rindern ihr eigen nennen. Für sie war das ein schwer erarbeitetes Gut, das zu erringen ihnen vor ein paar Jahren noch fast unerreichbar und unvorstellbar erschienen war.

Mittlerweile waren die beiden Söhne Peter und Fritz siebzehn und achtzehn Jahre alt geworden und hatten sich trotz zeitweise größter Armut und manchmal schlimmer Hungerzeiten zu kräftigen und starken Burschen entwickelt. Groß und stark wie ihr Vater in jungen Jahren, waren sie ihm jetzt schon eine vollwertige Hilfe in fast allen Belangen. Von jung an schon zu Hause mit Vieh und Weidegang vertraut, machte es ihnen jetzt auch hier viel Freude, mit eigenem Weidevieh umgehen zu können, anders als früher zu Hause, wo sie ja nur anderer Leute Vieh hatten hüten dürfen.

Auch sonst war hier vieles anders als in der alten Heimat, als der Vater noch von Heide zu Heide und von Waldstück zu Waldstück ziehen mußte, um überhaupt etwas Futter für „seine" Tiere zu finden. Hier gab es riesige Weideflächen, auf denen der größte Teil der Tiere das ganze Jahr über bleiben konnte.

Wesentlich größere Probleme als in der alten Heimat, wo überall kleine Bäche und Quellen als Viehtränken zur Verfügung standen, gab es dagegen hier mit der Wasserversorgung der Tiere. Wenn die großen Weiden nicht zufällig an einen Urwaldfluß grenzten, mußten mühselig tiefe Brunnen gegraben werden. So kam es mit der Zeit, daß die neu entstandenen Ziehbrunnen hier in der brasilianischen Landschaft schon bald zum Wahrzeichen deutschen Pioniergeistes und deutschen Fleißes wurden.

Wenig geändert gegenüber früheren Zeiten hatte sich in der gemeinsamen Zusammenarbeit innerhalb der Familien. Genau wie früher mußte auch hier weiterhin Hand in Hand zusammengearbeitet werden, um bestehen zu können. So wie sich die Männer und Söhne auf den Weiden und Plantagen bewährten, taten es die Frauen und Mädchen innerhalb des „Wehrdorfes" in Haus, Hof und Garten. Schön gepflegte kleine Vorgärten waren im Innenhof des Gemeinschaftsdorfes angelegt worden als ein weiteres Zeugnis Hunsrücker Fleißes und Hunsrücker Tüchtigkeit. Wunderschöne tropische Blüten und Pflanzen erfüllten das sonst eher trist und trostlos wirkende Festungsdorf mit etwas mehr Leben, Blütenduft und Freundlichkeit.

Nach mehrjähriger Mitarbeit und Aufbauhilfe innerhalb der Siedlung hatte Friedrich Gewehr, so wie er es schon immer vorgehabt hatte, eines Tages den Urwald verlassen, um irgendwo in einem größeren Ort in seinem Handwerk weiterzuarbeiten; ein Vorhaben, das er im fernen Pôrto Alegre auch sofort in die Tat umsetzen konnte. Dort arbeitete er seither als Zimmermann in einem großen Sägewerk. Nachdem er dort in der Ferne sein Geld verdiente, kam er nur noch ganz selten in das Wehrdorf im Urwald zurück, an einen Ort, an dem es in letzter Zeit zum Glück auch etwas friedlicher und gefahrloser zuging, als in den Jahren zuvor. Seit dem Zusammenschluß zu einem Gemeinschaftsdorf war es hier ruhig geblieben, ohne weitere Überfälle und sonstige Aktivitäten von seiten indianischer Ureinwohner. Wie es sich herausgestellt und bewiesen hatte, war es damals eine gute und richtige Entscheidung gewesen mit dem Zusammenschluß wie auch mit der seit jener Zeit praktizierten Gemeinschaftsarbeit.

Ähnlich der dörflichen Fronarbeiten in der alten Heimat war man jetzt dazu übergegangen, nach altbewährter Methode Verbindungswege zu den einzelnen Siedlungen und zur Außenwelt zu bauen, zwar noch ziemlich primitive, aber immerhin doch befahrbare Urwaldwege.

Das war eine wichtige und nützliche Arbeit, wie sich immer mehr erwies. Auf Grund der neu geschaffenen, wenn auch immer noch provisorischen Verbindungen auch zu den entlegensten Urwaldsiedlungen hin, war es endlich möglich geworden, auch die Kinder dieser bisher fast noch von allem abgeschnittenen Siedlung am Schulunterricht teilnehmen zu lassen. Ungefähr acht Meilen vom Wehrdorf entfernt, am Anfang der neuen Schneise, war eine deutsche kirchliche Privatschule eingerichtet worden, eine Schulart, die zu der Zeit von den meisten deutschen Siedlern, im besonderen aber auch von den Hunsrücker Kolonisten, allen anderen Schularten vorgezogen wurde. Als größtenteils protestantische Hunsrücker Einwanderer waren sie mit der überwiegenden Zahl aller anderen deutschen Einwanderer fast instinktiv gegen die rein katholischen Nationalschulen Brasiliens eingestellt. Diese etwas einseitige starre Haltung der Siedler stieß im Staat aber auf wenig Gegenliebe, woraus sich später sogar ein regelrechter Zwist entwickelte, der immer mehr zum Zankapfel zwischen den deutschen Kolonisten und der Provinzregierung in San Pedro wurde.

Sofort nach der Machtergreifung von Kaiser Dom Pedro II. nach 1831 wurde der Druck auf die deutschstämmigen Siedler immer stärker. Unter keinen Umständen wollte man regierungsamtlich neben der portugiesischen Landes- und Nationalsprache in den Kolonien eine zusätzliche Sprache tolerieren, die dazu geeignet wäre, zweisprachige Brasilianer hervorzubringen. Man sah aber doch von direkten Verboten und Zwangsmaßnahmen ab und tolerierte stillschweigend, wenn auch widerwillig, weiterhin die deutschen Privatschulen und den deutschen Sprachgebrauch in der Kolonie. So blieb für die Zukunft die deutsche Sprache in der Kolonie erhalten, und zwar zum großen Teil der Hunsrücker Dialekt. (Dieser ließ sich in der großen deutschen Kolonie Sao Leopoldo sogar bis zum heutigen Tag nicht verdrängen.)

Für die größeren Kinder der Familie Teis stellte sich die Frage, welche Schule sie hier in ihrer neuen Heimat besuchen sollten, nicht mehr: In dem Wirrwarr der ersten Kolonistenjahre, ohne die Möglichkeit, überhaupt eine Schule zu besuchen, waren sie mittlerweile aus dem schulpflichtigen Alter herausgewachsen. Für sie mußte es in ihrem weiteren Leben ausreichen, was sie in der alten Heimat noch gelernt hatten und was ihre Mutter ihnen im Nachhinein noch versucht hatte, beizubringen. Alleine Lisa als jüngstes Kind mit ihren elf Jahren hatte noch die Möglichkeit, einen Schulanfang hier zu beginnen. Sie ging von jetzt ab in eine deutsche Privatschule in Sao Leopoldo, wohin sie zusammen mit anderen Kindern aus der Siedlung jeden Tag mit der Pferdekutsche gebracht und von wo sie nach Schulschluß auch wieder abgeholt wurde.

Bei allen verständlichen Gründen - sei es aus religiösen oder teils auch aus anderen Beweggründen -, konnte die hartnäckige Weigerung der deutschen Kolonisten anderen Sprachen und Nationalitäten gegenüber aber keinen Bestand haben. An der portugiesischen Landessprache führte auf Dauer für sie kein Weg vorbei, wollten sie nicht riskieren, hier in diesem großen Land als ewige Außenseiter am Rande zu stehen. Ganz sicher war diese fremde, schwer zu erlernende Sprache für viele Kolonisten eine fast unüberwindbare Barriere, die mit der Zeit aber genommen werden mußte, ob man wollte oder nicht. Ob beim Gang zu den Behörden, im Handel und auf vielen weiteren Gebieten, war man ohne die Kenntnis der Landessprache in Wort und Schrift auf Dauer hilflos.

In der Urwaldsiedlung bei der Familie Teis war man nach und nach soweit, endlich den ganzen Besitz bis in den letzten Winkel genau zu erforschen. Wie bei allen anderen Neusiedlern auch, war es in den ersten Jahren ihrer Kolonialzeit vordergründig gewesen, zuallererst ein Dach über den Kopf zu bekommen, um dann in der näheren Umgebung so viel zu roden und zu kultivieren, wie es zum Überleben und dem Erhalt der Familie vorläufig nötig war. Erst nach diesem ersten Besitz-Ergreifen hatten die Siedler im Laufe der folgenden Jahre versucht, ihren Besitz im Detail genau kennenzulernen, das Land weiter zu roden und zu kultivieren. Oft war das ein Unterfangen, das viel schwerer war, als sich das viele vorgestellt hatten, bei den sehr verschiedenen und recht unterschiedlichen Urwaldstrukturen, mit denen man es hier zu tun hatte. Leicht bewachsene, gut zu bearbeitende Zonen wechselten mit dschungelartigem, fast undurchdringlichem Wildwuchs ab. Dann stand man zur Abwechslung auch einmal vor regelrechten Urwaldlichtungen, die, nur mit hohem Pampasgras und anderen Unkräutern wie riesigen, silbrig schimmernden Disteln und einer Art Kakteen bewachsen, einen sonderbaren Kontrast zum übrigen Urwald boten. Alles in allem zeigte sich das Land fremdartig und wild für europäische Menschen. Aber gleich, wie auch alles geartet war, es mußte genau erforscht und mit den Jahren als Neuland auch bearbeitet werden.

Nachdem das dritte Pferd in der Siedlung Teis angeschafft worden war, wollte Hannespeter mit seinen beiden Söhnen endlich den Rest seiner bisher noch nicht genau erforschten Besitzungen kennenlernen. So entschlossen sie sich endlich, bis zu den Grenzen ihres riesigen Besitztums vorzudringen und zu reiten. Quer über ihr Gebiet sollte der Ritt aus nördlicher Richtung in die noch etwas unbekanntere südliche Gegend führen.

Nach mehrstündigem Ritt endlich am äußersten südlichen Zipfel ihrer Besitzung angekommen, gab es für sie dort noch eine unerwartete Überraschung: Vor ihren Augen schlängelte sich ein ihnen vorher noch nicht bekanntes kleines Urwaldflüßchen entlang.

Ein kleiner Nebenfluß, wie sich später herausstellte, des größeren Jacuhy mit dem Namen „Rio dos Sinos", grenzte ihre Besitzung auf natürliche Weise nach Süden hin ab. Diese natürliche Abgrenzung durch einen Flußlauf empfanden die drei Entdeckungsreiter sofort als etwas sehr Nützliches und Gutes, wenn nicht sogar als einen besonderen Glücksfall im Nachhinein: Dieser kleine Wasserlauf hier im sonst sehr trockenen Süden ihres Besitzes könnte in mancherlei Hinsicht für sie sehr von Nutzen sein, etwa als nie versiegende Quelle zur Speisung ihrer Viehtränken auf den zukünftigen umliegenden Weiden oder zur Bewässerung möglichen späteren Ackerlandes dort. Diese für sie zufällige, reichlich späte Entdeckung ließ ihren gesamten Besitz plötzlich in einem ganz anderen, helleren Licht erscheinen. Ihre am Anfang etwas schlechte Meinung über die Zuteilung des Landes am untersten Ende der neuen Schneise wurde dadurch wesentlich revidiert und verbessert. Wenn nicht alles täuschte, war aus dem für sie vermeintlich schlechten Los somit noch ein gutes geworden, vielleicht sogar eines der besten Lose, das die Provinzialregierung damals zu vergeben gehabt hatte.

Mit der neuen, guten Erkenntnis im Kopf war der weite Rückweg zur Siedlung nur noch halb so mühselig wie am Morgen des Tages der Ritt über Stock und Stein hierher.

Mit einer so guten Nachricht nach Hause zu kommen, war für alle etwas sehr Erfreuliches. Das würde sich bestimmt auch mobilisierend und mutmachend auf ihre weitere harte Arbeit auf der Farm und bei der Kultivierung und der Urbarmachung in der nächsten Zeit auswirken.

Bei den Gemeinschaftsarbeiten war man in den nächsten Wochen und Monaten zielstrebig immer weiter und tiefer in den Urwald vorgedrungen. Immer neue Brandrodungen reichten mittlerweile schon bald bis an den Rand der schon am Anfang ihres Hierseins entdeckten Schlangenlichtung, damals wegen der vielen Giftschlangen, die sich hier auf dieser sonnendurchfluteten Lichtung tummelten, so genannt. Die große, weite, von Schlangen, Skorpionen und anderem Ungeziefer verseuchte Urwaldlichtung sollte als nächste Kultivierungsmaßnahme in Angriff genommen werden. Durch Abbrennen der großen grasbewachsenen Urwaldfläche mit all ihrem Wildwuchs wollte man zwei Fliegen mit einer Klappe schlagen: erstens diese Lichtungsfläche von allem Unkraut befreien und zur späteren Kultivierung säubern, zweitens aber auch alles dort nistende Getier vernichten.

Als der Tag zu dieser Maßnahme gekommen war, legten die Siedler rundum von allen Seiten zugleich Feuer, das sich in dem trockenen hohen Pampasgras rasend schnell wie eine Feuerwalze zur Mitte hin bewegte. Hier konnte man hunderte von giftigen Reptilien beobachten, die, immer mehr von dem herannahenden Feuer in die Enge getrieben, in Panik gerieten. Hauptsächlich waren es giftige Brillenschlangen, Mambas und Nattern, die ganz zum Schluß als letztes

Aufbäumen ihre silberglänzenden Körper noch einmal steil aufrichteten, um dann in der Feuerglut zusammenzusacken und zu verenden.

Damit war hier auf dieser Urwaldlichtung, zumindest für den allerersten Anfang, die Gefahr gebannt, die an anderen Orten schon manchem Kolonisten zum Verhängnis geworden war. Von dem gefährlichen Ungeziefer gesäubert, würde hoffentlich auch auf dieser weiten, brandkahlen Urwaldfläche nach der nächsten Regenzeit bald wieder saftiges grünes Gras wachsen, auf dem wieder einmal dem Urwald abgerungenen zusätzlichen Weideland zum Nutzen der Menschen, die jetzt hier lebten und eine neue Heimat gefunden hatten.

In den kommenden Jahren bis 1835 versuchten die in dem „Wehrdorf" zusammengeschlossenen Siedler, zielstrebig immer weiter Grund und Boden als Neuland zu gewinnen und ihre Existenz so weit zu festigen, daß ihr Leben langsam in halbwegs normalen Bahnen verlaufen konnte.

Wie den übrigen Bewohnern in der Gemeinschaftssiedlung war es auch Hannespeter mit seinen beiden Söhnen gelungen, immer noch mehr neues Kulturland dem Urwald abzuringen und urbar zu machen, mittlerweile so viel, daß auch bei ihnen nicht mehr von einer allzugroßen Notlage die Rede sein konnte.

Doch, als jetzt die allergrößte Not gebannt schien, sah es auf einmal so aus, als ob sich neues unvorhersehbares Unheil über den Menschen hier in der Region ausbreiten würde, als im Sommer 1835 plötzlich ein schrecklicher Bürgerkrieg ausbrach. Er ließ für die Kolonie und für die ganze Provinz in der nächsten Zeit nichts Gutes erahnen. Doch niemand erkannte damals, daß der zwischen den loyalen und den putschenden Republikanern entfachte Streit gerade auch der Kolonie und ihren Bewohnern so schwer zusetzen würde. Am Anfang dieser Streitereien waren die Kolonisten noch wenig betroffen. Abgesehen von gelegentlichen Diebstählen und Plündereien, die ab und zu auch mal zum Abschlachten von Weidetieren durch die Bürgerkriegsparteien führten, ließ man die europäischen Neusiedler weitgehend aus dem Spiel heraus. Das ging so weit, daß den europäischen

Siedlern in der Kolonie Sao Leopoldo von den kriegführenden Parteien sogar Neutralität angeboten wurde, da man der Meinung war, diese Fremdlinge unbedingt aus den internen Streitereien der zwei rivalisierenden brasilianischen Gruppen heraushalten zu müssen. Diese neutrale Haltung hatte auf Dauer freilich leider keinen Bestand. Immer mehr und immer direkter wurden auch die Kolonisten im weiteren Verlauf des Krieges in den Strudel der Wirren hineingezogen und von daher zunehmend zur Parteinahme gezwungen, Dinge, die in diesen verworrenen und unkontrollierbaren Zeiten ganz sicher unvermeidbar waren. So war es überhaupt kein Wunder, daß sich in den Reihen der Kolonisten immer mehr die Bereitschaft zur Selbstverteidigung regte.

Denn sie mußten nun fast täglich feststellen, daß sie langsam - trotz ihrer neutralen Haltung – eigentlich die Hauptleidtragenden der ganzen traurigen Geschichte waren, da weiterhin rücksichtslos auf ihren Besitzungen und Plantagen geraubt, geplündert und gestohlen wurde, immer öfters Vieh von den Weiden verschwand und im extremen Fall über Nacht ganze Weiden leergeräumt waren. Sie wollten nun ihr in all den Jahren so schwer und hart erarbeitetes Hab und Gut wenigstens noch zum kleinen Teil vor dem Zugriff Fremder retten und, wenn es sein mußte, sich und ihr Eigentum auch verteidigen.

Unglücklicherweise waren sich die hier niedergelassenen Kolonisten bei der Parteinahme aber sehr uneinig. Teils aus religiösen, aber teils auch aus patriotischen und durchaus uneinsichtigen Gründen spaltete sich das Lager der Kolonisten schließlich in zwei Teile. Es trat eine Entwicklung ein, die den europäischen Einwanderern letzten Endes nichts Gutes bescherte. Denn im Ernstfall konnte es jetzt passieren, daß sie sich bei den hin- und herwogenden Kämpfen plötzlich gegenüberstanden und sich dabei im Extremfall auch gegenseitig töten mußten. Sonderbarerweise schloß sich der weitaus größte Teil der evangelischen Kolonisten den rein katholischen, also den kaisertreuen Truppen an, vielleicht aus Dankbarkeit für ihre Aufnahme hier in diesem Land oder auch aus purer Abneigung gegen das Wort „Rebellen", ein Wort, das nicht ganz in ihr überaus christliches und konservatives Weltbild paßte.

Gegenüber der großen Mehrheit, die sich so verhielt, konnten es die beiden evangelischen Pfarrer von Sao Leopoldo mit ihrem Gewissen aber nicht vereinbaren, streng katholischen Herren zu dienen. Sie schlugen sich daher auf die Seite der Rebellen. In deren Reihen fand später der hochangesehene und unter allen Kolonisten sehr beliebte Pfarrer Klingelhofer den sogenannten „Heldentod". Ebenfalls etwas später in diesem Bürgerkrieg umgekommen war auch dessen Sohn Hermann, der lange Zeit später immer noch als der tapferste und kühnste Krieger des brasilianischen Revolutionszeitalters gerühmt und verehrt wurde.

Ebenso wie diese evangelischen Pfarrer hatte sich sonderbarerweise auch der größte Teil der katholischen Kolonisten den Republikanern angeschlossen. Es herrschte also ein Durcheinander, in dem zeitweise kein Mensch mehr richtig durchblicken konnte und genau wußte, wer eigentlich gegen wen und weshalb zu kämpfen hatte.

Als durch die schlimmen Kriegswirren die Lage in der jungen Kolonie immer brisanter und dramatischer wurde und dadurch die schwer erarbeitete Existenz für jeden Einzelnen der Siedler immer mehr auf dem Spiel stand, entschlossen sich auch Hannespeters Söhne Peter und Fritz, Partei zu ergreifen, um so ihren Besitz, ihr Hab und Gut, genau wie viele andere vor ihnen, im Kampf zu verteidigen.

Im Frühjahr 1837 ließen sie sich im Alter von 22 und 23 Jahren bei den Kaiserlichen anwerben und einschreiben, um fortan mit ihnen für Gerechtigkeit, Frieden und Freiheit im Land zu fechten und zu kämpfen. Sie taten das auch im guten Glauben, mit ihren Diensten für ihr neues Vaterland, ihre neue, zweite Heimat und für ihre Kolonie etwas Gutes zu tun und um durch ihren Einsatz letzten Endes zur schnelleren Beendigung des für sie alle schädlichen und vor allem unsinnigen Bürgerkrieges mit beizutragen. In der Hoffnung, daß bald wieder normale Zeiten hier einkehren könnten, zum Segen der Menschen hier in der Kolonie, aber auch zum Aufschwung und weiteren Erblühen der Kolonie und des aufstrebenden Landes, ergriffen sie die Waffen.

Natürlich wirkte sich der Weggang von Peter und Fritz in der Siedlung, vor allem aber bei der eigenen Familie, als sehr nachteilig aus. Zwei junge starke Burschen gab es jetzt neben einigen anderen, die zum selben Zweck schon früher das Wehrdorf verlassen hatten, als Arbeitskräfte erneut weniger, als dringend benötigte Arbeitskräfte, die bei der weiteren Urbarmachung und Kultivierung überall fehlten.

Wie einige seiner Nachbarn schon früher, stand jetzt auch Hannespeter wieder alleine auf weiter Flur. Ihn kostete es jetzt, älter geworden, viel Kraft und Überwindung, wenigstens halbwegs mit der Arbeit auf den Feldern und bei den Herden auf den Weiden fertigzuwerden. Zusätzlich hierzu oblag es ihm ja auch noch, den Schutz seiner Familie gegen Räuber und Diebe zu gewährleisten. Allerhand Gesindel, das jetzt in diesen unruhigen Zeiten Hochkonjunktur hatte, trieb sich herum. Dies alles ließ sich sicher für eine Weile ertragen, immer in der Hoffnung, daß das Drama bald ein Ende finden würde, so daß auch hier in der Urwaldsiedlung endlich wieder Normalität einkehren konnte. An Streitereien dieser Art, die sich über einen Zeitraum von fast zehn Jahren hinziehen sollten, hätte am Anfang sicher niemand geglaubt.

Im weiteren Verlauf des hin- und herwogenden Krieges tat sich wider Erwarten aller, die ihn bisher kannten, Peter Teis besonders hervor. Er erwies sich als mutiger Kämpfer und Haudegen in allen Lagen. Das hatte zur Folge, daß er verhältnismäßig schnell zu Ansehen und Orden bei den Kaisertreuen kam, eine Tatsache, die ihm aber auch zum bitteren Verhängnis werden sollte:

Schon im zweiten Jahr seiner Dienste bei den loyalen Truppen, genau am 1. November 1839, geriet er an der Spitze einer Reiterschwadron in den Hinterhalt feindlicher Rebellen. Trotz größten Kampfgeistes und Mutes war dies für ihn - noch am Anfang des Krieges - sein letztes Gefecht: Von einer feindlichen Kugel getroffen, verlor er bei der Attacke sein junges Leben.

Nutzlos in einem unsinnigen Bürgerkrieg, der letzten Endes außer neuer Armut, neuem Elend und neuer Trauer zum Schluß niemandem etwas gebracht hatte, hauchte er sein junges Leben aus, eine schlimme und traurige Erkenntnis für seine ganze Familie und vor allem für seine Mutter Regina. Sie hatte ja von Anfang an immer damit gerechnet, daß dieses von ihnen begonnene Abenteuer eines Tages auch Opfer verlangen würde. Opfer verschiedener Natur, entweder durch Hunger und Krankheit, durch wilde Tiere oder durch kriegerische Ureinwohner. Aber niemals wäre ihr der Gedanke gekommen, hier in diesem Land einen ihrer Jungen durch einen unsinnigen Bürgerkrieg zu verlieren. Um so viel größer empfand sie diesen schweren und herben Verlust, nach allem, was ihre Familie bisher gemeinsam mit großer Geduld tapfer und mutig durchgestanden hatte. Dies war von Anfang an oftmals nur mit äußerstem Einsatz ihres Lebens und einer guten Portion Glück möglich gewesen. Fast ununterbrochen hatten sie alle in Gefahr gelebt, vom ersten Tage der unheilvollen Überfahrt über die Weltmeere bis zum heutigen Tag.

Eines Tages aber kam, schon fast unverhofft, doch noch einmal ein kleiner Lichtblick und ein Hoffnungsfunke für sie auf: Nach viel zu langem Gezänk und Querelen über Jahre hin sahen die Bürgerkriegsparteien endlich ein, daß weitere Kämpfe zu nichts führen würden. Außer Elend, Trauer und noch größerer Armut für alle war bisher in dieser Region nichts bei all diesen Streitereien herausgekommen.

Nach dieser allzu späten Einsicht und Erkenntnis beider Kriegsparteien pendelte sich langsam wieder ein wenig Normalität ein, in deren Folge sich zunehmend entspanntere Verhältnisse im ganzen Land entwickelten. Das führte zum Glück auch immer mehr zu einem erneuten weiteren Aufblühen in der Kolonie Sao Leopoldo. Die vor allem von deutschen Einwanderern geprägte, sich immer mehr vergrößernde, gewerblich und wirtschaftlich aufstrebende und im Verlauf der Jahre immer besser florierende Musterkolonie entwickelte sich recht schnell zu einem bedeutenden Zentrum des Landes. Die günstige Entwicklung, die sich schon vor Kriegsbeginn abzuzeichnen begonnen hatte, setzte sich fort.

Bereits im Jahre 1854 konnten im Gebiet von Sao Leopoldo über elftausend Neusiedler gezählt werden. Eine gesunde Kolonie mit der

Tendenz zu weiterem Wachstum und Aufschwung war in den letzten Jahren und wenigen Jahrzehnten entstanden.

Doch plötzlich und unvorhersehbar wurde dieser aufstrebende Geist in der Kolonie von verschiedenen Maßnahmen der brasilianischen Provinzialregierung abgebremst: Von da aus wurde veranlaßt, vorläufig keine weiteren Einwanderer in das Gebiet von Sao Leopoldo einreisen und hier seßhaft werden zu lassen. Die weitere Kolonisation der Region wurde so unterbunden und statt dessen, um den immer noch in Brasilien erwünschten Zustrom europäischer Kolonisten nicht ganz abreißen zu lassen, in anderen Regionen des großen Landes neue kleinere Kolonien gegründet. Dies waren ganz und gar unverständliche Anweisungen der Regierung, deren Sinn damals nur wenige Menschen zu deuten wußten.

Sicher gab es dafür nur eine einzige Erklärung: die eigentlich unbegründete Angst brasilianischer Behörden vor den für sie unwahrscheinlichen Erfolgen und dem dadurch entstandenen Aufschwung in so kurzer Zeit in dieser Kolonie. Vielleicht spielte hierbei sogar ein wenig Angst vor einer allzu starken deutsch-dominierten Kolonie Sao Leopoldo als eventueller zukünftiger „Staat im Staate" eine Rolle.

Zu den von der Regierung neu ausgesuchten Plätzen für Neuansiedlungen zählte auch die später gegründete Kolonie Santa Cruz in der Nähe von Rio Pardo. Sie hatte jedoch von Anfang an nicht den aufstrebenden Geist der Kolonie Sao Leopoldo und fiel bald wirtschaftlich hinter sie zurück. Das wirkte sich mit der Zeit so aus, daß man schon nach einigen Jahren von dieser Kolonie nur noch wenig hörte.

Ähnlich verhielt es sich auch mit weiteren Experimenten, zusätzliche neue, aber kleinere Kolonien am nördlichen Ufer des Rio Jacuhy zu schaffen. Auch dies waren allesamt Maßnahmen mit nur minderem Erfolg. Niemals erreichte eine dieser neuen Kolonien auch nur annähernd den Erfolg und die Bedeutung der Kolonie Sao Leopoldo in Rio Grande do Sul.

All dies wäre anders gekommen, wenn man vorausschauend - entgegen dem Willen der damaligen, eher bremsenden als fördernden

Provinzregierung - von Anfang an Verbindungswege zu den neu angelegten Kolonien geschaffen hätte, zuallererst zu der am nächsten gelegenen Kolonie Mundo Novo, nur ein paar Meilen von Sao Leopoldo entfernt. Das aber geschah - aus welchen Gründen auch immer - niemals. Diese Versäumnisse und die engstirnige Zurückhaltung der Behörden würden später einmal zu bereuen sein. Denn nur mutiges Zupacken und Fördern war in dieser aufstrebenden Zeit in diesem Land gefragt, das damals gerade anfing, aus seiner Rückständigkeit und Unterentwicklung zu erwachen.

Trotz der überaus ängstlichen, eifersüchtigen und zögernden, wenn nicht letzten Endes sogar rückläufigen Politik mancher verantwortlicher Provinzherren ging in der Kolonie Sao Leopoldo im ganzen, wie auch bei den einzelnen Siedlern, unangefochten von diesen Maßnahmen, der weitere Aufschwung voran. Im landwirtschaftlichen wie auch im gewerblichen Bereich der Kolonie waren überall Zuwüchse, Fortschritte und Neuerungen zu beobachten. Es entstanden Sägewerke, Getreidemühlen, Handwerksbetriebe, Gerbereien, Hammerwerke, Sattlereien, Schmiedebetriebe; Schuhmacher und Schneider machten sich selbständig; die Landwirtschaft florierte und prosperierte. Entsprechend dieser aufstrebenden Entwicklung und dem weiteren Bevölkerungszuwachs folgte daraus wie von selbst auch die kulturelle und kirchliche Entwicklung der Region.

Im gesamten Gebiet von Sao Leopoldo gab es bereits im Jahre 1854 zwölf protestantische und neun katholische Gotteshäuser. Außerdem waren bis dahin bereits vierundzwanzig deutschsprachige Schulen entstanden, genügend Einrichtungen also, um neben brasilianischem auch weiterhin deutsches Geistesleben, Kultur- und Gedankengut zu erhalten und fortbestehen zu lassen.

Im Zuge dieser günstigen Gesamtentwicklung hatte sich natürlich auch bei den Siedlern einiges zum Besseren gewendet. Besonders die Lage in den ehemaligen Außenbezirken hatte sich durch eine verstärkte militärische Präsenz wesentlich verbessert: Ohne weiterhin ständig von wilden und noch immer ungezügelten Guarani- und Bugre-Indianerstämmen belästigt und in Atem gehalten zu werden, war es jetzt dank des verstärkten militärischen Schutzes wieder möglich geworden, auch außerhalb der sogenannten Wehr- oder Schutzdörfer zu siedeln und zu existieren.

Dies bot eine neue Chance für viele Menschen auf ein freieres und gelösteres Leben als in der bisherigen Enge des Zusammengepferchtseins. Zudem ergaben sich nun auch gute Voraussetzungen, die einzelnen Besitzstände zu erweitern und noch zu vergrößern. Es entstanden neue größere und schönere Siedlungen, mit moderneren Häusern, großzügigeren Stallungen und anderen landwirtschaftlichen Nebengebäuden wie Trockenspeichern und Geräteschuppen, fernab von den Schutzburgen in der freien Landschaft ihrer großen Besitzungen, an Orten, von denen aus eine Bewirtschaftung ihrer Felder und Weiden in Zukunft besser und vorteilhafter sein würde.

Wie bei vielen anderen Siedlern, denen sich die Frage einer erneuten Aussiedlung immer dringender stellte, war das auch bei den Familien Teis und Gewehr der Fall: Vor allem durch die in letzter Zeit völlig neu entstandenen Situationen bei beiden Familien war hier eine Veränderung dringend notwendig. Denn Friedrich Gewehr trug sich neuerdings mit dem Gedanken, mit seiner vor Jahren in der Stadt Pôrto Alegre gegründeten Familie wieder hierhin auf seine ursprüngliche Besitzung zurückzukommen. Als fast schon eingefleischter Junggeselle hatte er im fernen Pôrto Alegre eines Tages doch noch Feuer gefangen und kurz entschlossen geheiratet, eine hübsche junge Mulattin, mit der er mittlerweile schon vier kaffeebraune Kinder hatte.

Um seiner Familie und vor allem seinen Kindern später einmal eine bessere Zukunft bieten zu können, war es jetzt sein Wunsch und Ziel, auf seine Besitzung an der neuen Schneise zurückzukommen, um sich hier eventuell eines Tages in seinem Beruf selbständig zu machen, die Wunschvorstellung, die er schon immer gehabt hatte, zu verwirklichen: hier im Urwald an geeigneter Stelle einen eigenen handwerklichen Betrieb zu gründen. Vielleicht wollte er das insgeheim auch, um seinem Freund Hannespeter in irgendeiner Weise nachzueifern. Denn der hatte es in den letzten Jahren fertiggebracht, mit seiner Familie zusammen eine für hiesige Verhältnisse doch schon ganz stattliche Farm aufzubauen und zu bewirtschaften, einen schönen Grundstock an Eigentum zu legen, auf dem sich für spätere Jahre noch viel aufbauen ließ. Für die weitere Zukunft in vielleicht etwas besseren Bahnen, als diese hier am Anfang vorgegeben waren, war ihm nicht bange.

Aus diesen Vorstellungen heraus reifte für beide, für Hannespeter und Friedrich, immer mehr der Plan, an einem anderen Ort einen neuen gemeinsamen Anfang zu wagen. Weitab von ihrem jetzigen Wohnsitz an einem geeigneteren und besseren Standort, wollten sie ihren Plan in die Tat umsetzen.

Ganz am äußersten Rande ihrer Besitzung, am Flüßchen Rio dos Sinos, begannen sie eines Tages damit, ihr neues Domizil aufzubauen, an einem Ort, der ihnen dafür geeignet schien, ihre insgeheimen Wünsche so zu verwirklichen, wie sie sich das in ihren Träumen immer vorgestellt hatten. Hier sollte jetzt endlich ihr Wunschtraum einer schönen neuen Hazienda in Erfüllung gehen mit dem Bau zweier schöner großer Blockhäuser samt zugehörigen Wirtschaftsgebäuden. Und hierzu hatten sie als allerschönstes auch noch eine kleine, selbst gebaute Sägemühle für Friedrich vorgesehen, die, angetrieben von dem munteren Urwaldflüßchen, für Friedrich und seine Familie hoffentlich eine gute Anfangsgrundlage für ihr weiteres Leben und Fortkommen sein würde.

Nach langen Jahren des Darbens in einem unerbittlich harten Existenz- und Aufbaukampf in der Urwaldregion gab es für die hier ansässigen Siedler jetzt endlich erste Lichtblicke. Diese führten langsam, aber stetig aus allzu langer Abgeschiedenheit und primitivster Urwaldexistenz immer mehr ins Helle.

Ein allererster Schritt dazu war der allmähliche Auszug der Familien aus den notdürftig erstellten, dunklen und engen Pikaden der allerersten Kolonistenjahre in jetzt hellere, freundlichere Blockhäuser. Es war in letzter Zeit immer ungefährlicher geworden, allein zu wohnen, und jeder hatte mehr und mehr Freiraum zum besseren Entfalten seiner Kräfte. Leider war es den beiden Söhnen der Familie Teis nicht mehr vergönnt, in die neuere bessere Zeit miteinzutreten.

Nachdem der älteste Sohn Peter als Soldat und Freiheitskämpfer für sein jetziges Vaterland in einem unsinnigen Bürgerkrieg sein junges Leben hingegeben hatte, ereilte ein paar Jahre später auch seinen Bruder Fritz ein schlimmes Schicksal: Anders als seinen Bruder traf es ihn nicht im Krieg und im offenen Kampf mit seinen Feinden, sondern als friedlichen Farmer beim Hüten seines Viehs. Bei dieser Tätigkeit trat er unglücklich auf eine im Gras versteckt lauernde Giftschlange, deren Biß für ihn das jähe Ende eines hoffnungsvollen, aber bis dahin auch sehr abenteuerlichen Kolonistenlebens bedeutete. Allzugerne hätte ihre Mutter Regina jetzt am Anfang des sich andeutenden, etwas besseren und freieren Lebens weiter für die Söhne gesorgt. Leider war es ihr aber nicht mehr vergönnt gewesen.

Der Kummer, die Sorgen, die Ängste und das ganze Leid über all die vielen Jahre hinweg hier in der grünen Urwaldhölle Brasiliens hatten mit den Jahren deutliche Spuren bei ihr hinterlassen: Aus der einst so stolzen, aufrechten und trotz allem mutigen Frau war nach dem, was sie hier hatte ertragen und erdulden müssen, ein gramgebeugtes Wesen mit schlohweißem Haar geworden, eine Kolonistenfrau der allerersten Generation, die so viel hatte erdulden müssen, wie es sich im alten Europa, in ihrer Hunsrücker Heimat und in ihrem Dorf, sicher niemand vorstellen konnte. Zu allen Sorgen, der schweren Arbeit und dem großen Leid über den Verlust der Söhne war für sie zusätzlich noch das niemals zu stillende Heimweh nach ihrer alten Heimat hinzugekommen.

Doch dies alles vermochte es nicht, diese tapfere Frau ganz zu zerstören und sie zu fällen. Wie ein starker Mastbaum in der Brandung, der vielen Stürmen getrotzt hatte, blieb auch sie weiter standhaft und stark, immer noch ein Hort und ein ruhender Pol für die ganze Familie, eine treusorgende Mutter und ein gläubiger Mensch, an den sich auch heute im Alter noch alle gerne anlehnten.

Die älteste Tochter Anna hatte schon vor einigen Jahren das Elternhaus verlassen. Nach ihrer Heirat mit einem deutschen Kolonistensohn aus der Nachbarschaft war sie ihm auf dessen elterliche Siedlung gefolgt. Er war der einzige Sohn und Erbe der Familie Mangold, die, zwei Siedlungen über dem Wehrdorf gelegen, zu den angesehensten Kolonistenfamilien zählte. Von hier aus war es für Anna nur ein Katzensprung, ihre Eltern und Geschwister, so oft sie wollte, zu besuchen.

Nach dem späteren Umzug von Hannespeter und Regina in den Außenbezirk des neuen Siedlungsgebietes am Rio dos Sinos sah dies freilich auf einmal ganz anders für sie aus: Jetzt war es ein Weg quer durch den angrenzenden Urwald geworden, den sie alleine nicht mehr auf sich nehmen konnte und wollte. Von daher blieben ihr jetzt im ganzen Jahr nur noch ein bis zwei Besuche bei den Eltern, die sie nur mit ihrem Mann zusammen unternehmen konnte. Diese lange Trennung fiel ihr manchmal sehr schwer.

Mit in das neue Haus der Eltern an ihren neuen Wohnort waren auch die beiden jüngsten Töchter Maria und Lisa gegangen. Maria, ebenfalls seit Jahren verheiratet, hatte, im Gegensatz zu ihrer Schwester Anna, mit ihrer Heirat den Eltern eine gewisse Sorge bereitet: Sie war trotzig aus der Tradition anderer Kolonistentöchter ausgebrochen und hatte ihren Willen durchgesetzt, den Mann ihrer Wahl zu heiraten und nicht einmal den ihrer Glaubensrichtung: einen Brasilianer portugiesischer Abstammung und katholischen Glaubens namens Manoel Martino, einen Jugendfreund von ihr, von dem sie nicht mehr abgelassen hatte und mit dem sie später trotz anfänglichem Ärger von seiten der Eltern hier auf die elterliche Farm gekommen war.

Den Ärger, den sie mit ihrem für damalige Verhältnisse doch recht trotzigen und selbstbewußten Schritt verursacht hatte, hatte sie aber mit den zwei Enkelkindern, die sie den Eltern im Nachhinein geschenkt hatte, wieder leicht wettgemacht. Inzwischen waren der kleine Philippe und sein jüngerer Bruder Petro die Lieblinge der Oma geworden. Mit den Enkelkindern war auch bei Regina wieder etwas mehr Mut und Lebensfreude geweckt worden, wobei sie sehr hoffte, es noch erleben zu können, daß ihre beiden Enkel einmal in die Fußstapfen ihrer beiden Onkel Peter und Fritz treten und zu kräftigen gesunden Farmern heranwachsen würden als zukünftige Garanten für den weiteren Fortbestand der von der Familie unter den schwierigsten Bedingungen aufgebauten heutigen Farm.

Alleine Reginas jüngste Tochter Lisa war noch unverheiratet geblieben. Sie hatte es als einzige der Kinder gegen alle Erwartungen und gegen alle Widerstände geschafft, hier in der neuen Heimat zu einem Schulabschluß zu kommen und danach einen Beruf zu ergreifen. Nach ihrem Studium war sie Lehrerin an einer deutschsprachigen Schule geworden. In Anbetracht der großen schulischen Schwierigkeiten in den kolonistischen Anfangsjahren war das für alle fast schon ein kleines Wunder und ein Glücksfall für die ganze Familie.

Wunschgemäß bekam Lisa ihre erste Stelle an einer deutschen Privatschule in Sao Leopoldo, obwohl sie dazu befähigt gewesen wäre, genausogut an einer brasilianischen Nationalschule ihre berufliche Laufbahn zu beginnen. Sie wollte durch ihren Entschluß mit dazu beitragen, daß hier in der Kolonie deutsches Sprach- und Kulturgut weiterhin verbreitet und erhalten werden sollte. Außerdem war es für sie vorteilhaft, in der Nähe ihrer Eltern hier in Sao Leopoldo bleiben zu können, wo sie wenigstens an den Wochenenden vom Vater mit der Pferdekutsche abgeholt werden konnte, um ihre freien Tage im Familienkreis zu verbringen. Für ihre Eltern war es schon etwas Stolzes und Erhabenes, was ihre kleine Lisa nach allem, was ihr widerfahren war, in späteren Jahren noch zustandegebracht hatte: Mit sechs Jahren aus ihrer Heimat mitgenommen, entwurzelt, ohne als Kind den Sinn und Zweck überhaupt verstehen und begreifen zu können, gefolgt von einem Martyrium aus Angst und Schrecken, das für das kleine Kind kaum zu ertragen gewesen war. Schon vom allerersten Tag ihres Weggehens aus der Hunsrücker Heimat an wurde das Leben für sie zur Tortur, die damit begann, daß sie sich bereits im Rheinhafen von Oberwesel mit Händen und Füßen dagegen wehrte, das in ihren Kinderaugen riesige, laut lärmende Ungeheuer auf dem Fluß zu besteigen, bis hin zu der für sie ebenfalls schlimmen, wochenlangen Überfahrt nach Brasilien mit all ihren Gefahren und Nöten. Es waren dann für sie und ihre ganze Familie die schrecklichen ersten Jahre hier in der einstigen grünen Hölle des brasilianischen Urwalds gefolgt, viele Ängste und Schrecken also, die sie als schwächstes Glied in der Familienkette zeitweise kaum ertragen und verkraften konnte.

Von daher war es schon erstaunlich, wie stark und selbstbewußt sie dennoch aus all dem Erlebten und Erlittenen hervorgegangen war. Das war gerade so, als hätte sie den ganzen Ballast all ihrer Kindheitsängste und Nöte eines Tages einfach über Bord geworfen, um aus dem früheren Leid heraus desto gestärkter hervorzugehen.

Auch bei der übrigen Familie sah es jetzt so aus, als ob sie ihre allergrößten Sorgen hinter sich gelassen hätten. Sicher war es – jedenfalls rückblickend - ein sehr guter Entschluß von Hannespeter gewesen, das enge und für sie wenig erfolgversprechende Wehrdorf der ersten Zeit zu verlassen, um statt dessen an einem anderen Platz ihrer Besitzung mit besseren Voraussetzungen noch einmal einen neuen Anfang zu wagen.

Das Vorhaben war ihnen mit viel Fleiß und handwerklichem Können am Rio dos Sinos gelungen. Die hier neu entstandene Siedlung - mit den Anfangsbuchstaben T. und G. über dem Eingangstorbogen zu ihrer neuen Hazienda gekennzeichnet - war gegenüber den ehemaligen Urwaldsiedlungen aus der allerersten Siedlungsperiode schon ein wenig europäischer und schöner ausgefallen. Für ihre unmittelbaren Nachbarn bot sie sich wie eine Mustersiedlung dar mit ihren geräumigen hellen Gebäuden statt der früher üblichen dunklen, engen und notdürftigen Urwaldpikaden. Besonders die kleine, von den Wassern des Rio dos Sinos gespeiste und angetriebene Sägemühle versprach schon bald ein zusätzliches weiteres Wachsen und Erblühen der Siedlung für die beiden aufstrebenden Familien. Die Sägemühle war eine nützliche und zudem nötige Einrichtung, wie sie bisher zum Leidwesen der vielen umliegenden Siedler im weiteren Umkreis gefehlt hatte. Denn viele andere Kolonisten waren nach den allerersten mageren Anfangsjahren mittlerweile auch soweit, sich in ihrer Existenz und Lebensweise ein wenig zu verbessern und sich ein etwas besseres, menschenwürdigeres Wohnen zu gönnen. Dazu wurden selbstverständlich richtig geschnittene Bohlen und Bretter und auch etwas bessere Bauhölzer benötigt statt der einfachen Rundhölzer, Stämme und Äste, mit denen die ersten Pikaden auf primitivste Weise zusammengebaut worden waren. Dieses Mal brauchte man richtiges Bauholz, das jetzt - im Gegensatz zu früher - hier ganz in ihrer Nähe bei Friedrich und Hannespeter zu bekommen war. Für die beiden als Betreiber der Mühle war das ein gut anlaufendes Geschäft mit stetig steigendem Umsatz, das jetzt schon nach nur kurzer Anlaufzeit nach weiteren Hilfskräften verlangte.

Zu den zwei schwarzen Helfern, die Friedrich von Anfang an beim Aufbau der Sägemühle beschäftigt hatte, mußten noch weitere neue Hilfskräfte angestellt werden, zum Fällen der Bäume und zum Abtransport des fertigen Bauholzes für einen immer größer werdenden Kundenkreis.

Ebenso wie bei Friedrich hatte sich auch bei Hannespeter in letzter Zeit einiges beim Transport seiner Waren geändert: Die Zeiten, in denen er noch, mit seiner Holzkeetz auf dem Rücken, vollgepackt mit Waren aller Art, unterwegs gewesen war, gehörten schon lange der Vergangenheit an. Einmal in der Woche wurden jetzt die Pferde angespannt, um mit dem neuen Leiterwagen von der Sägemühle zum Markt zu fahren. Neben dem Wochenmarkt in Sao Leopoldo wurden dabei gleichzeitig auch an der Fahrstrecke noch andere Kunden bedient und mit neuen Waren versorgt. Zusammen mit seinem Schwiegersohn Manoel und einem seiner schwarzen Knechte bewirtschaftete Hannespeter mittlerweile schon eine ganz stattliche Farm; an die zwanzig Hektar Ackerland, zum Teil gerodet und kultiviert, zum anderen Teil aber noch ungerodet, wo das Saatgut einfach noch zwischen den im Boden befindlichen Baumstümpfen im aufgelockerten Boden ausgebracht wurde, gehörten dazu. Hinzu kam noch die doppelte Fläche an Weideland. Hierbei handelte es sich zum allerkleinsten Teil um abgebranntes Urwaldgebiet. Der größte Teil der neuen Viehweiden war aber aus baumlosen Urwaldlichtungen entstanden, die man glücklicherweise – ähnlich wie die Schlangenlichtung - auf der großen Besitzung vorgefunden hatte. Zu den landwirtschaftlich genutzten Flächen kamen noch einige größere Obstgärten direkt am wasserspendenden Flüßchen Rio dos Sinos hinzu. Diese Gärten waren früher die alleinige Domäne Reginas gewesen, in der sie mit den Töchtern zusammen von morgens bis abends gearbeitet hatte, in der sie unermüdlich jätete, säte, wässerte und erntete, so wie sie das früher zuhause immer schon mit viel Freude in ihrem Garten am Hirtenhaus getan hatte.

Nachdem hier in diesem fruchtbaren Klima aber die angepflanzten Bäume, Sträucher und Hecken südlicher Früchte voll ertragsreif geworden waren, schafften die Frauen die Gartenarbeit alleine nicht mehr und brauchten auch dazu Helfer.

Um in den Erntemonaten von den in Überfülle heranreifenden Früchten nicht allzu viele verderben zu lassen, wurden in dieser Zeit alle Hände auf der Hazienda gebraucht zum Bergen, Ernten und Verarbeiten der wertvollen Früchte. Die Obstgärten hier in sehr guter Lage am Süßwasserflüßchen Rio dos Sinos wurden in jener Zeit für manche Siedler immer bedeutender und lukrativer. Ein neuer Erwerbszweig, dem an den vorherigen, in dieser Beziehung etwas ungünstiger gelegenen Standorten so gut wie überhaupt keine Bedeutung beigemessen wurde, war hier in dieser Zone für manche schon fast zum Haupterwerbszweig geworden: Südfrüchte aus der Kolonie Sao Leopoldo, die unter den Händen fleißiger und tüchtiger deutscher Kolonisten besonders gut gediehen, wurden auf den umliegenden Märkten der Städte immer beliebter. Bei den immer besser werdenden Absatzchancen versuchte auch Hannespeter, seinen Markt weiter auszuweiten. Er transportierte seine Ware – auch Obstsäfte, Marmeladen und Gelees - bald bis ins ferne Pôrto Alegre, um sein Glück auch auf diesem noch größeren Absatzmarkt zu versuchen. All das war aber erst nach Jahren und Jahrzehnten langer, mühsamer Aufbauarbeit für sie möglich geworden.

Das alles war sicher etwas anders, als es ihnen damals von den Werbern auf dem Markt in Kastellaun in glühenden Farben wortreich und vollmundig vorgegaukelt worden war. Sprüche und Versprechungen hatten sie gehört, von einem auf sie wartenden Paradies war da die Rede gewesen, in dem den Menschen die süßesten Früchte gerade so in den Mund wachsen würden, ohne überhaupt etwas dafür zu tun. Das waren einst zwar wundervoll klingende Aussichten für die ausgehungerten Hunsrücker Menschen gewesen, die sich in Brasilien aber bald zu einer wahren Fata Morgana entwickelt hatten. Diese Prophezeiungen wurden für viele Kolonisten niemals wahr. Im allgemeinen gab es von den angeblich in großer Fülle wildwachsenden Fruchtbäumen hier in der ganzen Kolonie wenig zu sehen. Alles mußte erst mühselig neu angepflanzt, gehegt und gepflegt werden.

Für die Siedler der ersten Generation bewahrheitete sich auch in Brasilien der alte Spruch: „Den ersten den Tod – den zweiten die Not – den dritten erst Brot!"

Vielleicht gab es ja Landstriche mit günstigeren Voraussetzungen als hier. Im Urwaldgebiet von Sao Leopoldo jedenfalls konnte man nur durch harte Entbehrungen und schwere Arbeit über Jahre hin zu einem gewissen Wohlstand gelangen.

Genau betrachtet und zusammengefaßt waren viele der ihnen zuvor so hoch angepriesenen und den Hierherkommenden versprochenen Zusagen weit hergeholt gewesen, zum Teil stark übertrieben oder auch ganz einfach gelogen. Dies war eine Tatsache, die vielen der gutgläubigen und ahnungslosen Menschen schon am Anfang ihres "Unternehmens Brasilien" zum Verhängnis geworden war. Viel mehr Wahrheitsgehalt als diese lockenden und oft haltlosen Sprüche der fremden Werber auf deutschen Marktplätzen hatte sicher ein Hunsrücker Spruch, der fast seit den ersten Auswanderungswellen in dieser oder jener Form durch die Hunsrückdörfer ging. Mit dem warnenden Wortlaut: „Willst Dau, Hannes, noh Brasilje ziehe, wo Deich die Affe un die Schlange kriehe?", hatte der Hunsrückdichter Rottmann die auswanderungswilligen Landsleute gewarnt und so versucht, sie zum Daheimbleiben zu bewegen. Die von den Menschen damals jedoch nicht allzu ernst genommene Redewendung hatte sich später aber nicht nur bei der Familie Teis, sondern auch bei vielen anderen Kolonistenfamilien in sehr trauriger und tragischer Weise bestätigt und bewahrheitet. Daß dieser vielleicht etwas lockere und fast lustig klingende Spruch für viele Menschen aber viel mehr besagte, als man annehmen konnte, war einesteils deutlich zu erkennen. Er spiegelte die ganze Abneigung der Menschen in den Hunsrückdörfern wider, solch ein gefährliches Abenteuer wie die Auswanderung über's Meer einzugehen. Vielleicht aber sollte behördlicherseits so nur vor der unerwünschten Auswanderung gewarnt werden.

Vor den Menschen in den Dörfern, die gegen alle Bedenken und Ängste trotzdem den mutigen Schritt wagen wollten, hatte man bei den Daheimgebliebenen aber auch viel Respekt und Hochachtung. Die Bewunderung ihnen gegenüber ging sogar soweit, daß man versuchte, den Wagemutigen in der Heimat ein bleibendes Denkmal zu setzen, indem man den Feldern, die von den Gemeinden zur Zeit der Auswanderung neu erschlossen und urbar gemacht wurden, den Namen des Aufnahmelandes dieser Auswanderer gab. So gibt es bis heute in Uhler zum Beispiel eine Gemarkungsflur mit dem Namen Brasilien. Es ist jene große Rodung, in der auch Hannespeter bis zu seinem Weggang aus dem Dorf mitgerodet und -gearbeitet hat zum späteren Segen und zur weiteren Minderung der Armut und des Hungers für die Zukunft in dem von ihm für immer verlassenen Heimatdorf. Sicherlich würde sein Name mit den Jahren einmal vergessen werden; doch die Flur mit dem Namen seines neuen Heimatlandes blieb für alle Zeiten als Erinnerung bestehen.

Zurück zu den Geschehnissen auf der neuen Hazienda der Familien Teis und Gewehr: Hier an ihrem neuen Wohnort am Rio dos Sinos, versuchten die zwei Hunsrücker Familien von Jahr zu Jahr, ihre Existenz weiter zu festigen und auszubauen. Mit sehr viel bäuerlichem Geschick, gepaart mit handwerklichem Können, gelang ihnen das auch. Nachdem feste Fundamente dafür gelegt worden waren, versuchten sie, darauf weiter aufzubauen, für eine hoffentlich bessere und friedlichere Zukunft, für eine kommende Zeit, die auch weiterhin von Ruhe und Frieden gekennzeichnet sein würde.

Obwohl es seit Jahren kaum noch Überfälle oder auch nur Übergriffe durch Indios gegeben hatte, war man bestrebt, die Grenze zwischen den weißen Siedlern und den Indianern weiter zu sichern. In jüngster Zeit neu gebildete Schutztruppen, zusammengesetzt aus der deutsch-brasilianischen Legion, wachten von neu errichteten Außenforts aus über die Sicherheit der Siedler, deren Schutz sich die Legionäre, oft Nachkommen der ersten Siedler, besonders auf ihre Fahnen geschrieben hatten. Das war für die Siedler vor Ort fast eine Garantie für zukünftige Ruhe und Ordnung auch in den bisherigen Außenbezirken, in denen es in der ersten Zeit ohne den militärischen Schutz immer wieder zu Übergriffen und Überfällen durch die Ureinwohner gekommen war.

Zu den für die Siedler sehr wichtigen Sicherheitsmaßnahmen waren im Laufe der Zeit natürlich noch weitere Verbesserungen unterschiedlichster Art hinzugekommen. Hierzu zählte im besonderen auch die verbesserte Kommunikation zwischen den einzelnen Bevölkerungsgruppen sowie der immer weitere Abbau sprachlicher Verständigungsschwierigkeiten untereinander. Das bisherige Problem, das zum Teil mit der etwas starren Haltung deutscher Kolonisten in bezug auf das übertriebene Festhalten an ihrer Heimatsprache zu tun hatte, ohne ihrerseits dabei genügend auf andere Sprachen einzugehen, begann sich nach und nach aufzulösen. Man fühlte sich - je länger, je mehr – als Brasilianer.

Von all den nützlichen Faktoren gestärkt und begünstigt, nahm auch der sichtbare allgemeine Aufschwung unter den Kolonisten seinen weiteren Fortgang, wobei manche erst jetzt den Mut hatten, sich von ihrem bisherigen, recht primitiven Anfangsdasein zu trennen. Das wurde nicht nur sichtbar durch den Bau etwas hellerer und freundlicherer Gebäude, die als erstes bei der jetzigen Weiterentwicklung erstellt wurden. Auch auf manchen anderen Gebieten war ein sichtbarer Wandel der Verhältnisse im Gange. Jetzt auf einmal boten sich in einem freieren und sicheren Lebensraum neue bessere Möglichkeiten an.

Entlang den meisten Zufahrtswegen zu den einzelnen, neu errichteten Haziendas konnte man neuerdings saubere und gepflegte Grünanlagen und Gärten bewundern, zum Teil bepflanzt mit Blumen und Ziersträuchern, mit herrlich blühenden Pflanzen, die in dem warmen Klima einfach besser heranzuzüchten waren, als das früher im alten Europa in dieser Vielfalt überhaupt möglich gewesen wäre.

Als vorsorglichen Schutz vor der sengenden heißen Tropensonne hatten die Siedler ausgesucht schöne alte Bäume auf ihrem Grund und Boden stehen lassen, mächtige alte, mit weit auslaufenden Kronen versehene Araukarien, Palisanderbäume und Zedernveteranen, die mit ihren dichten grünen Nadel- und Blattkronen wie große Schattenschirme über allem standen. In dem heißen Klima der Region war das gewiß auch eine Voraussetzung zum Gedeihen des schönen grünen Rasens.

In den gepflegten Anlagen mitten im einstigen brasilianischen Urwald spiegelte sich erneut der Fleiß und der Sinn für Schönheit der europäischen Menschen wider, die, genau wie in ihrer früheren Heimat, auch hier in ihrem ganzen Tun und Schaffen immer bestrebt waren, für Ordnung und Sauberkeit zu sorgen.

Im Gegensatz zu dem, was sie in all den Jahren vorher in sehr viel schlechteren und gefahrvolleren Zeiten erreicht hatten, war das hier am Rio dos Sinos neu Geschaffene auch für Regina und Hannespeter und ihre Familienangehörigen das reinste Paradies auf Erden geworden.

Wenn die beiden Alten in feierabendlichen Ruhe- und Mußestunden auf ihrer gemütlichen Schattenbank vor ihrem Haus saßen und dabei ihre Blicke über das von ihnen in den letzten Jahren neu Geschaffene wandern ließen, waren sie mit dem Erreichten recht zufrieden, so daß sich bei ihnen in diesen Augenblicken ein Gefühl des Stolzes, der Dankbarkeit und der Freude regte über das, was sie trotz allen Widrigkeiten, Gefahren und manchmal auch schlimmen Katastrophen letzten Endes hier geschaffen und gemeistert hatten: ein schönes eigenes Zuhause zu besitzen. Daß sie es zum Schluß doch noch geschafft hatten, ließ in ihnen an ihrem Lebensabend jetzt manchmal sogar so etwas wie ein stilles Glücksgefühl aufkommen. Doch zugleich mischte sich hierbei immer ein bitterer Wermutstropfen mit ein, wenn sie aufrechneten und weiter darüber nachdachten, ob der Preis und die Opfer für das Erreichte letztlich nicht doch zu hoch gewesen waren.

Nach vielen Jahren harten Ringens hatten sie im Herbst ihres Lebens ihr Ziel, auf eigener Scholle zu leben, erreicht. Ganz zum Schluß war das sicher doch noch eine späte Rechtfertigung für das, was sie getan und auf sich genommen hatten. Hier auf ihrer neuen wunderschönen Hazienda am Rio dos Sinos, an einem Ort, an dem sie nach langem ruhelosen Suchen endlich den Platz gefunden hatten, der ihnen für die Zukunft ein Hort der Ruhe und des Friedens sein sollte, auf dem sie weiterhin ihr Eigentum aufbauen und mehren wollten, hofften sie, im Kreis ihrer Kinder und Enkelkinder ihren friedvollen und geruhsamen Lebensabend verbringen zu können.

In dieser schönen freien Umgebung, in ihrer neu gegründeten und von ihnen aufgebauten Hazienda wollten Regina und Hannespeter weiter für ihre Angehörigen sorgen und ihnen helfen, solange es ihnen noch gestattet war und in ihren Kräften stehen würde, um am Ende ihres Wirkens auf diesem schönen Fleckchen Erde begraben zu werden.

Hier auf ihrer Farm nahm die junge Generation mehr und mehr das Ruder in die Hand, junge dynamische Menschen, die unter den harten Urwaldbedingungen zum weiteren Erhalt der Farm gefordert waren. Manoel war zum Glück, was Fleiß und Ordnung anbelangte, in die Fußstapfen von Hannespeter getreten. Von ihm hatte er viel gelernt und angenommen, vor allem ein Großteil alter bewährter Hunsrücker Tugenden wie Fleiß und Tüchtigkeit und den Hang zum Weiterkommen und zum weiteren Aufbau. Eigenschaften und Fähigkeiten, die auch ihn im Laufe der Jahre immer mehr zu einem erfolgreichen Farmer geformt hatten, angenommene Fähigkeiten, die er seinerseits jetzt schon an seine Söhne Philippe und Petro weiterzugeben versuchte zur Freude und zur weiteren Entlastung ihrer Großeltern auf der weiterhin wachsenden und aufstrebenden Farm.

Ähnlich, wie sich hier die Dinge entwickelten, verhielt es sich auch im Sägemühlenbetrieb bei Friedrich Gewehr und den Seinen. Auch dort waren längst die beiden ältesten Söhne, Antonio und Franziskus, in den elterlichen Betrieb eingetreten, um mit dem Vater zusammen aus der am Anfang noch kleinen Sägemühle ein der neueren Zeit angemessenes, gut funktionierendes Sägewerk hier am Rio dos Sinos aufzubauen und zur weiteren Blüte zu führen.

Der jüngste Sohn, Emanuel, hatte dagegen sein Elternhaus schon früh verlassen. Er hatte sich vorgenommen, nach seinem Schulabschluß eine militärische Laufbahn einzuschlagen. So war er als Offiziersanwärter gerade dabei, sich seine ersten Sporen in diesem Beruf in einer großen Garnison im fernen Sao Paulo zu verdienen.

Die einzige Tochter der Familie Gewehr, Catherine, hatte sich ein Vorbild an Lisa genommen und befand sich jetzt ebenfalls in ihrer Ausbildung zum zukünftigen Lehramt.

Mit viel Mut und noch mehr Tatkraft hatte es auch Friedrich mittlerweile fertiggebracht, die Weichen in seinem Leben auf Erfolgskurs umzustellen, was sich nicht zuletzt in seiner Sägemühle, die sich in stetem Aufwind befand, immer mehr bestätigte. In dieser Beziehung Hannespeter nacheifernd, war es auch ihm gelungen, feste Fundamente für die Zukunft zu legen, die ihm und seiner Familie ebenfalls gute Chancen für ein weiteres gesichertes Leben einräumten.

Hiermit war den beiden Hunsrücker Freunden unter nicht immer ganz einfachen Bedingungen das gelungen, was sie sich von Anfang an vorgenommen hatten: Aus ihrer Armut heraus in die Bahnen eines zukünftigen besseren und gesicherteren Lebens zu gelangen, eine Entwicklung also, wenn auch unter manchmal sehr schwierigen Voraussetzungen und Bedingungen, die sie in ihrer alten Heimat sicher niemals geschafft hätten. Dies bestätigte ihnen im Nachhinein, daß ihr damaliger Entschluß im Endeffekt durchaus gut und richtig gewesen war.

In der tröstlichen Erkenntnis und der Genugtuung, daß all ihre Opfer, Entbehrungen und Strapazen - nicht zuletzt auch der Verlust der

Hunsrücker Heimat, die sie nie vergessen würden (eine Art Ersatz dafür bildeten die bei den Aussiedlern auch daher überaus beliebten Rottmann'schen Dichtungen), aber niemals wiedersehen sollten -, die sie bis dahin auf sich genommen hatten, nicht ganz umsonst gewesen waren, starb schließlich lebenssatt und zufrieden Hannespeter ein paar Jahre später: Am 30. Januar des Jahres 1870 hatte er im Alter von 73 Jahren endgültig seinen Kampf im brasilianischen Urwald ausgekämpft.

Regina überlebte ihn noch um weitere fünf Jahre, um ihm im Jahre 1875, nach fast 50 harten, schweren Kolonistenjahren, im hohen Alter von 77 Jahren zu folgen.

Die große Lücke, die der Tod der beiden auf der Hazienda am Rio dos Sinos hinterlassen hatte, war etwas, das nur sehr schwer zu schließen war. Der herbe Verlust und der Abschied von einem Elternpaar, dem alle Hinterbliebenen viel zu verdanken hatten, belastete und bedrückte sie lange.

An einer besonders schönen und ruhigen Gedenkstätte auf ihrer großen Besitzung erinnern noch heute zwei Grabsteine mit den eingravierten Namen Regina und Hannespeter immer daran und zeugen, noch mehr als 100 Jahre später, davon, wer das hier alles aufgebaut und gegründet hat, in diesem jetzt allen Nachkommen zur neuen, echten Heimat gewordenen wunderschönen Land Brasilien.

ÜBER DIESES BUCH

In seinem neuen Buch, dem Roman „Menschen im Aufbruch“, schildert der Autor Hans Weber (Uhlendorf) mit großer Imaginationskraft und bewundernswerter schriftstellerischer Phantasie überaus lebendig, glaubhaft und den Leser von der ersten bis zur letzten Zeile in seinen Bann ziehend, angelehnt an die nüchternen historischen Fakten der Hunsrücker Brasilien-Auswanderung des frühen 19. Jahrhunderts, aber frei gestaltend – wie es das dichterische Vorrecht jedes großen Romanciers, auch in Geschichtsromanen, ist – das überaus spannende, ja fesselnde Schicksal einer kleinen Gruppe Hunsrücker Auswanderer zwischen 1827 und 1870/1875:

Mit fünf kleinen Kindern trieb bitterste Armut und Not die Familie von Hannespeter und Regina Teis, begleitet von dem Junggesellen Friedrich Gewehr aus dem gleichen Hunsrücker Dörfchen – wie so viele ihrer Landsleute vor, mit und nach ihnen in jener Zeit – damals aus dem Hunsrück übers Meer in die Fremde, auf der Suche nach einer neuen Heimat.

Was sie dabei erlebten und erlitten an Freud’ und Leid, an neuen Erfahrungen und bitteren Enttäuschungen, an Eindrücken und Einsichten, erzählt der Autor in seinem Roman anschaulich, eindrucksvoll und unvergeßlich.

So war es damals, so könnte es jedenfalls gewesen sein wie in diesem Buch; denn die Wahrheit des Schriftstellers ist größer, glaubwürdiger und mehr als die plane Wirklichkeit . . .